목계나루

목계나루

제1권 뗏목 아라리

펴 낸 날 2017년 11월 29일

지 은 이 김창식
펴 낸 이 최지숙
편집주간 이기성
편집팀장 이윤숙
기획편집 장일규, 윤일란, 이하영
표지디자인 장일규
책임마케팅 임용섭
펴 낸 곳 도서출판 생각나눔
출판등록 제 2008-000008호
주   소 서울시 마포구 동교로 18길 41, 한경빌딩 2층
전   화 02-325-5100
팩   스 02-325-5101
홈페이지 www.생각나눔.kr
이 메 일 webmaster@think-book.com

- 책값은 표지 뒷면에 표기되어 있습니다.
  ISBN 978-89-6489-790-4 04810
- 이 도서의 국립중앙도서관 출판 시 도서목록(CIP)은 서지정보유통지원시스템 홈페이지
  (http://seoji.nl.go.kr)와 국가자료공동목록시스템(http://www.nl.go.kr/kolisnet)에서
  이용하실 수 있습니다(CIP제어번호: CIP2017030872).

목계나루

제1권 뗏목 아라리

김창식 대하소설

작가의 말

이 소설은 소백산에서 경성으로 이어지는 남한강을 대들보로 놓고, 뗏목과 나루터 삶과 침략에 항거한 의병을 서까래로 얹었다.

목계나루터에 시인의 시비가 건립되던 무렵에 인근 중학교에서 근무했다. 강돌이 자그락자그락 전설을 토하는 나루터 주막에서 뗏목과 병참 왜병과 의병 얘기를 듣게 되었는데 강물이 새롭게 보이기 시작했다. 강은 그저 물이 흐르는 것이 아니었다. 남한강 강물로 뗏목이 좌충우돌 떠내려가듯 삶도 그러했다.

강물이 휘돌아가는 절벽 앉은뱅이 소나무의 애절한 환송. 뗏목 물길에 사공 잃은 나루터, 일제의 침략에 대항하는 의로운 외침에 귀 기울여 본 적이 있었던가? 모서리가 거친 골짜기의 돌은 강물에 휩쓸려야 동글동글해진다. 태백산 오지에서 경성 너른 터전으로 흐르는 남한강 기슭에 서면 모서리를 뭉툭하게 깎아내야 했던 서러움이 눈물겨웠다.

소백산에 신이 내려준 영물 때문에 인간이 기쁘고도 서러웠다. 강한 자가 탐하고 약한 자는 빼앗겼다. 뗏목으로 연명하는 사공, 침략자에게 억눌린 민초들의 애절한 삶. 어찌 보면 소백산 잔등에 닿은 푸른 하늘도, 남한강 물줄기에 탁 트여나간 강변도, 우리를 그럴듯하게 감싸 안은 깊은 수렁인 시절이었다.

바위 틈서리 조막손 한 줌의 흙에 뿌리를 내린 쑥부쟁이처럼 가능과 불가능의 경계에서 사투하며 징검돌을 건너야 했던, 남한강 목계나루터의 절절한 사연들을 집필하면서 가슴이 아렸다.

침략에 억눌렸어도 의롭게 살아야 했던 그 시절 시련이, 오늘의 세상을 살아가는 지혜로 승화되기를 바라는 심정 간절하다.

2017년 11월 김창식

목계나루 1
제1권 뗏목 아라리

....

차 례

1

눈꼴 시린 무명쪼가리

아침마다 활강하는 까마귀 때문일까? 외돌아 누운 강 탓일까? 저승사자 도포 자락으로 팔랑거리는 일장기가 섬뜩해졌다. 잠을 자도 자갈을 깔고 누운 듯 육신이 개운하지 않았다.

심익수는 새벽마다 소작논두렁에 쪼그려 앉았다. 곰방대를 빡빡 빨아대는 눈에 싯누런 눈곱이 달렸다. 씀바귀를 씹다 잠든 듯 혀에서 쓴 돌기가 돌았다. 곰방대를 연신 빨아 하얗게 연기를 뱉으며 해소 기침을 컹컹 토했다. 역시나 오늘도 일장기 무명쪼가리가 눈꼴 시리게 팔랑거렸다.

맏아들 심대풍이 벼슬을 마다하고 낙향한 날부터 생긴 몹쓸 증상이었다. 둘째 아들 심대곤이 가흥창고 일본인 소장의 부하로 있으니 서로 등을 돌려야 하는 형제를 생각하면 가슴에 못이 박힌 듯 신음이 찔찔 흘러나왔다. 아들을 왜놈의 앞잡이로 두었으니 손가락질받아도, 욕을 들어도 대꾸할 처지가 못 되었다. 심대곤이 경성 광나루로 늘배 몰고 떠난지 보름이 넘었다. 항해가 순조롭고 돌아오는 길목의 주막에서 지체하지 않는 잰걸음이라면 아침 밥상에 도착할 터였다. 옆집 강주칠이 심익수의 쓰린 속내를 넉넉히 알았다.

"박초시 어른이 소작 땅뙈기를 거둔다는 소문이 돈다네?"

강주칠이 댓진 독한 입김을 뱉었다. 심익수가 눈곱을 주먹으로 뭉개고 흐릿해진 눈을 껌벅였다. 얼굴에 근심이 가득 일그러졌다. 밤마다 눈곱 누렇게 생겨나는 심익수는 물론, 달마실 사람 모두 강 건너 목계를 멀거니 바라보는 습관이 생겼다. 지주가 땅을 거두어감은 소작인 가슴에 칼날을 들이대는 것과 다름없었다. 무명 빨래로 펄럭이는 일장기가 섬뜩해졌다. 왜병의 존재가 목숨 부지 전답을 잃는 것보다 두려웠다. 목숨 부지 전답을 잃는다 해도 토지는 조선의 것이다. 일장기를 바라보면 조선을 일본이 통째로 삼키는 예감이 머릿속에 하얗게 들어찼다. 일장기가 저승사자 도포 자락으로 팔랑대니 너나없이 속이 뒤집힐 노릇이었다.

"늙은 마누라 볼기짝만한 땅뙈기도 이제 내놓아야 하겠어."

심익수가 바싹 마른 입술로 침을 탁탁 뱉었으나 댓진 지독한 헛기침이 나왔다. 달마실과 창말의 전답 지주 박초시가 땅을 거둔다 함은 소작 농토를 재분배한다는 의미였다. 육순이 넘어 허리 꼿꼿하지 못하고 정강이가 노루 다리로 가늘어진 심익수와 강주칠의 가슴을 쥐어뜯는 소문이었다.

"심가네는 걱정이 없지 않는가?"

강주칠이 심드렁하게 뱉었다. 부러움과 투정이 섞였다.

"날이 부옇게 밝았는데 어젯밤 꿈 잠꼬대를 하시는가?"

심익수 눈빛에도 두려움과 서러움이 서렸다. 박초시가 소작 농토를 분배한 지 십오 년이 넘었다. 가호마다 식구를 고려하여 농토를 분배했다. 십오 년 세월에 집집의 식솔이 변했다. 세월을 이기지 못하고 시신으로 장미산에 묻혔고, 아장아장 고샅을 걷던 아이들이 어른이 되었다. 박초시가 새로운 결정을 할 만도 했다. 창말 가흥창고에 일본인 관리가 등장하고 목계 병참에 왜병이 주둔하였으니, 박초시도 변화에 따른 결심을 해야 했다.

강주칠은 외동딸 강막실 하나를 낳았다. 심익수는 심대풍, 심대곤 쌍둥이 형제와 심만옥을 낳았다. 심만옥은 강막실과 동갑이었다. 일손을 고려하여 토지가 재분배되면 강주칠은 토지를 덜어내야 할 것이며, 심익수는 적어도 상답 세 마지기는 더할 것으로 예상되었다.

"무슨 연유로 농토를 거둔다 하던가?"

심익수가 오므라드는 강주칠 어깨를 넌지시 보고 말을 돌렸다.

"영감탱이 속통을 낸들 알겠는가?"

강주칠이 시퉁스럽게 말을 받고 주변을 두리번거렸다. 소작인이 지주에게 영감탱이란 말을 뱉음은 간덩어리에 가시가 돋지 않고서야 있을 수 없는 노릇이었다. 마누라 궁둥짝이라야 늙고 살이 빠져 겨우 손바닥 두 뼘이었다. 숭숭하여 아무 쓸 짝 없는 엉덩짝 땅뙈기라도 얹어준다면 엎드려 받아들일 입에서 터져 나온 탄식은 예측할 수 없는 앞날의 두려움 때문이었다. 꽁꽁 얼었던 땅이 풀리면서 일장기가 송곳날로 눈동자에 섬뜩하게 들어왔다. 곰방대 쌈지에 불꽃 일궈 일장기를 화르르 태워버리고 싶은 충동이 격하게 일었다.

"내일이 먹장구름이니 무슨 재미로 오늘을 살아야 하나?"

강주칠이 길게 탄식했다.

"동학이 또 온다 하던가?"

심익수는 강주칠의 심란한 속을 익히 아는지라 글썽한 표정으로 동학을 꺼내 들었다.

"왜놈이 동학 토벌한다고 새까맣게 들어왔는데 누가 감히 동학 온다고 설레발을 떨까?"

목계나루 인근 주민은 동학 소리만 들어도 이를 파르르 떨었다. 오금 저리며 바짓가랑이 적실 사람도 부지기수였다. 논두렁으로 걷다가 동학 소리만 들어도 진흙 구덩이에 고꾸라질 사람도 많았다.

작년에 보은에서 충주로 온 동학의 여파가 목계로 들이닥쳤다. 동학이 왔다는 외침이 캄캄한 고샅으로 소란했다. 나이 든 사람은 조심성이 있어 방문 고리를 틀어 잠그고 문설주에 귀를 댔다. 젊은 사람은 동학을 맞으러 고샅으로 뛰어나갔다. 캄캄한 밤에 마을로 들어온 무리가 마을 입구와 퇴로를 막았다. 동학 농민군이라고 자칭하며 주민을 모두 불러냈다. 군량미가 아직 도착하지 않아 사나흘 먹을 것이 필요하다고 했다. 끌려 나온 주민이 서로 얼굴만 쳐다보는 중에 곳간을 뒤져 곡식을 털어냈다. 늦어도 닷새 후면 돌려준다며 쇠잔등 길마에 곡식을 얹어 충주로 갔다. 캄캄한 하룻밤에 일어난 사건이었다. 날이 밝고 사람이 왕래하니 곡식 털린 곳은 목계뿐이 아니었다.

나루터와 닷새 장터에 사람과 물자가 북적이는 목계는 충주서 서북쪽으로 팔십 리 거리였다. 강주칠이 살고 있는 달마실은 강 건너에서 목계나루를 굽어보는 형상이었다. 장터 저잣거리와 나루터가 있는 목계는 엄정면에 속하였고, 장미산 자락의 달마실과 창말은 가흥면에 속했다. 남한강을 사이에 두고 목계는 동쪽에서 가흥은 서쪽에서 마주 보는 형상이었는데 나루터 나룻배로 왕래했다. 달마실을 품은 장미산이 자락을 길게 뻗어 너른 전답을 만들었다. 전답은 달마실 사람과 강가 창말 사람이 경작을 하였는데 지주 박초시의 소작 농토였다.

군량미를 조달한다며 백여 명의 무리가 달마실과 목계 인근 마을을

이 잡듯이 뒤져 곡식을 털어냈다. 군량미를 운반한다는 명목으로 소까지 몰고 갔다. 닷새 후에 돌려준다는 말은 꿔먹은 까마귀였다. 달마실은 물론 목계 주변의 굶지 않는 소작농이 없었다. 분통이 터진 것은 동학이 충주에서 물러나고 난 뒤였다. 동학은 함부로 농민의 곡식을 약탈하지 않는다는 입소문이 돌았다. 입소문은 오래지 않아 사실로 드러났다. 군량미 조달을 빙자하며 소와 곡식을 거두어간 자들은 동학을 진압하러 경성에서 온 관군과 왜병이었다. 충주로 들어온 동학이 물자가 비교적 풍부한 목계와 창말과 달마실의 주민에게서 군량미를 확보할 것이라는 첩보를 입수하고 악랄한 짓거리를 저질렀다.

"양반이고 쌍것이고 저고리 하얀 백성이니, 차별 없이 살자는 것이 동학이라네."

눈엣가시 일장기를 눈만 뜨면 쳐다봐야 하는 요즘. 세상을 뒤흔들었다가 스러진 동학 농민군이 새록새록 떠오르는 것은 무슨 이유일까? 당파싸움에 골병이 들 대로 들고 개화파와 수구파의 아귀다툼 틈서리에서 조정은 무능했다. 동학 농민군을 진압할 능력도 없었다. 조정이 동학 농민군을 진압한다는 명목으로 청나라 군사를 불러들였다. 청나라 군사가 들어왔으니 함께 들어와야 한다는 억지로 왜병이 들어왔다. 조선은 채 신머리가 개밥에 도토리만도 못한 수모였다. 조정이 청나라 군사를 요청한 탓에 왜병에게도 침략의 빌미를 제공했다. 동학 농민군은 관군과 왜병의 연합군에 패했다. 우금치 전투에서 패한 녹두장군이 순창에서 재기를 꾀하던 중 배반자의 밀고로 체포되어 경성에서 처형되었다. 왜병은 조선에 남아있어야 할 이유가 없어졌다. 청일 전쟁을 도발하여 청군을 압록강 건너로 패퇴시키고 조선을 식민지화하려는 욕심을 품었다.

게으르다는 소문이라도 담장 넘어 집 밖으로 새는 날엔 소작 땅뙈기

뺏길라, 허리뼈가 노긋노긋하도록 일구고 무릎 뼛속이 아리도록 갈아서 배창자 겨우 등걸에 달고 사는데, 왜놈이 총 들고 설레발을 떨고 다니면서 일장기를 콧등 앞에 팔랑대니 심기 편한 사람이 없었다. 어차피 가문 땡볕에 논바닥 짜그락짜그락 갈라지듯 굶주리며 목숨 간신히 연명해야 하는 팔자라면 천등산이나 더 멀리 소백산 골짜기로 아무도 몰래 쏙 들어가 화전경작을 해야겠다는 한숨과 탄식이 너나 할 것 없이 식전부터 치밀어 오르는 요즘이었다. 강주칠도, 심익수도 토끼 눈알로 발갛게 뒤척이다가 새벽녘에서야 얼쑹얼쑹 잠들었다가 숨을 확 토해내며 깨어났다.

"녹두 어르신이 불귀지객이 되었으니 이제는 동학도 없을 것이네."

심익수가 꼬챙이를 논바닥에 꽂고 한숨을 쏟았다. 땅뙈기 일구며 목숨 연명하는 소작인이라고 조선의 암울한 미래를 모르는 바 아니었다. 흰 두건 이마에 질끈 동여매고 충주 골목을 돌며 사람이 곧 하늘이니 양반은 무엇이고, 상것은 또 무엇이냐, 외치던 함성을 잊을 수 없었다.

장미산 자락 달마실 뜰에는 아침 바람이 좀처럼 불지 않았다. 산자락 끝머리에 강이 시퍼렇게 누워 있었지만, 새벽에 강바람이 불어 닥치는 일은 없었다. 오늘따라 바람이 몹시 사나웠다.

"대곤이 경성에 간 지 보름이 넘었지?"

강주칠이 늘배 몰고 광나루 간 심익수의 둘째 아들을 걱정했다. 광나루는 한강에서 가장 큰 나루터였다. 소백산 안골 뗏목이 남한강으로 떠내려와 멈추는 곳, 인천 앞바다에서 거슬러 오는 소금 배와 삼남 지방 곡식 배가 정박하는 곳이니 규모가 큰 나루터였다. 광나루로 작고 큰 배가 쉴 새 없이 드나들었다. 남한강 뗏목과 곡물 실은 평저선이 물살을 가르며 들어오고 유유히 떠 있음이 열 폭의 묵화였다.

"길 막고 찝쩍거리는 놈 없으면 아침 밥상머리에 와."

심익수가 건성으로 대답하는 순간에 일장기가 또 가슴에 섬뜩했다.

검푸른 새벽 기운이 청년의 눈동자에 반들거렸다. 화들짝 놀란 수탁
이 게으른 목청을 뽑았다. 혈기왕성한 육신이 갈 곳도, 할 것도 마땅히
없음은 병들어 누운 병자보다 더한 곤욕이었다. 잠에서 깨어 마루로 나
왔으나 마당에 내려설 의욕이 생기지 않았다. 두엄더미가 눈에 들어왔
다. 지게를 세워놓고 쇠스랑으로 두엄을 찍었다. 두엄이 뒤집히면서 하
얀 김을 토했다. 여름부터 삭은 쇠똥이 코를 쌉싸래하게 후볐다. 쇠스랑
을 두엄더미에 찔러 두고 손가락을 꼽았다. 경성에서 낙향하여 대체 몇
날이나 견디어냈는가? 손가락 열 개로는 셈할 수 없었다. 마당에 글을
써가며 셈을 해보고서야 달이 기울었다가 뜨고도 열엿새가 되었음을 알
아냈다.

청년은 경성에서 벼슬 버리고 낙향한 심익수 맏아들 심대풍이었다. 궁
궐 지키는 시위대 훈련 장교였던 심대풍은 시월 여드렛날 새벽의 광화문
총성을 잊지 못했다. 잠자리에 누우면 총성이 고막을 때렸다. 궁궐 북서
쪽 추서문과 북동쪽 추동문으로 들이닥치던 왜병의 환상이 가슴을 짓
눌렀다. 명성황후를 시해하려 날뛰던 왜병의 광란이 머릿속에 서릿발로
우두둑 돋았다. 낙향한 후로 잠을 설치지 않는 날이 없었다.

소작 논 볏짚가리로 새벽빛이 엉기면서 기슭 핥던 강물이 갸릉갸릉 밭
은기침을 토했다. 어둠에 흠씬 젖은 남한강 둔치에 서릿발이 하얗게 돋
았다. 요동으로 바삐 가는 의병처럼 강물이 흘러갔다. 빳빳하게 언 억새
가 강여울에다 애절한 환송의 손을 흔들었다. 목계나루 주막과 초가에
엉기었던 검푸른 기운이 벗겨지면 왜병 병참 일장기가 섬뜩하게 팔랑거
렸다. 닷새장이 서면 당목 저고리 조선 백성이 목계장터로 모여들었다.

심대풍은 두엄 지게를 지고 고샅으로 들어서다 바람결이 스치는 기척을 느꼈다. 눈과 귀로 기를 모았다. 분명 무엇인가 스쳐 갔는데 보이지 않았다. 다짜고짜 튀어나온 사내가 앞을 막고 지게를 바닥에 놓으라고 말했다. 작대기로 지게를 받치는데 뒤에서도 사내가 나타나 느닷없이 팔을 틀어쥐었다. 앞을 막았던 사내가 심대풍의 턱을 쥐고 얼굴을 쳐들었다.

"옳게 찾아왔소. 심대풍 동지가 분명하오."

사내가 나지막하게 말하고서야 틀어쥐었던 팔을 풀어주었다.

"누구시오?"

심대풍이 어깨 통증에 어금니를 물었다.

"우리가 누구인지는 알 필요 없다. 심대풍이 분명하다는 확증이 필요하다."

저음의 강인한 음색으로 보아 두 사람은 왜병 앞잡이가 아님이 분명했다. 주변을 예리하게 경계하면서도 당당한 태도는 왜병에게서 찾을 수 없는 조선 청년만의 기품이었다.

"나는 심대풍이다. 누구냐?"

심대풍이 앞가슴을 쳐들었다. 사내가 고샅을 얼른 살폈다. 그새 어둠의 농도가 확연히 약해졌다.

"왜노가 창궐하여 임금과 백성이 짐승만도 못한 지경에 이른 작금에 우선하여 할 일이 무엇이라고 판단하오?"

사내가 저고리 품에 손을 찔러 넣었다.

"임금의 수모와 백성의 근심을 생각하면 혀를 물고 자결해야 옳다. 죽는 것으로 해결될 수 없으니 끓는 가슴 겨우 달래며 기회를 기다리고 있다."

사내가 저고리에서 단도를 꺼내 가슴을 찌른다 해도 물러나거나 애원할 심대풍이 아니었다.

"왜놈을 몰아내려는 우국충절 기운이 곳곳에 도사리고 있음을 널리 알려야 하오."

사내가 품에서 한지 뭉치를 꺼내 심대풍 손아귀에 쥐여 주었다. 두어 걸음 미적미적 물러나다 훌쩍 담 넘어 사라졌다. 심대풍은 뒷머리를 자귀로 맞은 듯 얼얼했다. 속적삼 찢어 한지를 둘둘 말아 쌌다. 주변을 살피고 두엄에 묻어 감췄다. 장미산 메밀밭으로 올라가는 걸음이 급했다. 메밀밭에 두엄을 부려놓고 한지를 꺼냈다.

왜를 이 땅에서 몰아낼 것이니 젊은이는 의기로서 의병에 자원할 것이며, 노약자는 구국의 열정으로 격려할 것이며, 지주는 곳간을 기꺼이 열라는 혈서였다.

목계나루와 장미산 일대를 포함한 가흥면은 남한강 중류에 위치하여 삼국시대부터 수운을 이용한 교통의 요지였다. 고려 시대에는 중앙탑 근처에 덕흥창이 설치되어 열두 조창의 하나로 중시되었다. 고려 말과 조선 초 전환기에 덕흥창이 경원창으로 바뀌었다. 경상도 세곡이 경원창에 보관되었다가 경성의 경창으로 운송되었다. 조선 세조 십일 년인 천사백오십육 년에 조창이 창말로 옮겨져 가흥창고가 되었다. 일본이 청나라와의 전쟁에서 승리한 후 창고가 있던 곳에 병참기지를 설치하고 왜병을 주둔시켰다. 창말과 역답을 사이하고 있는 가흥창고 칠십 칸의 창고에는 왜군이 도처에서 징발해 온 곡물이 쌓였다. 상주, 예천, 점촌에서 징발되어 온 곡물은 조령이나 계립령을 넘어와 달천에서 뱃길을 거쳐 목계나루에 하역되어 가흥창고에 보관되었다. 안동과 영주 풍기에서 징발되어 온 곡물은 죽령을 넘어와 단양나루에서 뱃길로 목계나루에 하역되었다. 강원도에서도 군수물자로 아름드리 뗏목을 목계나루까지 수

송해왔다가 광나루로 가져갔다. 둘째 아들 심대곤이 가흥창고 직원으로 일본을 돕고 있으니, 뗏목 얘기만 나오면 심익수의 가슴은 맷돌에 받힌 듯 저릿저릿했다.

달마실 초가에 아침 짓는 연기가 장미산으로 흩어졌다. 연기는 장미산 자락의 달마실과 남한강 기슭 창말 사이 너른 뜰을 허위허위 쏘다니는 미친년의 갈깃머리였다. 불길한 일이 꼭 생겨날 것 같은 예감이 심익수와 강주칠의 가슴팍에서 씰룩거렸다.

"밤잠 자다 아침 닭 울기 전에 목숨 똑 떨어져야 극락이지"

강주칠이 곰방대에 담배를 엄지로 욱여넣었다.

"소작 농토마저 거둔다면 차마 제 목숨을 끊지 못하니 가시밭길을 맨발로 걷는 지옥이네."

심익수도 곰방대를 빨지 않으면 속에서 주먹이 치밀고 올라올 것 같았다.

"농토 거두지 않아도 곳간에 쌓이는 곡식은 없을 것일세."

강주칠의 푸념이 발등에 힘없이 떨어졌다. 심익수의 눈두덩이 파르르 떨었다.

"곳간에 쌓이는 곡식이 없다 말했는가?"

심익수가 트집 잡는 소리를 했다. 강주칠도 심익수의 트집에 물러서지 않고 곰방대를 돌에 탁탁 두드렸다. 괘씸한 말을 뱉어야 하는 강주칠의 속이 온전할까? 돌을 두드리는 곰방대 놋쇠소리가 심란했다.

"귀신 씻나락 까 잡숫는 말씀을 폐병쟁이 기침 뱉듯 하네?"

심익수가 푸드득 성질을 냈다. 머리채를 도리깨로 흔들어놓고 강 건너를 희미하게 바라보았다.

"눈구멍 활딱 열고 저어기 목계를 보란 말이여."

강주칠이 강 건너로 팔을 펴들었다.

"배때기가 썩어 문드러질 사사키 그놈이 명년 곡식까지 강탈한다 하던가?"

목계 병참 왜군 대장 사사끼의 존재가 심익수의 입에서 뱉어졌다. 새파랗게 젊은 왜군 대장 사사끼를 생각하면 찰진 음식 한번 넘겨주지 못한 헛배에서 코를 커억 찌르며 치받치는 생목을 참아야 했다.

"썩을 놈의 구린내 진동하는 소리 말고 목계를 잘 보란 말이어."

강주칠이 곰방대를 목계나루로 뻗었다.

"눈꼴 시리게 팔랑이는 무명쪼가리는 병참 왜놈 깃발이고…, 어허? 자세히 보니 솔밭이 새파랗지?"

나루터 건너편 강변 둔치에 아름드리 소나무가 촘촘하게 무리를 이루었다. 목계나루 건너편에 있다고 목계솔밭이라고 불렀다. 솔밭에 노송청파를 즐기는 풍류객이 끊이지 않았다. 여느 고상한 지형처럼 그럴듯한 전설이 여럿 전해왔다. 삼국시대부터 목계나루는 내륙 하항으로 성황을 이루었는데, 해마다 큰 불이 나서 막대한 손해를 입었다. 흉측한 일들이 수백 년을 거쳐 마치 전통이 되다시피 하니 사람의 능력으로는 막을 수 없는 하늘의 재앙이라고 체념했다. 나룻배를 타고 온 방갓 쓴 두 사람이 나루터 둑에 앉아 패철을 펴놓고 땅의 형상을 굽어보며 고개를 끄덕이는 것이 아닌가. 지나가던 노인이 방갓 쓴 두 사람의 행색이 기이하여 말을 걸었다. 냉습한 곳에 앉아서 무엇을 하시오? 방갓 쓴 사람이 노인을 쳐다보더니, 이 마을에 화재가 잦지 않느냐 물었다. 노인은 어찌하여 끊이지 않는 재앙을 잘 아느냐며 곁에 앉았다. 무릇 액이 오는 것을 아는 자는 액을 쫓을 줄도 아는 법인데 방책이 없겠느냐고 물었다. 방갓 쓴 한 사람이 손가락으로 목계나루 뒤 부흥산을 가리켰다. 저 산이 불의 정기가 강하여 마을 사람들은 불 속에서 물장난을 하며 살고 있는 형국이외다. 더구나 강물마저 부흥산을 외면하고 흐르는 형국이니, 마을에서 산신에게 추호의 불경스런 일을 범한다면 화마로서 응징하려 할 것이오. 노인이 몸가짐을 다듬고 도대체 누구시냐고 다그쳐 묻자 후일에 알 것이라며 그곳을 떠났다. 그들은 명나라 장수 이여송의 책사인 두사충과 그와 같이 풍수를 공부하며 다니는 수행승이었다. 두사충은 두보의 후손으로 정유재란 때 두 아들과 조선으로 왔다가 귀화했다. 노인은 방갓 쓴 사람이 시키는 대로 마을 사람을 재촉하여 강물을 돌리기로 했다. 마을의 남녀노소는 물론 품을 사서 흙을 파다가 강 가운데에 산을 만들었다. 반년이 넘어서야 강물을 목계 쪽으로 돌리게 됐다. 강물을 돌리기 위해 만든 산에 소나무를 조밀조밀 심었다. 소나무가 수백 년 동안 아름드리로 장성하여 소나무 무더기가 생겼다. 강 물줄기를 막고 있는 둑 아래는 둔치가 있어야 옳았다. 둔치가 있어야 할 곳에 소나무가 우거진 자그만 산이 생겼다.

"눈구멍에 개씨바리가 도졌는가?"

강주칠이 부흥산 중턱에 앉은 부흥당을 가리켰다.

"여기서 저기까지는 어지간한 거리가 아닌데…, 별일이구만?"

심익수는 좀처럼 보이지 않던 부흥당이 눈에 쏙 들어오자 섬뜩하다는 표정을 지었다.

부흥당은 정월 초아흐렛날에 서낭각시와 산신과 용왕을 함께 제사 지내는 당집이라 신성하게 여겨왔다. 목계나루에서 정월 초아흐렛날에 용왕제를 지냈다. 이월 보름날의 줄다리기가 있었으며, 사월 초파일에는 별신제를 위해 부흥당에 올라가 강신제와 영신굿과 송신굿을 했다.

태백산과 오대산에서 발원한 남한강 물줄기를 따라온 태백준령의 산

맥이 부흥산에 맺혔고, 솔밭과 강변이 어우러져서 목계나루가 형성됐다. 뱃길로는 경성까지 뭍으로는 강원, 충청, 경상, 경기에 이르는 큰 길목이라 재물과 사람의 왕래가 끊이지 않았다. 남한강 험한 뱃길의 무사안녕과 오곡풍성을 축원하려 마을 수호신을 모시고 줄다리기와 별신제를 펼치니, 강변 둔치에 수만 군중과 풍물패 장돌뱅이가 소용돌이치듯 어울려 장관을 이루었다.

"새벽마다 아롱아롱하던 것이 보이질 않네."

부옇던 강 안개가 없으니 부흥당은 물론이거니와 일장기를 매달고 있는 병참 깃대의 봉이 보였다. 달마실에서 목계까지는 어른 걸음으로 족히 삼십 분이었다. 이른 아침에는 목계나루 근처 남한강에서 피어오른 강 안개가 시야를 막았고, 한낮에는 햇살이 발을 쳐서 아롱아롱 흔들리며 어슴푸레하던 목계였다.

"무슨 조화 속일까?"

심익수의 목소리가 가녀리게 떨렸다.

"그래서 흉년이란 말이네."

강주칠이 흉한 말을 뱉었다.

"벼락 맞는 소릴 개방귀 뀌듯 햐? 아지랑이 없다고 흉년이라니?"

심익수가 벌떡 일어나 꾸짖었다. 심란하기가 곳간에 막 타오르는 불꽃인데 강주칠이 불길한 소리를 연신 뱉으니 화가 치밀었다.

"저… 저어기 까맣게 오는 놈들은 무엇이여?"

강주칠이 곰방대로 창말을 가리켰다. 심익수도 빨던 곰방대를 바닥에 털고 일어났다.

"자네 소작논 곁으로 까맣게 오고 있는 거 안 보이는가?"

강주칠이 답답하여 곰방대로 심익수네 소작논을 가리켰다. 곰방대 끝

저쪽에서 꼬무락거리는 것이 눈에 들어왔다. 언뜻 보니 엊그제 논바닥에 뿌린 인분 찌꺼기를 쪼아 먹는 까마귀로 보였다. 눈알을 부릅뜨고 다시 보니 까맣게 움직이는 것은 까마귀가 아니라 사람이었다.

"왜, 왜놈… 아니어?"

소작논으로 뻗은 심익수 팔이 사시나무로 떨렸다.

"까만 것이 분명 왜놈이지? 말을 탄 놈도 있고?"

강주칠이 슬금슬금 뒷걸음질했다.

"똥깐이 그놈도 보이네?"

꺼정꺼정 뛰어오는 똥깐의 꼬락서니를 본 심익수가 아이쿠 뒤로 주저앉았다.

"저놈이 새벽부터 설치니 생사람 곤욕을 당하겠네?"

심익수가 일어나 뒷걸음질하다가 몸을 돌려 골목으로 바삐 걸어갔다.

돌담 하나로 심익수와 강주칠은 이웃이었다.

"자네 큰아들 경성서 온 지 얼마나 되었는가?"

경성에서 벼슬하다가 낙향한 심대풍을 강주칠이 대뜸 들먹였다. 사사끼가 똥깐을 대동하고 달려오는 것을 본 강주칠이 심대풍을 무의식중에 떠올렸다. 사사끼는 물론이고 똥깐이란 놈이 설쳐대면 백성이 곤욕을 치렀던 것을 뻔히 아는 터라, 강주칠은 심대풍을 들먹여놓고서 심익수를 마주 바라보기가 무안해졌다.

"대풍이 경성에서 온 것이 왜놈이랑 무슨 상관이 있다고 막말을 씨부렁거리는가?"

심익수가 걸음을 뚝 끊고 되물었다. 강주칠은 골목 모퉁이 벽에 붙은 포고문을 보았다. 새벽에는 없던 포고문이 붙었다.

마당에 나와 있던 강막실이 돌담 너머 심익수에게 고개를 푹 숙여 인사했다. 있어야 할 맏아들 심대풍이 보이지 않았다.

"대풍 오빠 두엄 지게 지고 밭에 갔어요."

강막실이 볼을 발갛게 달구고 말했다.

아침마다 새벽잠이 없는 강주칠과 용포댁이 방문을 열면 어김없이 강막실이 마당에 서성였다. 돌담 너머 마당에 홍시라도 떨어지기를 고대하는 시선을 보내고 있었다. 방문 여는 기척에 화들짝 놀란 강막실이 주뼛 물러났다. 저것이 어미 아비는 안전에도 없고 망측스럽게 옆집 남정네로 정신을 쏙 놓았다고 용포댁이 주먹을 흔들며 낮은 목소리로 나무랐다. 강주칠은 그저 허허 웃었다. 심대풍이 마당으로 나오며 돌담 너머 강주칠과 용포댁에게 아침 문안 인사를 하고, 막실이는 새벽잠이 참 없구나, 한마디 덧붙이면 새빨개지는 얼굴을 두 손으로 싸매고 부엌으로 홀짝 뛰어 들어갔다. 천생연분이로다. 강막실 부모와 심대풍 부모가 돌담을 사이에 두고 속으로 곱씹어 온 세월이 십 년 되었다. 심대풍과 강막실이 장차 혼인할 사이임을 부정하는 사람은 달마실에 없었다.

"성질 내지 말고 흙벽에 나붙은 저걸 좀 보라고."

강주칠이 손짓하는 흙벽에 종이가 붙어 있었다. 어제저녁에 없었으니 밤부터 새벽에 누군가 붙인 것이었다.

"종이를 대풍이가 발랐단 소리여? 찢어진 입이라고 뱉으면 다 말씀인가?"

심익수가 종이를 뜯어 쥐었다. 심익수 얼굴로 왠지 모를 불안감이 스쳐 갔다.

강주칠이 무슨 말인가를 하려다가 손사래를 치고 집으로 들어갔다. 평생 이웃 동무인 심익수 얼굴로 스쳐 간 불안이 남의 일 같지 않았다. 장차 사위가 될 심대풍에게 예감되는 험난함이 가슴을 짓눌렀다.

②

대갈빠리에 목침을 맞을 놈아

목계 병참대장 사사끼를 태운 말이 달마실로 달려왔다. 새벽 공기를 가르며 내닫는 말을 쫓아 왜병 십여 명과 똥깐이 헐레벌떡 뛰어왔다.

똥깐은 사사끼 앞잡이로 본명은 박창호였다. 박창호가 태어난 창말 언덕에 할미 형상의 바위가 있었다. 쪽머리에 비녀를 꼽고 창말을 바라보며 앉아 있었는데, 할미바위 때문에 창말에 남정네가 젊어서 죽고, 청상과부가 벽에 똥칠할 때까지 수명이 길다는 얘기가 전해져 왔다. 전해오는 얘기를 증명하듯, 우연의 일치인 듯 오 대에 걸쳐 청상과부인 박가네가 있었다. 공교롭게도 오대 청상 박가네 안마당은 할미바위의 시선이 내려 닿는 자리였다. 해산이 임박한 젓갈댁은 기가 막혔다. 전라도 부안에서 젓갈 장사를 하다가 염전 잡부였던 박가를 따라 목계로 왔다. 시할미와 시어미가 층층 과부인 것을 알지 못했다. 서방 따라 먼 길 왔는데 여섯 달을 넘기지 못하고 청상이 됐다. 젓갈댁 나이 스물이었다. 서방을 저승에 보내고 만삭이 된 젓갈댁은 날마다 할미바위를 쳐다봤다. 부른

배를 들고 언덕에 올라가 할미바위에 쇠말뚝 박고 싶은 마음이 날마다 굴뚝같았다. 청상 시할미가 젓갈댁을 뒤뜰로 불렀다. 갓난아기가 나오려는 끼가 있으면 측간으로 아무도 몰래 가거라. 뒤뚱거리지도 말고, 힘든 내색도 말고 똥을 왈칵 쏟을 것처럼 얼른 가거라. 젓갈댁은 시할미의 말을 선뜻 알아듣지 못했다. 할미바위 눈을 속이려는 게여. 젓갈댁이 시할미의 속내를 알아차렸다.

구월, 장미산에 놋쟁반 닮은 보름달이 떴다. 자정이 지나서 산통이 왔다. 뒷간에 부랴부랴 거적이 깔리고 젓갈댁이 누웠다. 몹쓸 놈의 달덩이. 시할미가 달을 꾸짖었다. 할미바위를 감쪽같이 속여 증손을 보려 했더니 장미산에 놋쟁반으로 걸린 달이 훼방이었다. 뒷간 냄새 지독하니 할미바위가 성질을 내고 그만 갈 것이다. 시할미 말대로 남정네가 없는 뒷간 냄새가 어지간하게 고약한 것이 아니었다. 젓갈댁은 눈알을 콕콕 찌르는 역한 냄새를 참아가며 산통을 이겨내고 아들을 낳았다. 시할미가 갓 낳은 박창호를 솜이불에 감추어 첫울음조차 막았다. 어른이나 코흘리개나 뒷간에서 태어난 박창호를 똥깐이라 불렀다. 젓갈댁은 괘념치 않았다. 천하게 부르면 어떠랴. 개똥이, 쇠똥이, 작은년이, 큰년이. 이름이 천해서 저승사자 저승길 동행명부에 오르지 않는다면 똥깐이라 놀림을 당한들 어떠랴. 그렇게 태어난 자식이 왜놈 앞잡이가 되었다. 시할미는 이미 죽었고, 똥깐의 어미 젓갈댁은 차마 낯을 들고 목계 사람을 마주 볼 수 없어 홀연히 떠났다.

왜병이 초가 흙벽에 붙은 종이를 뜯어다 사사끼에게 받쳤다. 의병이 봉기하니 젊은이는 동참하라? 사사끼가 종이를 움켜쥐고 권총을 빼 들었다. 고샅에서 사람이 나타나기라도 한다면 가슴에 총알을 날릴 기세였다. 갑작스러운 소란에 봉암댁이 방문을 열고 나왔다. 봉암댁 손에 누런 오줌이 찰랑한 놋요강이 들려 있었다. 봉암댁과 사사끼의 눈빛이 마주쳤다.

"빠가야로!"

사사끼가 봉암댁에게 총구를 겨누고 발악을 했다. 봉암댁은 눈곱이 누렇게 낀 눈으로 멀뚱멀뚱 바라보다가 놋요강을 마당에 내던졌다. 놋요강이 오줌을 찔찔 흘리면서 떼구르르 구르다가 똥깐의 발에다 싯누런 오물을 왈칵 쏟았다.

"할망구가 죽으려고 환장을 했구먼?"

똥깐이 발등에 쏟아진 오물을 털어내려 불씨 밟은 노루처럼 뜀질했다. 일삼고 다니는 짓거리가 똥개만도 못하니, 입만 열면 구린내가 줄줄 쏟아져 들어주기 민망한 말을 함부로 뱉는 똥깐이었다. 똥깐이 핏발 선 눈알을 호드득 굴렸다. 인절미를 찢어 먹을 듯 얼굴을 찡그린 똥깐이 두엄더미에 찍혀 있는 쇠스랑을 뽑아 들었다. 놋요강을 쏟아놓고도 봉암댁은 똥깐을 멀뚱멀뚱 바라보았다. 똥깐이 쇠스랑을 쳐들고 봉암댁에게 걸어갔다. 봉암댁은 여전히 눈도 끔쩍하지 않았다. 쇠스랑 날을 눈앞에 대고 바르르 떨어도 봉암댁은 여전했다. 쇠스랑을 내던진 똥깐이 봉암댁을 사사끼 앞으로 끌고 와서 패대기쳐 무릎 꿇렸다.

"이 손 놔라. 대갈빠리에 목침을 맞고 뒈질 놈아."

봉암댁이 똥깐을 털어내고 일어섰다. 뱃살이 없어 허리를 꼬부리고 다니던 봉암댁이 상체를 깐깐하게 세웠다. 똥깐이 달려들어 봉암댁의 무릎을 꿇렸다. 개복숭아 벌레를 덥석 베어 문 듯 낯짝을 사정없이 찡그리고 봉암댁의 옆구리를 후딱 걷어찰 기세였다.

사나운 개 콧등 아물 날 없다고, 갖은 악행 일삼고 다니는 똥깐의 얼굴이 그랬다. 사사끼를 등에 업고 있다지만, 무서운 게 아니라 더러워서 시비를 거는 사람이 아무도 없는데 시푸르뎅뎅한 멍 자국 없는 날이 없었다. 사사끼가 숙소로 들어가면 똥깐의 벗은 술이었다. 밤마다 곤드레만드레 비틀거려 길바닥에 넘어지고 으깨어지니 낯짝이 성할 수 없었다.

"귓구멍에 솜먼지가 들앉았냐?"

봉암댁이 또 일어서며 똥깐의 따귀를 갈겼다. 똥깐의 따귀를 갈긴다는 것은 생각하기도 역겨운 노릇이었다. 똥깐이란 놈의 나이 스물이 넘고도 다섯 해가 되었다. 마누라를 안방에 들앉혀 자식을 둘쯤은 주렁주렁 매달고도 남을 처지였다. 조선에 온 왜병은 옆구리에 질러놓은 가시작대기와도 같은 존재였는데, 앞잡이를 하고 다니는 똥깐이란 놈의 밉상스럽기란 눈동자를 쑤시는 가시넝쿨보다 더할 수밖에 없었다. 머리 풀어헤치고 들판을 쏘다니는 실성한 년이 아니고서야 어느 혀가 빠질 년이 그놈에게 연정을 주어 마누라가 되려 하겠는가? 이놈이 목계와 창말 일대로 다니며 싸질러놓은 저지레를 열거하자면 집집마다, 사람마다 가슴팍으로 치밀어 오르는 주먹질이 셀 수도 없었다. 사타구니에 달린 고것으로 저질러댄 싸가지 없는 일들을 차마 입에 담기란 십 년 썩은 똥독에 얼굴 박기보다 열 곱은 족히 더러웠다.

자식 낳아 다섯 살을 넘겨야 오호! 요 녀석이 조상에 아뢸 내 자식이구나. 비로소 족보에 입적할 정도로 늙은이보다 어린 것의 초상이 더 많았다. 낳은 자식 개천에 버려두듯 타고난 명줄이나 지켜보면서 죽으면 복이 고작 그거였다며 자식에 대한 여한을 끊어야 했다. 다섯 살까지 살아남아야 비로소 자식으로 여기는, 억장 무너지는 사연의 속내를 들여다보면 가난밖에 없었다. 소작 땅뙈기 파서 겨우 뱃가죽 등짝에 붙지 않을 만큼 먹고 사니 돌림병이 해마다 마을 고샅길로 병신자식 다리 절듯 절뚝절뚝 지나갔다. 이마에 핏기도 가시지 않은 주검이 거적에 둘둘 말려 애기무덤이 되었다.

간신히 목숨 부지했다 해도 후유증으로 미쳐가는 사람도 마을마다 서넛을 두고 있었는데, 처녀가 미치면 똥깐의 욕정풀이 대상이 되었다. 이놈은 마을마다 미쳐 들판을 휘적거리는 처녀를 찾아다니며 욕을 보이기 일쑤였다. 들판에서 만나면 두렁에다 자빠뜨려 아랫도리를 허여멀겋게 벗겨냈다. 부모가 들판에 나가 혼자 있는 안방에 제집처럼 들어가 처녀를 쓰러뜨렸다. 치마를 머리 너머로 넘겨 상체를 치마 속에 동여 묶어 놓고서 옴짝도 못하는 가녀린 몸에 더러운 욕정을 풀었다. 이놈이 욕지거리를 조석 끼니인 양 얻어먹고 다녀선지 사타구니에 뻗친 것도 박달작대기 같다는 입소문이 간혹 돌았다. 그것을 증명이라도 하듯 똥깐이란 놈이 바지춤을 움켜쥐고 어기적어기적 걸어올라치면 미친 여인이 비실비실 웃으며 뒤로 자빠져 아래를 끌어내렸다. 창말에 사는 미친 처녀의 허리가 뭉툭하고 걸음걸이가 되똥되똥하여 마을 여인이 불러다 아랫배에 손바닥을 얹으니, 똥깐의 씨가 벌써 뱃속에서 발딱발딱 발길질했다. 아이쿠, 저 미친 것이 세상의 업을 안고 하늘로 갈라나 보다. 즛쯧, 혀를 차면서 누구도 해결하려 나서지 않았다. 미쳤어도 모성은 있는지라 만삭이 되자, 실성한 기색이 없어지고 조신하게 고샅길로 걸어 다녔다. 논배미에 모를 심느라 눈길 잠시 뜸했더니 고샅길에서 임산부가 사라졌다가 이틀 만에 보리 더미에서 발견되었다. 파란 잡풀을 빨갛게 물들여 아이를 낳았다. 하혈이 심하여 숨이 끊어진 어미 젖꼭지를 갓난아기가 탯줄을 배꼽에 단 채 오물오물 빨고 있었다. 마을에서 시신을 묻어주었다. 똥깐의 핏줄에게 누구도 얼씬하지 않았다. 지나가던 방울장수 내외가 핏줄을 안고 뒤도 돌아보지 않고 원주로 갔다. 방울장수는 다시 목계에 나타나지 않았다. 자식 없는 방울장수가 갓난아기를 보쌈해서 멀리 갔을 거라는 소문이 무성했다.

"할망구가 재수 없게 새벽부터 손찌검을 하고 지랄이야."

봉암댁에게 뺨을 얻어맞은 똥깐이 얼굴을 시뻘겋게 달구고 눈알을 부라렸다.

"똥깐이 이놈! 네 아버지가 짐승만도 못한 너를 보면 피를 토하면서 저승 문지방에다 통곡을 할 것이다. 똥독에 얼굴을 처박을 놈아."

봉암댁이 똥깐의 따귀를 또 맵차게 갈겼다. 똥깐이 화끈해진 볼에 손바닥을 대고 사사끼를 바라봤다. 사사끼가 권총을 흔들어 물러나도록 했다.

"할망구. 딱 한 가지만 묻겠다."

사사끼가 달마실로 달려온 것은 봉암댁을 닦달하려는 것이 아니었다.

"네깐 놈이 뭐를 묻든 아무것도 아는 게 없다."

봉암댁이 지레 장막치고 이를 악물었다. 사사끼도 어금니를 물고 장미산을 한차례 바라봤다. 봉암댁의 당돌함에 사사끼와 왜병이 입을 쩍 벌렸다. 사사끼와 똥깐에게 맞서는 조선 백성이 없었다. 꼬부라진 몸 겨우세우는 늙은 노인이 사사끼에게 맞서고 있으니 염소가 물똥을 누는 격이었다. 사사끼가 끓어오른 화를 참아 내리고 손에 쥔 포고문을 내밀었다.

"이따위 종이를 붙인 놈이 누구인지 말하면 할망구는 살 수 있다."

사사끼가 낮고 질긴 음색으로 물었다.

"일자 무식쟁이 까마귀라, 그 종이가 무엇인지 모른다."

봉암댁이 머리채를 썰레썰레 흔들었다. 보은에서 의병이 일었다가 관군과 왜병에 잡혀 젊은 목숨이 수없이 죽었음을 봉암댁이 모를 리 없었다. 종이 때문에 멀쩡한 장정 여럿의 목숨을 빼앗아갈 것이라는 것쯤은 알아차렸다. 몸이 노쇠하니 눈물샘도 말라 뻑뻑한 눈이 저절로 부릅떠졌다. 사사끼 얼굴이 험악하게 일그러졌다. 따귀를 맞았던 똥깐이 걸어와 봉암댁의 허벅지를 걷어찼다. 봉암댁이 고꾸라졌다.

"경성에서 온 놈을 알고 있지?"

사사끼가 심대풍을 지목했다. 봉암댁의 몸이 휘청 흔들렸다.

"네깐 놈이 경성에서 온 놈이 아니냐?"

봉암댁이 몸을 곧추세워 누런 눈곱의 눈을 부릅떴다.

"시월 여드렛날 경복궁에서 도망쳐 온 훈련대 장교가 달마실에 살고 있음을 이미 알고 왔다. 그놈이 이 종이를 붙였다고 말하면 할망구는 살 수 있다."

시월 여드렛날이면 국망봉에 피신 왔다가 경성으로 간 국모가 시해된 날이었다. 국망봉은 목계에서 북쪽으로 이십여 리 앙성면과 노은면의 경계선에 있었다. 원래는 금방산이라 불렸는데, 명성황후가 피난 와 날마다 산마루에 올라가 한양을 바라보았다 하여 국망산으로 고쳐 불렀다.

"일자 무식쟁이 까마귀라 시월 여드렛날도, 훈련대 장교도 말짱 모른다."

봉암댁이 치마를 툭툭 털고 일어섰다. 봉암댁은 무서울 것이 없었다. 살아있다는 것이 구차스러웠다. 서방이 뗏목에서 비명횡사하고 십 년 넘었다. 자식도 두지 못했다. 젊은 날 봉암댁은 장미산 봉학사에서 치성을 드렸다. 서방의 뗏길 무운과 핏줄 하나 점지해주길 빌었다. 날마다 봉학사 법당에서 천 배를 하였다. 부처님은 봉암댁을 외면했다. 내외 오십이 넘으니 자식의 여한을 가슴에 묻었다. 오순도순 여생을 살자 했더니 서방이 뗏길에서 비명횡사했다. 봉암댁은 먼저 간 서방을 지금 이 순간에라도 만날 수 있다면 목숨 그까짓 것 서슴없이 내놓을 수 있었다. 봉암댁에게 총을 뽑아 든 사사끼나 똥깐은 무서운 존재가 되지 못했다.

"심대풍이란 놈을 잡아와."

사사끼가 허공에 총을 쏘고 소리를 질렀다. 똥깐이 급히 고샅으로 뛰어갔다. 사사끼도 말을 몰아 심대풍 집으로 달려갔다.

심대풍은 메밀밭에서 내려오다 총소리를 들었다. 흙벽에 붙인 포고문이 없어졌다.

"경성서 온 지 두어 달이 넘었지?"

봉암댁이 심대풍을 불렀다.

"한 달하고도 열엿새가 되었어요."

심대풍이 봉암댁 마당으로 들어갔다. 봉암댁이 똥깐에게 맞은 다리 통증으로 얼굴을 찡그렸다. 심대풍이 외양간 구이에 콩깍지를 넣었다. 소가 콧김을 푸푸 쏟아내며 씹어 삼켰다.

"뗏목 갔다던 대곤이 왔는가?"

봉암댁이 똥깐에게 걷어차인 몸을 마루에 놓았다.

"늘배에 벼 오십 섬 싣고 광나루로 갔는데 오늘 돌아온다고 했어요."

남한강 뗏목 사공은 평저선을 늘배라고 불렀다. 소백산맥 이남에서 조세를 곡물로 거두어 임금이 사는 경성까지 남한강 수로를 통하여 운반했다. 대구에서 죽령을 넘어온 세곡이 단양나루에서 실려 와 가흥창고에 쌓였고, 문경을 거쳐 조령을 넘어온 세곡은 달래강으로 실려 와 가흥창고에 쌓였다. 세곡을 나르는 배를 초마선이라 했다. 남한강의 수심이 웬만해진 목계나루에서 경성까지는 바닥이 편평한 평저선을 이용했다. 배 밑바닥인 저판에 굵은 통나무 여러 개 잇대어놓고, 기다란 참나무 가새를 좌우에서 어긋나게 매겨놔서 여울을 떠내려가며 바위에 부딪혀도 깨지지 않았다.

"왜놈이 자네 집에 떼거리로 갔어. 말을 탄 놈이랑 열은 남짓한 왜놈이랑 뛰어갔고, 똥깐이 바지 적삼에 똥을 싸서 뭉갰는지 어기적어기적 따라갔어."

심대풍은 불길함을 느꼈다. 육순이 넘은 부모와 여동생 심만옥이 걱정됐다.

"손돌 바람이 동짓달에 불어쌓네? 아무래도 불길하구면?"

봉암댁이 장미산에 시선을 두었다. 새벽부터 아침까지 좀처럼 바람이 불지 않는 장미산 자락인데 바람이 두엄 지게를 심하게 흔들었다. 에이! 몹쓸 놈의 바람, 뜻밖에도 달마실 앞뜰에서 까마귀 세 마리가 날아올라 장미산으로 날아갔다. 봉암댁이 눈살을 찌푸리고 소금 뿌리듯 팔을 내저었다.

"의병 간다면서 집 나섰다가 생떼 같은 목숨만 잡혔는데…, 의병이 또 오기는 하겠어?"

봉암댁이 하얗게 마른 입술에 침을 바르며 어렵사리 물었다. 봉암댁 몸이 바르르 떨고 있음을 심대풍은 보았다.

"사사끼가 의병 잡으러 왔다 말하던가요?"

지게 멜빵에 어깨를 넣던 심대풍이 물었다.

"흙벽에 발랐던 종이를 뜯어갔어."

봉암댁이 시선을 장미산으로 돌렸다. 심대풍이 지게를 지고 일어났다.

"지게는 여기 두고 몰래 가보는 게 어떨까?"

봉암댁이 지게 다리를 잡아당겼다. 지게가 휘청거렸다. 봉암댁과 지게가 쓰러졌다. 심대풍이 봉암댁을 안아 방으로 들어갔다. 골목을 지날 때마다 마주치던 봉암댁의 방으로 들어오기는 처음이었다. 홀아비는 이가 서 말, 과부는 쌀이 서 말이라 하였지만, 십 년 과부 봉암댁은 쌀 한 됫박은커녕 횃대에 걸린 낡은 저고리 한 장이 전부였다. 심대풍은 불안을 억누르고 집으로 천천히 걸어갔다. 늘배로 광나루 간 동생이 혹여 잘못된 것일까? 심대곤이 걱정되었다. 길가 외벽에 붙었던 포고문이 모조리 뜯겼다.

"오빠."

고샅으로 들어가는데 강막실이 앞을 막았다.

"왜놈이 똥깐이랑 오빠네 마당에 와 있어."

심대풍의 가슴이 쿵 내려앉았다. 어금니를 질끈 물고 걸어갔다.

"사립문 말고 뒷담으로 가."

강막실이 심대풍의 옷깃을 잡았다. 봉암댁 말대로 똥깐이 마당에서 소리를 바락바락 지르고 있었다. 심대풍이 사립문 밖에 몸을 숨겼다.

"심대풍을 내놓아라."

사사끼가 어줍은 조선말로 버럭 소리를 질렀다. 똥깐이 방문 열어젖히며 세간을 헤집었다. 육순이 넘고 살집도 없어 몸 간신히 겨누는 봉암댁에게 따귀를 맞으며 봉변당한 똥깐이 목구멍에 걸린 이물질을 게워내려는 듯 설쳐댔다. 똥깐이 설레발치며 움직일 때마다 코를 쥐어트는 역겨운 냄새가 났다. 봉암댁의 배설물을 담았던 놋요강이 왈칵 쏟아진 똥깐의 발에서 나는 악취였다. 마루에 방바닥에 똥깐의 발이 누런 국물을 찍어냈다.

"그만하시오."

오장 이또가 똥깐의 옆구리를 총구로 찔러 제지했다. 코를 쥐어트는 역겨운 냄새는 봉암댁의 싯누런 요강 배설물만이 아니었다. 실성한 여인을 겁탈하고 다니며 밤마다 무엇이 두려운지 술에 절어야만 잠을 잘 수 있는 똥깐의 몸에서 구릿한 냄새가 아닌, 부흥산 봄 자락을 하얗게 물들이는 조팝꽃더미 향 비슷한 것을 기대한다는 것은 돌팔매질로 별을 따는 것이나 같은 맥락이었다. 여름에 몇을 감은 몸뚱이에 물질 한 번 하지 않는 냄새의 정체를 딱 집어 말하기 어려웠다. 고샅길에 퍼질러진 개똥 쉬는 냄새와 배 창자에서 구더기가 꼬물꼬물 기어 나오는 붕어 썩은 냄새 같기도 했다. 콧구멍에서 누런 고름이 흐르는 염증을 달고 사는지 노상 입 벌리고 다녔는데, 푸푸 쏟아지는 입 냄새 더해지면 머릿속이 아뜩할 정도였다. 봉암댁의 오물까지 더했으니 똥깐이 움직일 때마다 풍기는 냄새는 가히 살인적이었다. 똥깐이 자존심은 있는지 자신의 옆구리를 총구로 쿡쿡 찔러대는 이또를 불쾌한 눈초리로 째려보았다. 이또는 냄새를 조금이라도 덜 맡으려 안면근육으로 콧등을 잔뜩 당겨 입술을 깨물고 눈꼬리를 험악하게 일그러뜨렸다. 똥깐이 이또의 기세에 찔끔 눌려 슬금슬금 물러났다.

"낌새를 알고 도망친 것 같습니다."

이또가 사사끼에게 머리를 조아렸다. 이또는 사사끼보다 나이가 열 살 많았다. 일본 사관학교를 졸업한 사사끼의 부하지만 사병 중에서 계급이 제일 높은 오장이었다.

심익수가 마당으로 끌려 나왔다. 여주댁과 심만옥이 마루에서 부들부들 떨었다. 뒷담을 넘은 심대풍이 굴뚝을 타고 지붕으로 올라갔다.

"심대풍이 의병과 내통하고 있다는 것을 알고 왔다."

사사끼 얼굴이 발갛게 변했다. 소리를 버럭버럭 질러서 목구멍이 기차 화통처럼 바싹 말랐다. 얼굴은 삶은 고구마처럼 불그죽죽했다. 사소한 것에 소리를 버럭 질러대고 군화로 다리뼈를 걷어차기 일쑤였다. 사사끼에게 볼일이 있으면 두어 걸음 물러나 있어야 했다. 정강이뼈를 차이면 이빨이 서릿발로 일어서는 통증 때문에 주저앉지 않는 사람이 없었다. 오장인 이또와 앞잡이인 똥깐이 사사끼에게 정강이뼈를 밥 먹듯 얻어맞았다.

사사끼 고함에 심익수가 입 꼭 다물고 눈도 감았다. 입술이 하얗게 마르고 몸이 파르르 떨었다. 주먹도 부르르 떨었다.

"심대풍이 궁궐 시위대 장교였음도 알고, 시월 여드렛날 경복궁 난리 때 도망쳐 왔음도 알고 왔다."

사사끼가 말에서 내려 권총을 뽑아 들었다.

"시월 여드렛날이라? 섬나라에서 온 도적놈이 국모를 시해한 망극한 날이구나."

심익수가 눈을 부릅떴다. 새벽에 강주칠과 소작논두렁에서 무명빨래로 펄럭이는 일장기를 바라보던 눈빛이었다. 돌담 너머 강주칠 시선도 파르르 떨었다.

"네놈 아들이 경복궁에서 있었던 일을 말하였으니 그렇게 지껄일 수 있으렷다?"

사사끼가 총구를 심익수의 이마에 대고 징그럽게 웃었다. 심익수가 꼿꼿이 서서 물러서지 않았다.

"심대풍. 경복궁에서 도망쳐 와 달마실에 숨어 있다는 거 다 알고 왔다."

사사끼가 사방으로 두리번거리며 소리를 질렀다.

"네놈이 나오지 않으면 네 아비 이마에 총알을 박을 것이다."

심대풍이 지붕에 엎드려 있는 것을 아는 듯 소리를 질렀다.

"의병을 모집한다고? 의병이 되는 순간에 목숨을 내놓아야 한다는 것을 알고나 있으면서 이따위를 붙였나?"

사사끼가 벽에서 뜯어낸 포고문을 흔들며 고래고래 악을 썼다.

"나오지 않으면 방아쇠를 당긴다?"

사사끼가 방아쇠 손가락에 힘을 주었다.

"섬나라 도적놈을 믿어서는 안 된다."

심익수가 총구를 손으로 밀쳤다. 빠가야로. 사사끼가 구둣발로 심익수 얼굴을 걷어찼다. 심익수가 마당에 나동그라졌다. 심만옥이 외마디를 지르고 마당으로 뛰어 내려왔다. 여주댁이 어금니를 깨물고 마당으로 내려왔다. 심익수를 부축하는 심만옥의 옆구리를 사사끼가 걷어찼다. 심만옥이 댓돌에 머리를 부딪고 혼절했다. 심만옥이 백지장처럼 창백하게 기절하자 여주댁의 눈자위가 뒤집혔다. 사사끼가 실신한 심만옥 옆구리를 발로 툭툭 건드리다가 볼에 손바닥을 얹는 것이 아닌가. 의외의 행동이었다. 연인과 가족을 두고 바다 건너 타국에 주둔하고 있는 왜병도 욕정이 있는 사내였다. 햇살이 은비늘로 반짝거리는 목계 강물을 바라볼 때나 함박눈이 팡팡 쏟아질 때는 고향이 생각나고 연인이 가슴팍에 뭉클하게 서성거림은 육신 멀쩡한 사내로서 당연했다. 고된 근무가 끝나고 긴장이 풀리면 지나가는 조선 여인의 치마만 보아도 욕정이 불끈거렸다. 사사끼는 병참 주둔 왜병의 욕정을 통제하지 않으면 엄청난 사건이 터질 수도 있다는 조바심을 늦추지 않았다. 댓돌에 머리를 부딪고 기절한 심만옥의 뽀얀 얼굴에 자신도 모르게 욕정의 손을 뻗었다.

여주댁이 와들와들 떠는 손으로 두엄더미에 꽂힌 쇠스랑을 뽑아 들었다. 왜병이 화들짝 놀라 여주댁에게 총구를 겨누었다. 여주댁이 총구를 밀쳐내고 사사끼에게 접근했다.

사사끼에게 맞서던 봉암댁의 서슬 퍼런 기운이 달마실을 휘감았단 말인가?

사사끼와 똥깐이 나섰다면 슬슬 물러나던 백성이었다. 사사끼가 총구를 가슴에 들이대도 똥깐이 개씨바리 돋은 눈깔을 휘돌려도 물러서지 않던 봉암댁처럼, 심익수도 여주댁도 왜병의 총부리에 물러서기는커녕 으르렁 대들었다. 어딘가 숨어 있을 아들 심대풍을 보호하려는 부모의 살신성인이었다.

여주댁이 쇠스랑 날을 사사끼의 가슴팍으로 주저 없이 가져갔다. 마당에 나동그라졌다던 심익수가 급박해졌다. 방아쇠를 감은 사사끼의 손가락에 힘이 들어가고 있음이 심익수의 눈에 들어왔다.

아— 안 된다! 심익수의 외마디와 동시에 탕! 사사끼 권총이 불을 뿜었다. 화약 냄새가 독하게 번졌고, 여주댁이 풀썩 쓰러졌다가 상체를 일으켜 무릎을 세웠다. 쇠스랑에 몸을 지탱하면서 애절한 눈빛으로 심익수를 바라보다가 마당에 고꾸라져 절명했다. 심만옥이 총소리에 혼절에서 깨어났다. 가슴과 입에서 피를 쏟아내며 절명한 여주댁을 보고 또 푹 쓰러졌다. 심익수의 눈에 불똥이 튀면서 사사끼에게 걸어갔다. 사사끼가 당황하여 뒷걸음쳤다. 심익수가 사사끼의 멱살을 쥐어틀었다.

"이놈. 너랑 나랑 같이 죽자."

심익수가 사사끼 얼굴이 새빨갛도록 멱살을 쥐어틀었다. 사사끼가 캑캑 팔을 휘저어 이또와 똥깐에게 도움을 청했다. 똥깐이 달려들어 심익수를 잡아끌었다. 사생결단으로 멱살을 틀어쥐었으니 사사끼는 심익수에게 끌리며 고통이 더해졌다. 이또가 소총으로 심익수의 뒷머리를 내리쳤다. 뒷머리가 아득해진 심익수가 쓰러졌는데 사사끼도 바닥에 뒹굴었다.

"저승 문지방 같이 넘자. 썩을 놈아."

둘이 한 덩어리로 떼굴떼굴 굴렀다. 이또가 심익수의 얼굴을 걷어찼다. 입술이 터지고 코피까지 흘리면서 멱살을 놓지 않았다. 똥깐이 고약한 냄새를 풍기며 달려들어 가까스로 심익수를 떼어놓았다.

심대풍도 어머니의 죽음을 보았다. 이엉을 움켜쥔 주먹이 바르르 떨었다. 눈물이 왈칵 쏟아졌다. 사사끼 이놈. 마당으로 뛰어내리려 몸을 일으키려는 순간, 광나루에 갔던 심대곤이 사립문으로 들어왔다. 심대곤은 마당에 펼쳐진 상황을 한눈에 목격했다. 어머니는 숨이 끊어져 피를 마당에 쏟았고, 아버지는 얼굴이 짓이겨져 피범벅이었다. 여동생은 백지장 얼굴로 흰자위를 희멀겋게 드러냈다. 형이 보이지 않았다. 형을 찾아 두리번거렸다. 옆집 강주칠과 용포댁과 강막실의 파리한 모습이 보였다.

"이… 무슨…?"

눈 뜨고 바라볼 수 없는 상황에 심대곤은 말문이 막혔다.

"심대풍이 의병과 내통하고 있다는 사실을 알았소. 증거가 내 손에 있소."

심대곤의 시선이 절명한 어머니에 닿아 있자 사사끼가 말을 끊었다. 심대곤이 사사끼 손에 쥔 권총을 보았다. 어머니를 가슴에 안으며 살펴보니 사사끼의 짓이었다. 어머니를 마루에 옮겨놓고 사사끼에게 천천히 걸어갔다.

"오해 마오. 저것을 들고 내게 덤볐소. 내게 도전한다는 것은 천황폐하께 무례한 도전이오. 어쩔 수 없이 황국신민으로서 방아쇠를 당긴 것뿐이오."

사사끼가 물러서며 변명했다. 심대곤의 주먹이 부르르 떨었다.

"네놈의 천황이지 내 임금은 아니다. 도적놈의 두목이 어찌 이 나라의 천황이 될 수 있느냐? 벼락을 맞고 새까맣게 문드러질 놈아."

심익수가 아들을 멈추게 하려 소리 질렀다. 심대곤의 귀에는 아버지 목소리가 들리지 않았다. 사사끼만 확연하게 보였고 사방은 안개처럼 흐렸다. 팔랑개비 돌아가는 소리가 어지럽게 고막을 흔들었다.

"천황폐하께 놈이라는 감히 무례한 말을 하였으렷다?"

사사끼가 권총을 겨누었다. 심대곤이 쇠스랑을 불끈 쥐었다. 왜병이 일제히 심대곤에게 총구를 겨눴다. 사사끼가 뒤로 물러서면서 음흉하게 웃었다. 긴장이 삽시간에 퍼졌다. 담 너머 강막실도 숨을 멈췄다. 심익수가 끄응 일어나 심대곤의 앞을 막고 입술을 깨물었다. 여기서 맞서다가 네 목숨마저 잃는다며 그만두라고 눈짓했다. 심대곤이 두엄더미에 쇠스랑을 푹 박았다. 사사끼도 권총을 거두었다.

"심대풍에게 꼭 말해두시오. 순순히 자수해 오기를 바란다고. 그렇지 않으면 가족의 목숨을 책임질 수 없소."

사사끼가 말에 올라탔다.

"광나루에 갔던 사항을 가흥창고 소장 하리모토에게 보고해야 하지 않겠소?"

사사끼가 능글맞게 웃었다. 심대곤이 어머니의 주검을 보고 차마 따라나서지 못하자 사사끼 얼굴이 일그러졌다. 심대곤이 사사끼에게 걸어갔다.

"저놈 따라 사립문 나가면 내 자식이 아니다."

심익수가 아들에게 소리 질렀다. 사사끼를 따라 사립문으로 나온 심대곤은 기가 막혔다. 하루라도 더 일찍 오려고 밤길 재촉해 아침에 도착했다. 허기를 움켜쥐고 지름길 봉황산으로 바삐 왔다. 가족과 도란도란 둘러앉은 아침 밥상은 없고 어머니 죽음이 기다리고 있었다. 골목으로 돌아 나오는데 가슴에 총을 맞고 절명한 어머니, 발에 채여 얼굴이 피범벅인 아버지, 백지장처럼 하얗게 떨고 있는 여동생, 황당한 장면이 겹쳐 길을 막았다.

형은 어떻게 된 것일까? 늘배에 볏섬 싣고 광나루로 가기 전에도 형이 의병과 내통하고 있음을 알지 못했다. 의병이 일어나고 있다는 사실도 몰랐다. 궁궐 시위대 장교로 있던 형이 관직을 버리고 달마실로 왔을 때 가족의 실망은 대단했다. 심대풍은 가족의 실망스러운 눈빛을 묵묵히

견뎌내며 아버지를 따라 소작논으로 나갔다. 가을걷이가 끝난 뒤라서 마땅히 할 일도 없었다. 심대풍이 이른 아침에 소리 없이 나갔다가 저물어서 돌아오는 날이 생겼다. 관직을 버리고 속이 얼마나 아프면 온다간다는 말없이 밖으로 돌아다닐까? 가족은 심대풍이 안쓰러웠다. 왜병이 국모를 시해한 탓에 심대풍이 관직을 버리고 낙향했음을 나중에 알았다. 강 건너 목계에서 펄럭이는 일장기가 심대곤의 가슴을 짓눌렀다.

"속이 까끌까끌하지? 보리 껍질을 목구멍에 넘긴 거 같지?"

똥깐이 잰걸음으로 다가와 위한답시고 구린내 진동하는 입을 열었다. 사사끼는 물론 이놈도 내 손에 목숨이 끊어지는 날이 꼭 올 것이다. 심대곤이 똥깐의 얼굴을 바라보고 입술을 깨물었다. 똥깐이 심대곤의 속을 읽었는지 찔끔 놀라 걸음을 느릿하게 하여 뒤로 물러났다.

달마실에서 가흥창고가 있는 창말까지 너른 뜰이 있었다. 박초시 문중이 소유하고 있는 논이었다. 가흥창고의 세곡을 나르는 수레 때문에 말을 키웠는데, 말먹이를 위한 논이라 하여 역답이라고 불렸다.

"당신 어머니의 불행한 일은 내 잘못이 아니오. 당신 형인 심대풍이 의병과 내통했다는 사실과 의병을 모집하러 다닌다는 첩보 때문에 당신 어머니가 불행한 죽음을 당한 것이오. 물론 천황폐하를 모독하며 내게 달려들지만 않았어도 죽음은 면하였을 텐데 참으로 안타깝소."

역답의 중간쯤 왔을 때 말에서 내린 사사끼가 역겨울 정도로 고분고분 말했다. 심대곤은 이놈의 목을 반드시 비틀겠다는 다짐만 곱씹었다.

"당신 잘못도 있소. 당신 형인 심대풍이 음모를 꾸미고 있음을 미리 내게 알렸다면 가족이 무사할 수 있었을 것이오. 심대곤 당신이 천황폐하를 위해 하리모토 밑에서 훌륭한 일을 하고 있는데 그 정도야 눈감아 줄 수 있지 않았겠소?"

하리모토 밑에서? 천황폐하를 위해 훌륭한 일을 하고 있다고? 심대곤은 격한 수치심을 느꼈다.

심대풍이 짐승처럼 울부짖었다. 심만옥도 자지러지며 통곡했다. 담벼락에 쪼그리고 앉은 강막실이 훌쩍훌쩍 울었다. 울음을 뚝 끊은 심대풍이 쇠스랑을 뽑아들었다.

"살아남는 것이 이기는 것이다."

심익수의 부어오른 입술이 파르르 떨었다.

심대풍이 쇠스랑을 땅에 팍 찍었다. 쇠스랑이 바르르 떨었다. 돌담 너머 강막실 가슴도 파르르 떨었다.

왜병 두 명이 마당으로 뛰어 들어왔다. 심대풍 가슴에 다짜고짜 총구를 들이댔다. 강막실이 아뜩한 현기증으로 담벼락에 쓰러졌다. 심만옥도 털석 주저앉았다. 심대풍이 왜병을 번갈아 노려봤다. 왜병이 총구를 심대풍 가슴에 쿡 찔러놓고 주춤거렸다. 총구가 가슴에 닿았는데 심대풍의 눈빛이 조금도 겁먹지 않았다. 왜병의 얼굴색이 하얗게 변했다.

"수…순순히 따라와라. 이상한 짓 하면 쏴 죽일 것이다."

왜병이 떠듬떠듬 말했다. 체포한 자의 당당함은 찾아볼 수 없었다. 체포당한 자의 눈치를 슬금슬금 살폈다. 심대풍이 가소롭다는 비웃음을 콧바람으로 털어냈다. 강막실이 오줌을 속곳에 지리며 오들오들 떨었다.

"뭣 하는 것이냐? 손을 들어라."

왜병이 손을 들라며 총구를 위아래로 흔드는 순간. 심대풍의 두 손이 두 개의 총열을 동시에 휘어잡았다. 놀란 왜병이 방아쇠를 당겼다. 심대풍의 빠른 몸이 이미 총구를 벗어났다. 총알이 허공으로 날아갔다. 심대풍이 총을 빼앗았다. 왜병이 주춤 뒤로 물러나다 엉덩방아를 찧고 사색이 되었다. 심익수와 심만옥과 옆집 강주칠과 용포댁과 강막실이 동시에 아이쿠, 외마디를 질렀다.

"살려 주시오."

왜병이 손을 싹싹 비비며 엉덩이를 뒤로 끌었다.

"네놈들이 떠벌리는 천황인지 개똥인지 그놈을 원망해라."

심대풍이 소총 개머리판을 쳐들었다. 왜병의 입술이 파랗게 질렸다.

"우리에게 이러시면 당신 가족들이 온전하지 못할 것입니다. 살려 주십시오."

왜병이 존댓말로 애원했다.

"사사낀지 똥새낀지 그놈을 원망해라."

심대풍이 개머리판으로 왜병의 머리를 후려쳤다. 엎어진 왜병의 두개골에서 피가 솟구쳤다. 순식간에 일어난 일이었다. 또 한 명의 왜병이 사립문으로 달아났다. 골목으로 황급히 도망치던 왜병이 뜻밖의 장애물과 맞닥뜨렸다. 봉암댁이 구부정했던 허리를 꼿꼿이 세우고 팔을 벌려 길을 막았다.

"빠가야로!"

왜병이 소리를 지르고 달려들었다. 봉암댁이 왜병의 군복을 움켜쥐었다. 왜병과 봉암댁이 바닥에 나동그라졌다. 잡힌 옷소매를 떼어내려 왜병이 봉암댁을 밟았다.

"손돌 바람 부는 날에 나랑 죽자."

봉암댁이 눈을 부릅뜨고 이를 악물었다. 심대풍이 천천히 걸어왔다. 왜병은 사색이 되어 골목으로 몸을 끌었다. 봉암댁이 끌려가면서도 왜병을 놓지 않았다. 심대풍의 눈에서 이글이글 분노가 쏟아졌다. 왜병이 도망가지 못하고 부들부들 떨었다. 눈동자에 공포가 가득 들어찼다. 심대풍이 휘두른 개머리판에 뒷머리를 맞고 나동그라졌다.

심익수가 허탈하게 서 있었고, 강막실은 손으로 입을 가려 발을 동동 굴렀다.

"아주머니도 달마실에서 떠나야 해요."

심대풍이 봉암댁을 일으켰다.

"나더러 도망을 가라고? 내가 잘못한 게 뭐가 있다고? 그놈들 무섭지 않아."

봉암댁의 목소리가 카랑카랑했다. 더 살고픈 여한이 없는 평온함이 얼굴에 감돌았다.

"봉학사에 가 계셔요. 놈들이 오면 무슨 짓을 할지 몰라요."

심대풍이 장미산 꼭대기 봉학사로 피신할 것을 권했다.

"내 걱정 말고 새파랗게 젊디젊은 대풍이 걱정이나 해."

봉암댁이 어서 떠나라고 팔을 저었다.

"오빠, 어디로 가?"

강막실이 다가와 물었다. 숨을 곳은 장미산밖에 없었다. 강원도 쪽으로 가려면 창말을 지나 강을 건너 목계를 지나야 했다. 경성으로 가자니 창말 뜰을 지나야 했다. 달마실에 자락을 내준 장미산에 오르는 수밖에 없었다. 심대풍이 심만옥을 애절하게 바라보고 장미산으로 들어갔다. 심만옥이 걸어오다가 엎어졌다. 강막실과 용포댁과 강주칠도 눈물을 훔치며 소리죽여 울었다. 강막실이 부엌으로 바삐 들어가 보퉁이를 옆구리에 끼고 장미산으로 들어갔다. 심대풍은 장미산 입구에서 아버지와 여동생을 바라보며 가슴을 쥐어뜯었다.

"아침 굶었잖아. 어서 먹어."

강막실이 보퉁이에서 밥과 김치 종지를 내놓았다. 심대풍이 가슴을 쥐어뜯으며 울음을 토했다.

"오빠. 먹어야 살아. 어디로 도망을 가든 먹어야 돼."

강막실도 눈물을 쏟았다.

"내가 도망을 가? 아버님과 만옥이를 두고 떠날 수 없어."

"안 그러면 오빠도 큰일을 당해."

강막실이 어린애 달래듯 심대풍의 등을 토닥였다.

"아버님과 만옥이는 어떡하고?"

눈물이 흥건한 얼굴로 강막실을 바라보았다.

"내가 있잖아. 오빠."

강막실이 밥을 떠서 입에 넣어주었다. 치받쳐 오르는 설움을 누르며 밥을 삼키는데 왜병이 달마실로 달려오고 있었다. 심대풍이 주춤주춤 뒤로 숨고 강막실은 조금이라도 더 먹이려고 밥숟가락을 들고 따라갔다.

이또는 왜병이 길바닥에 죽어 있는 것을 보고 바락바락 악을 썼다. 왜병이 집으로 들어가 방문을 열며 심대풍을 찾았다. 사람들이 끌려 나와 마당에 내동댕이쳐지고 달마실은 아수라장이 되었다.

다짜고짜 심만옥과 심익수를 묶었다. 옆구리를 총구로 찔러대며 심대풍이 어디로 도망갔는지 추궁했다. 봉암댁도 끌려 나왔다.

왜병이 장미산으로 올라오기 시작했다. 강막실이 놀라 심대풍의 등을 떠밀었다. 심대풍이 강막실의 손을 잡아끌었다. 강막실이 봉변을 당할 게 뻔했다. 강막실도 심대풍을 따라 장미산으로 들어갔다.

뱃사공 손돌이 죽은 날을 뗏목 사공은 두려워했다. 이날은 손돌 바람이 분다고 했다. 고려 시대 사공 손돌이 임금의 배를 저어 통진 강화 사이를 저어 가는데, 풍랑에 밀려 곤란한 지경에 이르렀다. 임금은 다른 뜻이 있다 하여 손돌의 목을 베었다. 이날이면 해마다 심한 바람이 불었다. 뗏목 사공은 너나없이 손돌의 원한이라는 손돌 바람을 무서워했다. 봉암댁 남편도 손돌이 죽은 날에 변을 당했다. 목계나루에서 뗏목을 탄지 불과 삼십 분도 못되어 변을 당했다.

수량이 많아지는 오뉴월이면 강원도에서 내려와 정박한 뗏목이 목계나루 강을 온통 뒤덮었다. 목계나루터에서 출발해 불과 오백여 미터도 못 미쳐 물살이 급하게 흐르는 여울을 만나야 했다. 강바닥에 바위가 암초로 깔려 있고 물살이 급격히 빨라지는 곳, 막흐레기 여울에서 봉암댁 남편이 참변을 당했다.

심대곤이 가흥창고 소장 하리모토와 마주 앉았다.

"기일 내에 볏섬을 옮겨놨으니 제국의 황군에게 큰 도움이 되었소."

하리모토가 잠이 덜 깬 게슴츠레한 눈으로 헤벌쭉 웃었다. 심대곤의 귀에 하리모토의 말이 들어오지 않았다. 선혈이 낭자하게 절명한 어머니가 뇌리에 들어찼다. 황군에게 도움이 되었다는 말과 입이 찢어지게 흡족해하는 하리모토에게서 수치심을 느꼈다. 청나라와 전쟁에서 승리한 왜병의 물자를 광나루로 운반하고 왔음은 어머니를 죽인 일본을 돕는 것이니 막심한 불효가 아닐 수 없었다. 조선을 지배하려는 야욕을 노골적으로 드러내고 있는 일본을 돕고 있으니 매국노가 아닐 수 없었다.

하리모토는 심대곤이 겁에 잔뜩 질려 우왕좌왕할 것이라 생각했다. 가족을 구원해달라고 애원하는 비굴함을 기다리며 음흉스럽게 웃었다. 심대곤이 창밖으로 시선을 회피했다. 하리모토는 사사끼와 달리 군인이 아니라 조선총독부에 파견된 관리였다. 오십 살이 넘었지만 관직이 낮아 경성에 있지 못하고 가흥창고의 소장을 맡았다. 사사끼는 혈혈단신으로 조선에 파견된 군인이지만, 하리모토는 본국에 부인과 자식을 두고 왔다.

"수량이 적어 평저선 운행이 힘들지 않았소?"

수송이 힘들고 위험했다는 것을 심대곤이 대답하지 않아도 하리모토는 알았다. 이상하리만큼 겨울 날씨가 보름이나 포근했지만 운행이 가능한 시기가 아니었다. 경복궁을 중건한다며 대원군이 태백산 소나무 뗏목을 수송해 갈 때도 겨울에는 운행하지 않았다. 장마가 나서 수량이 웬만해졌을 때는 사오일 만에 뗏목을 광나루까지 닿게 할 수 있었다. 수량이 여의치 않고 날씨가 사나우면 보름 넘게 추위와 싸워야 했다.

"새벽에 달마실에서 불행한 일이 있었다고 사사끼 대장에게 들었소만…?"

하리모토는 심대곤이 비굴해지는 모습을 꼭 보고야 말겠다는 심사였다. 심대곤이 어금니를 물었다.

"당신의 어머니가 죽임을 당했다고 하던데… 맞소?"

하리모토가 기어코 심대곤의 불편한 심기를 건들었다.

"왜노의 만행에 돌아가셨습니다."

심대곤이 자신도 모르게 왜노의 만행이라고 말했다. 정확하게 듣지 못한 하리모토가 눈알을 휘둥그레 뜨고 고개를 갸웃거렸다. 설마 내 면전에서 왜노라고 했을까? 의심의 빛이 얼굴 가득했다.

"아주 애석하고 괘씸하기 이를 데 없는 일이 벌어졌소. 당신의 가족이 일을 저질렀단 말이오."

불쾌감에 독이 오른 하리모토가 목소리를 높였다. 오호라! 똥을 싼 놈이 성깔을 낸다더니 이놈 성깔이 회초리 맞은 독사처럼 돋았구나. 네놈들 총질에 어머니가 돌아가신 것은 불행이 아니고 왜놈이 죽은 것은 불행이란 말이냐? 언제부터 네놈이 이 나라에서 상전이 되었고 조선 백성은 노비가 되었단 말이냐? 네놈들이 조선 사람을 핍박하니 왜노라고 놀림을 당하는 것이다. 하리모토를 바라보는 심대곤 눈에 핏발이 서렸다.

"어머님이 목숨을 잃었습니다."

입술을 꾹 깨물고 가슴에서 치미는 것을 참아낸 심대곤의 목소리에서 찬바람이 일었다.

"당신 가족이 목숨 잃은 것은 그만한 사유가 있는 것이오. 하지만."

하리모토가 언성을 높였다가 말을 뚝 끊었다.

"제국의 황군이 죽임을 당했소. 두 명이나 심대풍 손에 죽었단 말이오."

하리모토가 빠르고 독살스럽게 말했다. 왜병이 둘이나 죽다니. 심대곤은 하리모토가 억지를 쓴다고 판단했다. 과묵하지만 이치에 맞지 않는 일에는 불같이 끓어오르는 심대풍의 성미가 퍼뜩 떠올랐다.

"동아시아의 평화를 위해서, 고국을 떠나온 제국의 황군이 둘이나 무참히 살해됐소. 당신의 가족인 심대풍이 황군에게 무기를 휘둘렀단 말이오."

심대곤은 형이 휘두른 소총 개머리판에 왜병 둘의 두개골이 바스러진 것을 알지 못했다. 형은 어떻게 된 것일까? 아버지와 동생이 무사할 리가 없을 텐데. 왜병 둘을 죽였다는 것에는 가슴이 후련했지만, 가족에게 화가 미쳤을 거라는 불길함이 가슴을 조였다. 결단을 내릴 때가 왔다고 판단했다. 가족이 왜병에게 죽임을 당하고 잡혀가고 도망 다니는 신세가 되었다. 사사끼나 하리모토가 가족을 곱게 놔두지 않을 것이라 판단됐다.

이놈이 필시 토사구팽을 자행할 것이다. 심대곤이 속을 감추기 위해 어금니를 물었다.

"심대풍을 만나거든 분명히 전하시오. 제국의 용맹한 황군에게 곧 잡힐 것이며 이 세상에 더 살아보려는 생각은 아예 갖지 말라고 전하시오.

스스로 목숨을 끊는 일도 하지 말라고 전하시오. 천황폐하 의지로 이 땅에서 인연을 끊어줘야 하니까."

하리모토가 능글맞게 흐흐흐 웃었다.

인연을 끊어 줘? 이놈이 우리 형을 모르니 제멋대로 혀를 놀리지. 무과에 급제해서 훈련대 장교 벼슬을 했다는 기막힌 사실을 꿰먹은 까마귀 고기처럼 망각했구나.

"당신 아버지와 여동생이 병참 감옥에 갇혔소."

하리모토가 심대곤의 얼굴을 빤히 쳐다보고 말했다. 심대곤은 이를 악물어 아뜩하게 흐트러지는 정신을 가누었다.

"제국의 황군을 무시하지 마오. 엄중한 경고요. 사사끼 대장이 기필코 심대풍을 잡아들이고 말 것이오. 어쩌면 당신 가족 중에 당신만 간신히 목숨을 부지하는 경우도 생각하지 않을 수 없소."

하리모토는 심대곤이 살려달라고 애원할 줄 믿었다. 심대곤은 애원하지 않았다. 하리모토가 입을 다물었다. 무거운 침묵이 흘렀다.

"앳된 처녀가 뽀송뽀송하니 참 어여쁘다고 사사끼 대장이 말하던데…. 흐흐흐."

심대곤이 무릎에 놓인 주먹을 뒤로 감추었다. 하리모토의 얼굴에 주먹을 날리고픈 충동을 참았다.

"사사끼 대장이 심만옥을 그렇게 봤다면… 어쩌면… 당신 가족이 살아남는 길이 있을지도 모르지…. 제국의 황군을 살해한 심대풍은 어쩔 수 없지만."

심대곤이 자리에서 일어났다.

"병참에 가시게? 심만옥에게 사사끼의 의중을 귀띔해 주시오. 남자를 위해 조건 없이 희생하는 미덕이 조선 여자 아니오? 일이 잘 풀릴지도 모르잖소?"

하리모토가 느물느물 웃었다. 심대곤은 속에서 치솟는 불길을 간신히 참았다. 눈물이 앞을 가려 자꾸 헛발을 디뎠다.

목계 병참 감옥에 갇힌 심익수와 심만옥은 새벽에 들이닥친 사사끼의 만행으로 아침부터 곡기를 굶었지만 배고픔도 몰랐다. 포승줄에 묶인 심익수의 얼굴이 차마 보아주기 어렵게 일그러졌다. 심만옥은 묶이지 않았다. 심만옥이 저고리 섶으로 아버지의 핏기를 닦았지만 흉하게 부어오른 상처를 어찌할 수 없어 애를 태웠다.

심대곤이 병참 감옥으로 왔다. 심익수가 벽에 몸을 기대고 눈을 감았다. 심대곤이 덜컥 무릎을 꿇었다. 심만옥은 아버지 옆에 새우등으로 누워 있었다. 치밀어 오르는 울분과 설움을 참는 심대곤의 어깨가 들먹거렸다. 심대곤의 입에서 거친 쇳소리가 흘러나왔다. 눈물이 주먹으로 흥건하게 떨어졌다.

"사내대장부가 어찌하여 눈물을 흘리는 것이냐?"

심익수가 눈을 감은 채 꾸짖었다. 심대곤의 어깨가 더욱 거세게 들먹였다.

"오빠."

심만옥이 몸을 일으켜 다가왔다. 손을 맞잡은 남매가 격하게 흐느꼈다.

"곡은 집에 가서 하란 말이다. 시신이 있는 집에 가서 하란 말이다."

질긴 음색으로 말을 쏟아낸 심익수가 얼굴을 찡그렸다. 찢어진 입술로 말하기가 고통스러웠다.

"어머니는? 불쌍하신 우리 어머니는 어찌시나?"

심만옥이 물음 끝에 울음을 터트렸다.

"형이 내일 새벽에 모셔간댔어. 장미산 자락으로 어머니를 모신다 했어."

심대곤이 작은 소리로 말했다. 심익수가 눈을 버럭 떴다.

"집에 왜놈이 와 있지 않느냐?"

"열 놈이나 집을 둘러싸고 있어요."

"여기 와 있으면 어쩌겠다는 말이냐?"

왜병이 에워싸고 있는 집에 심대풍이 나타날 것이라는 소리를 듣고 호통을 쳤다.

"내일 새벽에 형이 장미산으로 모셔가기로 했어요."

"너도 여기를 떠나거라."

심익수가 낮고 질긴 음색으로 말했다.

"아버지와 만옥이 갇혔는데 저만 살자고 떠날 수는 없습니다."

심대곤이 아버지의 뜻을 거역하겠다는 의지를 보였다.

"어리석은 놈."

심익수가 자세를 고쳐 앉으며 다시 눈을 감았다.

"여긴 걱정 마. 큰오빠 따라가."

심만옥도 떠날 것을 간청했다.

"아직은 떠날 수 없어. 어머니는 장미산 봉학사 근처 양지바른 곳에 모실 테니까. 나중에 봉학사 스님께 여쭈면 알 수 있을 거야."

심대곤이 일어섰다. 심익수가 눈을 감고 통증이 더해지는 어금니를 깨물었다. 심만옥은 오빠의 모습이 사라지자 바닥에 엎드려 눈물을 쏟았다. 심익수도 딸이 알아차리지 못하게 속으로 울었다.

3

손돌 바람

달아나는 왜병의 길을 막았다고 봉암댁이 마당에 끌려왔다. 심익수와
심만옥이 목계 병참에 끌려가고 절명한 시신이 남은 마당에 봉암댁을
묶어 앉혔다. 왜병이 달마실을 뒤져 백성을 모두 모이게 했다. 골목이며
집집마다 샅샅이 뒤졌지만, 장미산으로 달아난 심대풍을 잡지 못했다.

사사끼 명령을 받은 이또가 왜병을 날뛰게 했다. 이국땅에서 동료의
죽음을 보았으니 이또의 명령이 아니라도 창자가 꼬이는 아픔으로 날뛰
었다.

"할망구를 지옥 문턱에 앉혀라."

이또의 고함에 왜병이 분주히 움직였다. 막대기 두 개를 가져왔다. 봉
암댁 등에 막대기를 질러 넣고 손을 묶었다. 나머지 하나는 꿇린 무릎
안쪽에 재갈로 물리고 다리를 묶었다. 늙은 몸이라 허벅지 살이 없는 봉
암댁이 뼛속을 쥐어트는 통증에 이를 악물었다.

"독한 조센징 할망구."

신음을 참으며 이를 악문 봉암댁의 턱을 이또가 쳐들었다.

"대갈빡에 똥물을 떠 얹을 놈."

봉암댁이 이또 얼굴에 침을 뱉었다.

"빠가야로."

이또가 봉암댁의 따귀를 갈겼다. 봉암댁이 막대기로 재갈 물린 채 옆으로 고꾸라져 바르작거렸다. 강제로 붙들려온 사람들이 차마 눈뜨고 바라보지 못했다. 고개를 다른 곳으로 돌리면 왜병이 총구로 사정없이 찔러댔다.

당뒤 할아범이 봉암댁에게 걸어왔다. 당뒤 할아범은 막흐레기 여울이 보이는 당뒷골에 살았다. 거칠고 험한 막흐레기 여울을 뗏목이 지나갈 때 무사히 운행하기를 기원하는 당집이 당뒷골에 있었다.

하리모토가 가흥창고 소장으로 와서는 미신이라 하여 무당을 당집에서 떠나게 했다. 무당을 도와주며 굿의 뒷일을 맡아 하던 당뒤 할아범이 당집에 혼자 살았는데 육십이 넘었다. 막흐레기 여울에서 비명횡사한 봉암댁의 남편과는 죽마고우였다.

"육신도 못 가누는 노인네가 네놈에게 무얼 어쨌다고 무례한 짓거리를 하느냐?"

당뒤 할아범의 목소리에서 카랑카랑한 쇳소리가 묻어났다.

"흐흐흐. 네놈을 할망구의 저승길 동무로 삼아야겠다."

이또의 말에 왜병이 당뒤 할아범을 다짜고짜 쓰러뜨렸다. 왜병이 말뚝을 마당에 네 개 박았다. 당뒤 할아범의 손과 발을 말뚝에 묶었다. 당뒤 할아범이 고함지르며 사지를 바르작거리다가 축 늘어졌다.

"할망구를 저승의 문턱에 매달지 않고 무엇들 하느냐?"

이또가 불씨를 맨발로 밟고 선 놈처럼 악을 바락바락 썼다. 왜병이 막대기와 도끼를 가져왔다. 도끼를 보자 달마실 사람들이 술렁거렸다. 왜병이 도끼로 대나무 끝을 날카롭게 찍어 죽창을 만들었다. 옆으로 고꾸라진 봉암댁을 일으켰다. 봉암댁은 무릎 안쪽에 재갈로 넣은 막대기 때문에 일어설 수도 없었다. 그렇다고 엉덩이를 무릎에 얹고 앉을 수도 없었다. 무릎을 땅에 꿇고 엉거주춤한 자세가 되었다. 허리가 굽어지고 머리칼이 반백인 육순 노인이 결코 오래 버틸 수 없는 자세였다.

"아이고머니."

"저… 저런 호랑이가 깨물어갈 놈들."

사람들이 쏘곤대는 사이, 왜병이 죽창을 봉암댁의 앞과 뒤에 박았다. 죽창을 엉거주춤한 봉암댁의 가슴과 등에 닿을 듯 박아 놓았다. 봉암댁이 몸을 지탱하지 못하고 앞으로 고꾸라지면 가슴에 죽창이 박힐 것이고, 뒤로 넘어지면 등을 파고든 죽창이 가슴을 관통하도록 한 것이, 이또가 능글거리며 말한, 봉암댁이 저승 문턱에 앉은 모습이었다. 사지를 말뚝에 묶인 당뒤 할아범은 봉암댁에 비하면 다행이었다.

"심대풍이 어디 숨어 있는지 말하지 않는다면 할망구의 목숨은 없다."

이또가 봉암댁 앞에 버텨 서서 사람들을 협박했다. 봉암댁의 가슴에 죽창이 닿을 듯 휘청거렸다. 우− 사람들의 입에서 신음이 쏟아졌다.

"심대풍이 있는 곳을 말하지 않는다면 노인도 할망구도 풀어주지 않겠다."

이또가 마루로 걸어가 앉았다. 느긋하게 장기전에 돌입하겠다는 잔꾀였다. 사람들은 물론 이또는 이런 상황이 결코 오래 지속될 수 없다는 것을 알았다. 가슴을 졸이며 손바닥에 진땀을 짜냈다. 이또가 능글거리면서 휘파람을 불었다. 아! 일제히 사람들이 소리를 질렀다. 봉암댁이 몸의 균형을 유지하지 못하고 쓰러졌다. 다행히 옆으로 쓰러졌다. 빠가야로. 이또가 발을 구르며 소리를 질렀다. 왜병이 봉암댁을 일으켰다.

"이놈. 손돌 바람이 그냥 있질 않을 것이다."

봉암댁이 하얗게 마른 입술로 이또에게 눈을 부릅떴다. 부릅뜬 눈은 오래 버티지 못했다. 눈이 스르르 감기면서 몸이 휘청거렸다.

"어르신을 그만 풀어주시오."

굵고 쩌렁한 목소리가 터져 나왔다. 시선이 목소리 주인공을 찾아 두리번거렸다.

"부모님 같으신 분에게 어찌 망극한 짓을 자행한단 말이오."

강제로 끌려온 사람들 틈에 갑자기 나타난 청년이 서 있었다. 이또가 벌떡 일어났다. 청년이 마당으로 걸어 나왔다. 청년은 스물다섯쯤 돼 보였다. 기골이 장대하고 눈알이 부리부리했다. 이또가 청년의 외모에 눌려 주춤 물러섰다.

"두 어르신을 그만 풀어주시오."

청년이 이또에게 명령하듯 말했다. 달마실 사람들은 갑자기 나타난 청년을 알지 못했다. 봉암댁도 눈을 간신히 뜨고 고개를 돌려 바라보았다. 사지를 묶인 당뒤 할아범도 고개를 들고 청년을 바라보았다. 역시 모르는 사람이었다.

"심대풍이 어디 있는가?"

이또는 겁도 없이 나타난 청년과 심대풍이 연관되어 있을 것이라고 판단했다.

"어르신을 풀어주시오."

청년이 반복해서 말했다.

"심대풍이 어디 있는지 묻지 않았는가?"

청년을 묶어서 고문하면 심대풍을 잡을 수 있겠다는 속셈을 이또가 생각해냈다.

"내가 묻고 싶은 말이오."

청년이 이또의 속셈을 모르고 한 걸음 더 당당하게 나섰다.

"심대풍을 만나러 왔단 말이냐?"

이또가 속으로 쾌재를 부르며 마당으로 내려왔다.

"그분을 찾아 하루 밤낮을 걸어왔소."

청년이 이또에게 성큼 걸어갔다.

"그렇다면 네놈도 심대풍과 한통속이겠구나?"

이또가 가슴이 맞닿을 듯 접근한 청년을 노려보았다. 소란이 사라지고 팽팽한 긴장이 맴돌았다.

"물러나시게. 늙은이는 살 만큼 살았으니 젊은 목숨 헛되이 하지 마시고 물러가시오."

말뚝에 묶인 당뒤 할아범이 고개를 쳐들었다.

"빠가야로."

이또가 성큼 걸어가 당뒤 할아범의 옆구리를 걷어찼다. 당뒤 할아범이 몸을 비틀었다.

"물…, 무… 물…."

봉암댁이 바작바작 마른 입술로 떠듬떠듬 말했다. 청년이 부엌으로 들어가 바가지에 물을 떠 왔다. 물을 본 봉암댁이 마른입을 다셨다. 청년이 바가지를 들고 봉암댁 앞에 무릎을 꿇었다. 물바가지를 봉암댁의 입술에 가져갔다. 빠가야로! 이또가 물바가지를 걷어찼다. 물이 허공에 흐트러지고 바가지가 날아가 댓돌에 떨어져 깨졌다.

"심대풍을 알고 있으니 네놈도 궁궐시위대에서 도망쳐 온 놈이 분명하겠구나?"

이또가 청년의 옆구리를 걷어차려 발을 뻗었다. 청년이 아주 가볍게 몸을 움직여 발을 피했다. 허공을 찬 이또가 휘청거렸다가 몸을 가누었다. 이또의 얼굴이 발갛게 달았다. 바가지가 쪼개지면서 허공으로 흩어졌던 물이 봉암댁의 이마를 타고 흘러내렸다. 봉암댁은 얼굴에 묻은 물을 찍어 입안에 넣으려고 혀를 움직였으나 허사였다.

"이놈들. 손돌 바람이… 용서…하지 않…을…것…이…다."

봉암댁이 마지막 힘을 다해 이또에게 으르렁거렸다. 시선이 일제히 봉암댁에 모아졌다. 이또를 노려보던 봉암댁이 청년에게 눈을 떴다. 고맙다는 눈빛을 보내고서 눈을 스르르 감았다. 갑자기 마당에 모인 모든 사람이 숙연해졌다. 시간이 뚝 끊어진 듯. 장미산에 고였던 고요가 마당으로 급격하게 몰려와 채워진 듯. 누구 한 사람 움직이지 않았다. 봉암댁의 상체가 조금씩 기울더니 기어코 앞으로 고꾸라졌다. 아! 비탄이 일제히 쏟아졌다. 날카로운 죽창이 봉암댁의 가슴에 쑤욱 박혔다. 고개를 푹 떨군 봉암댁의 입에서 선혈이 주르륵 쏟아졌다.

탕! 탕! 탕! 총소리가 들렸다. 봉암댁에게 시선이 집중되어있는 순간, 담을 뛰어넘는 청년에게 왜병이 총을 쏘았다. 억! 담을 넘다 어깨에 총을 맞은 듯 청년이 쓰러졌다. 어깨를 손바닥으로 움켜잡은 청년이 벌떡 일어났다.

"의병이 반드시 올 것이오. 조선에 들어온 왜놈을 몰살시킬 것이다."

청년이 소리쳤다. 왜병이 총을 쏘며 몰려갔다. 청년이 골목으로 사라졌다. 청년은 장종선이었다. 궁궐시위대 소속이었던 장종선은 고향인 안동으로 낙향하던 중에 심대풍을 만나러 왔다. 장종선을 놓친 왜병이 돌아왔다. 이또가 권총을 뽑아 당뒤 할아범의 머리에 겨누었다. 탕! 차마 볼 수 없어 고개를 돌리고 있는 사이 총소리가 났다. 당뒤 할아범의 머리에서 선혈이 흘렀다. 심대곤이 마당에 들어섰다.

"이게 무슨 일이오?"

심대곤이 이또에게 걸어갔다.

"사사끼 대장의 명령을 시행하고 있을 뿐이오."

이또가 한걸음 물러났다.

"때려죽일 놈들."

심대곤이 주먹을 부르르 떨었다.

"돌아가자."

이또가 왜병을 몰고 마당에서 나갔다. 달마실 사람들도 돌아갔다. 마당에 주검이 남았다. 날카로운 죽창이 가슴에 박혀 절명한 봉암댁, 사지를 말뚝에 묶이고 머리에 총을 맞은 당뒤 할아범, 사사끼 총에 맞아 절명한 어머니 여주댁의 주검이 예고 없이 생겼다.

심대곤이 당뒤 할아범 사지를 묶은 끈을 풀었다. 달마실의 어느 누구도 심대곤을 돕지 못했다. 왜병의 보복이 두려웠다. 봉암댁 가슴에 박힌 막대기를 뽑았다. 봉암댁을 거두는 곱디고운 손이 있었다. 옆집에 사는 처녀 강막실이었다.

"막실아."

담 너머 강막실 어머니 용포댁이 겁에 잔뜩 질렸다. 왜병에게 보복을 당할지 모르니 어서 나오라며 팔을 휘저었다. 강막실은 용포댁을 한차례 바라보고 시신 수습을 계속 거들었다. 당뒤 할아범과 봉암댁 시신을 수습하는 또 다른 손이 있었으니 강막실 아버지 강주칠이었다.

"손돌 바람이 그냥 있질 않을 거라고 마지막 말씀을 하셨네."

장미산 굴참나무 가지를 흔드는 바람을 멀거니 보며 눈물을 흘렸다.

밤공기가 맵찼다. 풀벌레 울음도 없었다. 산짐승도 맵찬 바람에 몸을 숨겼다. 칠흑의 장미산 봉학사 근처 어디쯤에서 땅을 파는 소리가 들렸다. 봉학사 혜원 스님이 잠자리에 들지 못하고 법당에 정좌하고 염주를 굴렸다. 바람이 가지에 갈라지는 소리가 간혹 들렸다. 사내가 처절하게 흐느끼는 소리와 곡괭이 날이 언 땅에 튕기는 소리가 끊이지 않아 스님도 잠자리에 들지 못했다.

탄금 뜰 건너 계명산 봉우리가 희미하게 벗겨지고 있었다. 심대풍 집을 에워쌌던 왜병이 추위에 지쳐 졸고 있었다. 누군가 뒷담을 뛰어넘어 왔다. 언 땅에 곡괭이질을 하던 심대풍이었다. 재빠른 동작으로 안방에 놓인 시신을 둘러업고 뒷담으로 넘어갔다. 심대곤은 시신이 놓였던 자리에 이불을 뭉쳐두고 광목으로 덮어 위장했다. 닭장으로 조심스럽게 걸어가서 큰 닭 두 마리 모가지를 비틀었다. 목숨이 끊어진 닭을 시신으로 위장하고 이불 속에 묻었다. 벽장에서 기름병을 꺼내 광목천에 뿌렸다.

새벽빛이 갓 스며드는 달마실에 큰불이 피어올랐다. 심대풍 집에 불이 붙었다. 잠에서 깨어난 왜병이 깜짝 놀라 마당으로 몰려들었다. 불길은 걷잡을 수 없었다. 달마실 사람들이 놀라 모여들었으나 손을 쓸 수 없었다. 살이 타는 냄새에 코를 쥐어틀었다. 초가삼간에 불이 타올라 달마실은 마치 아침을 맞은 듯 환해졌다.

시신을 업고 장미산으로 올라가는 심대풍과 동행하는 사람이 있었다. 옆집 강막실이었다. 강막실은 어디서 구했는지 술과 음식과 향을 싸 들고 심대풍의 뒤를 따랐다. 달마실에서 불기둥이 솟아올랐다. 강막실이 불기둥을 먼저 알아차리고 심대풍의 옷깃을 잡았다. 심대풍은 이미 알고 있었다는 듯 놀라지 않았다. 착잡한 심정으로 불타는 집을 바라보았다.

"어서 올라가. 날이 밝고 있어."

강막실이 걸음을 재촉했다. 날이 밝고 혹여 왜병에게 심대풍과 장미산에 동행했었다는 사실이 노출된다면 강막실은 물론 가족까지 화를 입을 것이 분명했다. 밤새 파놓은 무덤 자리에 도착했다. 멀리 계명산 봉우리가 하얗게 벗겨져 있었다. 봉학사 혜원 스님이 이들을 기다렸다. 업고 온 시신을 무덤 자리에 곱게 뉘었다. 염도 수의도 없이 광목천에 쌓인 시신을 바라보면서 뜨거운 눈물을 쏟았다. 밀물을 만난 듯 급작스럽게 날이 밝아지기 시작했다.

"날이 밝아지네. 서두르게."

혜원 스님이 재촉했다. 심대풍이 삽을 들었다. 망자에게 염불을 하던 혜원 스님도 삽을 들었다.

"어디로 갈 거야?"

봉분을 만들고 삽을 놓는 심대풍에게 강막실이 물었다. 심대풍은 허망한 눈빛으로 강막실을 바라보았다.

"아침 요기를 하고 떠나시게."

분위기를 살피던 혜원 스님이 봉학사로 올라갔다.

"어디로 갈 거야?"

강막실이 다시 물었다.

"떠나고 싶지 않다."

허탈한 음색으로 심대풍이 말했다.

"나 데리고 가면 안 될까?"

강막실의 애절한 눈빛이 심대풍의 가슴에 모래알 같은 슬픔으로 복받쳤다. 사랑하는 여인 강막실과 함께 떠난다면 얼마나 좋을까? 갑자기 밀려온 먹장구름 아래 갇힌 것처럼 한 걸음 앞이 막막했다. 강막실과 동행하고 싶은 마음이 굴뚝같았다. 강막실이 심대풍을 따라 달마실에서 없어진다면 강막실네 가족이 위험해질 것임은 강 건너 불 보듯 뻔했다.

강막실도 답답하고 애처로웠다. 어디로 가는지 모르는 심대풍과 여기서 헤어진다면 단 하루도 견딜 수 없을 것 같았다. 목계와 창말이 강물에서 피어난 아침 안개에 묻혔다. 계명산 봉우리로 햇덩이가 떠올랐다.

"의병이 될 작심이어?"

강막실이 물었다. 심대풍이 고개를 끄덕였다.

"보은에서 의병에 갔다가 온 집안이 험한 꼴을 당했다 하던데?"

"어머님이 왜놈 만행에 돌아가셨어. 아버지와 만옥이도 목계 병참에 갇혔어. 내가 의병이 된다고 해서 당할 것이 더 없어."

"지금은 나설 때가 아니야. 깊은 골짜기에 숨었다가 세상이 나아지면 다시 와."

"내가 깊은 골짝에 숨었다고 세상이 나아지지 않아. 내 한 몸이라도 왜놈과 싸워야 해."

강막실은 심대풍이 의병 되어 위험에 처해질까 마음이 아팠다.

"꼭 돌아와. 기다릴게. 목계장터로 구경 갔다 오듯 얼른 다녀와."

강막실이 눈물을 떨궜다. 심대풍이 강막실을 품에 안았다. 계명산 봉우리로 햇덩이가 불끈 떠올랐다. 심대풍이 강막실을 포용한 채 한동안 햇덩이를 바라보았다. 성큼성큼 떠오르는 햇덩이가 야속했다. 강막실이 심대풍 품에 얼굴을 묻고 가녀리게 흐느꼈다.

"사사로운 정 때문에 일을 그르치려 하는가?"

혜원 스님이 큰 소리로 꾸짖었다.

"기다리지 마. 돌아오지 못하면…."

심대풍이 말끝을 흐렸다.

"아니야. 기다릴 거야. 꼭 돌아와?"

강막실이 몸을 떼어내고 애절하게 눈 맞추며 말했다. 심대풍이 숲으로 들어갔다.

오…오빠. 오빠가 잘못되는 날엔 나도 죽어. 오빠 없는 세상에 나도 없어.

강막실이 무릎을 땅에 털썩 찧고 흐느꼈다. 눈물을 주먹으로 훔치고 보니 심대풍이 보이지 않았다. 오…오빠아! 강막실이 고꾸라지며 뛰어갔다. 아침이 환하게 밝았는데 심대풍이 보이지 않았다. 시커먼 먹장구름이 강막실의 가슴으로 캄캄하게 내려앉았다.

4

기가 막히는 묘책

이른 새벽 사사끼가 하리모토 사택으로 왔다. 사사끼가 달마실 흙벽에서 뜯어냈던 포고문을 바닥에 내던졌다. 지난밤에 창말과 목계장터 골목에도 포고문이 나붙었다.

하리모토가 엊저녁 술을 과하게 마신 탓인지 아랫배를 틀어쥐고 얼굴을 찡그렸다. 빤질빤질한 정수리에 머리 몇 올 흐트러진 얼굴을 찡그리니 꼬락서니를 차마 봐주기가 곤란했다. 이마에 주름이 찌그러졌고 검버섯이 메밀밭에 흩어 뿌린 소똥으로 퍼졌으니, 가흥창고 소장 직함만 없다면 마을 어귀 둥구나무에서 노숙하는 늙은이나 다름없었다. 왜놈이 무섭다고 하지만 하리모토의 생김새로만 판단하면 며느리 자식에게 홀대나 받는 늙은이에 불과했다. 술 취해 길바닥에 주저앉은 꼴을 보면 영락없는 거지였다.

한 올의 흐트러짐도 없이 빤지르르하게 빗겨 넘긴 머리와 복장과 심지어 걸음걸이까지 꼿꼿한 사사끼는 하리모토의 추한 모습이 불만이었다.

마주할 때마다 마음에 차지 않으니 던지는 말에 가시가 돋고 시선 또한 화살촉을 매단 꼬챙이로 뻣뻣했다.

"어쩐 일이오? 새벽에?"

하리모토가 짜증스런 말투로 사사끼를 맞이했다. 잠자리에서 나와 몇 올 안 되는 머리칼이 빤질빤질한 대머리에 검불로 엉혔다. 밤새 게걸스럽게 막걸리를 들이켰는지 입술에 거품이 허옇게 말라붙었다.

"세월 좋소. 제국의 황군이 둘이나 불귀의 객이 되었소. 이국땅에서 구천을 떠도는 영혼을 생각하면 가슴이 찢어지게 괴로운데 하리모토상은 술 마시고 계집도 품고."

사사끼가 버럭 역정을 내고 안방을 기웃거렸다. 열린 문틈으로 여인의 허연 허벅살이 사사끼 눈에 들어왔다. 매사에 흐트러짐 없는 사사끼도 안방에 드러난 허연 허벅지를 보고 몸속 어딘가에서 불끈거리는 것을 억제하지 못했다. 목울대에서 뜨끈한 침이 울컥 솟아났다.

"단잠을 빼앗아가는 저의가 무엇이오?"

하리모토가 문을 거칠게 닫고 퉁명스럽게 물었다. 안방에 누운 여자는 연화였다. 원래 뗏목 사공을 상대로 웃음과 몸을 파는 여자였는데 하리모토가 애첩으로 들어 앉혔다. 뗏목 사공을 상대로 술과 웃음과 몸을 파는 여자를 논다니라 불렀다.

태백산 소백산 골안 뗏목이 동강 서강으로 흘러와 태산처럼 쌓이는 용진나루부터 청풍나루와 목계나루 주막은 지친 뗏목 사공이 하룻밤 쉬어가는 곳이었다. 거친 물살과 싸우느라 노곤해진 육신과 외로운 심정을 달래려 술과 계집을 품었는데, 나루터마다 논다니를 여럿 거느린 주막이 대여섯 군데나 되었다.

연화는 청풍나루 버드나무집에 있다가 목계나루 구옥정으로 옮겨왔다. 논다니는 주인 돈에 얽혀 있는 몸이라 주인 마음에 벗어나면 물건 내다 팔듯 다른 주막으로 보내졌다. 목계나루로 온 연화를 하리모토가 마음에 들어 하자 다른 사내들이 연화를 꺼려했다. 하리모토의 눈에 들어 뭇 사내에게 버림받은 연화는 똥물을 뒤집어쓴 꼴이 되었다. 구옥정 주인이 선심 쓰듯 연화를 하리모토에게 주었다.

연화가 가흥창고 사택에 들어와 안방마님이 되었다. 하리모토는 다른 논다니를 찾아 밤마다 나룻배를 타고 목계 주막으로 갔다. 어젯밤도 연화를 안방에 두고 구옥정에서 다른 계집을 품고 돌아왔다. 술이 있으니 계집이 탐해지는 것이고, 계집이 곁에 있으니 술 생각나는 이치인 것을. 총애하던 연화를 안방에 들여앉혀 놓고도 술을 찾아 강을 건너갔다.

"심대곤을 어쩔 셈이오?"

사사끼가 성이 풀리지 않는 투로 물었다.

"심대곤을 어쩌다니? 심대곤이 무슨 일을 저질렀소?"

하리모토가 정색했다. 하리모토 애첩 연화가 방에서 나왔다. 연화는 잠에서 방금 깨어 머리 매무새가 흐트러졌다. 목덜미와 팔뚝과 살짝 드러난 옆구리 살이 희부옇게 빛을 냈다. 사사끼 시선이 연화의 몸을 더듬었다. 옷매무새 흐트러진 여인에게서 욕정을 느끼지 않을 수 없는 존재가 사내였다. 충분한 수면으로 하얗게 도드라지는 살갗에 사사끼도 억제해온 욕정을 감추지 못했다. 욕정이 덕지덕지 달라붙은 눈빛을 알아차린 연화가 농염하게 웃었다.

"이보시오."

하리모토가 소리를 버럭 질렀다. 연화가 찔끔 놀라 부엌으로 걸어가면서 사사끼에게 헤픈 웃음을 보냈다. 사사끼는 오십 넘은 하리모토보다 스무 살 아래였다. 하리모토가 굵은 침 덩어리를 목구멍으로 꼴딱꼴딱

삼키며 밤마다 연화를 끌어안고 엎치락뒤치락하더니 그새 싫증 냈다. 사사끼는 강 건너 구옥정으로 똥줄을 빼듯 달려가는 하리모토가 마뜩하지 않았다. 젊고 팽팽한 사사끼의 시선에 연화의 타고난 화냥기가 발동했다. 하리모토의 질투가 연화에게 재밋거리였다.

"심대곤을 어쩐다니 무슨 소리요?"

하리모토가 연화의 농염에 빠진 사사끼 시선을 잡아채며 물었다.

"심대풍 때문에 밤잠도 못 자고 속이 새까맣게 타고 있는데 하리모토 상은 심대곤을 계속 데리고 있을 참이오?"

"데리고 있지 않으면 잡아다가 감옥에 가두기라도 하겠단 말이오?"

하리모토가 물러서지 않았다. 사사끼가 심대풍의 동생 심대곤을 잡아가겠다는데 하리모토가 역정을 냈다. 사사끼가 고분고분하게 들어와 심대곤을 잡아가겠다고 했다면 하리모토도 반대하지 않았을 터였다. 하리모토는 연화에게 욕정의 눈빛을 보내는 사사끼가 괘씸했다.

연화가 부엌에서 꿀물 대접을 들고 왔다. 사사끼가 또 웃음을 칠칠 흘렸다.

"심대곤을 절대 내주지 못하오. 그만한 뗏목 사공을 데려온다면야 모르지만."

하리모토가 오기를 부렸다. 연화의 몸을 어루만지듯 노골적인 시선 때문에 오기가 생겼다. 사사끼의 낯짝을 주먹으로 갈겨주고 싶은 충동까지 생겼다.

"뗏목 사공은 얼마든지 구할 수 있지 않소?"

"상부에서 전쟁 물자를 계속 요구하고 있는데 심대곤 만큼 뗏목을 다루는 조선 사람을 아직 보지 못했소. 심대풍이 괘씸하다 해서 심대곤을 감옥에다 가두면 무엇하겠소? 뗏목을 몰게 하는 것이 제국을 위하는 일이 아니겠소?"

일본은 청나라를 공격하기 위해 암암리에 전쟁 물자를 준비했다. 청나라와의 전쟁에 조선이 전초기지가 되었다. 일본 땅의 풀 한 포기도 꺾어지지 않는 전쟁이었다. 일본에서 전쟁 물자를 가져오는 것도 있지만, 조선에서 수탈하여 준비했다.

"심대풍이 우리 천황 군사 두 명을 죽였소. 심대곤도 눈매를 보아하니 심대풍과 조금도 다를 바 없소. 심대곤이 심대풍과 손잡고 무슨 짓을 저지를지 모르는 일 아니오?"

심대풍과 심대곤 쌍둥이 형제가 사사끼 입에서 들먹거려지자 연화의 눈빛이 반짝거렸다.

"사사끼상."

하리모토가 사사끼를 불렀다.

"어찌 정색을 하고 부르는 겝니까?"

사사끼는 심대곤을 당장 묶어갈 태세였다.

"심대곤이 두렵소?"

하리모토가 사사끼의 자존심에 칼날을 들이댔다.

"무슨 말씀을 막 하시오."

사사끼가 펄쩍 뛰었다.

"꼭두새벽부터 단잠을 뺏어가며 설치는 꼴이 부끄럽지 않소?"

펄쩍 뛰어오른 사사끼 엉덩이 밑에 가시방석을 들이밀 듯 힐난했다.

"심대곤을 잡아다가 감옥에 넣어두어야 심대풍과의 연결고리가 끊어질 게 아닙니까? 심대풍이 달마실이나 목계에 반드시 나타날 것인데 누군가 도와준다면 잡기가 어려워지지 않겠소?"

"그렇다고 죄도 없는 멀쩡한 사람을 잡아 가둔단 말이오?"

하리모토가 언성을 높였다.

"죄가 없긴? 부모 형제를 잘못 둔 죄가 있잖소."

"말도 안 되는 소리 집어치우고 그만 돌아가시오. 잠이나 마저 잘 테니까."

하리모토가 사사끼에게 손을 내저었다.

"하리모토상도 조심해야 할 것이오. 심대곤이 하리모토상의 목을 죄러 올지도 모르는 일이니."

사사끼가 은근한 음색으로 겁을 주었다. 하리모토가 몸서리를 치면서 목을 두 손으로 만졌다. 사사끼가 흐흐흐 웃었다.

"기가 막히는 묘책을 알려드릴까요?"

심대곤의 이름이 나올 때마다 눈알을 굴리던 연화가 끼어들었다.

"묘책?"

사사끼가 연화에게 덥석 화답했다. 하리모토는 못마땅해 얼굴을 찡그리고 혀를 끌끌 찼다.

"묘책이라니 어서 말해보시오."

사사끼가 연화에게 턱을 길게 뺐다.

"심대곤을 잡아 가두면 고삐 끊어진 망아지 엉덩짝에다 발갛게 달군 쇳덩어리를 찌른 것처럼 심대풍 또한 오기를 품을 것인데요?"

연화는 심대풍 형제를 잘 알았다. 달마실은 물론 목계 일대에서 심가 형제를 모르는 사람이 없었다. 기골이 장대하고 이목구비가 늠름한 형제가 소작농의 아들로 태어난 것을 안타까워했다. 심대곤을 건드렸다가는 심대풍의 성미로 미루어 사사끼나 하리모토가 살해될 거라 소곤거렸다.

"그래서?"

"심대곤은 그대로 놔두시고서."

"놔두고?"

"심대풍이 애지중지하는 고것을 야웅이 모가지 틀어쥐듯 손아귀에 콰악."

연화가 손가락을 갈고리로 쥐어 허공을 쥐어뜯었다. 시큰둥하던 하리모토도 연화의 말에 눈자위를 굴렸다.

"심대풍이 애지중지하는 것을 손아귀에 넣어라?"

사사끼가 되물었다.

연화가 눈웃음을 쳤다. 사사끼는 연화의 의중을 알아차리지 못했다.

"심대풍이 애지중지하는 것이 도대체 무엇일까?"

사사끼가 신음 섞어 물었다.

"졸병도 여럿 거느려서 사나이 대장부인 줄 알았더니 내가 잘못 보았소?"

연화가 턱을 치켜들고 가슴을 쑥 내밀었다. 코앞에 솟은 연화의 젖가슴이 눈에 크게 들어오자 사사끼가 굵은 침을 꿀떡 삼켰다. 연화가 눈을 내리깔더니 사사끼 사타구니에 시선을 턱 얹는 것이 아닌가.

"허어! 애지중지하는 그것이 도대체 무엇인가?"

사사끼가 아랫도리에 힘을 잔뜩 불어넣고 엉덩이를 들썩였다. 눈알은 연화의 젖가슴과 엉덩이로 오가며 이글거렸다.

"사나이 대장부가 무엇을 좋아하겠소? 어떤 양반은 밤마다 술독에 빠져 지푸라기만도 못한 것으로 용을 쓰면서 허송세월 보내지만, 심대풍은 그렇게 맥없는 사람이 아니지요."

하리모토의 가슴팍에 열불이 확 싸질러지는 연화의 조롱이었다. 하리모토의 흰자위가 희번덕거리면서 여차하면 연화의 뺨을 휘갈길 태세였다. 사사끼가 손을 뻗어 하리모토를 주저앉혔다. 연화가 사사끼에게 씨익 웃었다. 하리모토는 자리에 털썩 주저앉아 어깨를 용두질하며 분을 삭였다.

"아직도 내 말을 몰라요? 귓구멍에 솜뭉치를 넣고 다니시나?"

연화가 입술을 샐쭉 내밀었다. 연화에게 욕정이 이글거려 정신을 주체하지 못하는 사사끼의 혼을 또 쏙 뽑아내는 화냥기였다.

"나… 나는 도통 모르겠는데? 가뭄 타는 논바닥처럼 사나이 가슴 태우지 말고 어서 말을 해보시오."

사사끼가 체면을 내던지고 숫제 애원했다.

"여자."

연화가 사사끼의 귓불을 자근자근 깨물듯 살짝 뱉었다. 연화의 콧김에서 단내가 훅 쏟아졌다. 사사끼는 연화에게 귓불을 깨물리기라도 한 듯 끄응 신음을 흘렸다.

"여… 여자?"

사사끼가 침 덩어리를 꿀꺽 삼켜놓고 물었다.

"심대풍이 애지중지하는…, 아니 죽도록 사랑하는 여자."

"그년이 어느 년이오?"

사사끼가 재빨리 되물었다. 연화는 사사끼에게 솔솔 재미가 생겼다. 뜸을 들이며 농염하게 웃었다.

"답답하오. 그년이 도대체 어느 년이오?"

사사끼가 연화 쪽으로 엉덩이를 끌었다.

"달마실에 사는 강막실이라는 처녀를 잘 알아보세요."

"강막실이라고 했소?"

"그려요. 강막실."

사사끼가 음흉한 미소로 무릎을 쳤다. 연화가 엉덩이를 살랑살랑 흔들면서 부엌으로 갔다. 사사끼가 연화의 탱글탱글한 엉덩이에 부르르 진저리를 쳤다.

"심가네가 어느 지주의 땅을 소작하고 있는지 아시오?"

사사끼가 하리모토에게 물었다.

"토지를 강씨 문중 종손하고 박초시가 반씩 갈라서 가지고 있고, 백성모두 소작인이라는 것은 알고 있는데 심가네가 어느 쪽인지 내가 어찌아오?"

하리모토는 새벽부터 부아가 부글부글 끓었다.

"내가 알려줄까요?"

연화가 부엌에서 얼굴을 쏙 내밀고 말했다. 하리모토의 표정은 일그러졌고 사사끼는 입술에 침을 짜 발랐다.

"사사끼 대장이 심가네 목구멍을 아예 틀어막을 작정이구만?"

사사끼의 헤벌쭉한 얼굴에 화가 돋은 하리모토가 투덜거렸다.

"당연하지요."

사사끼가 잘라 말했다. 연화의 얼굴이 갑자기 굳어졌다.

"심가네가 어느 쪽에 붙어 있는지 알고 있는가?"

사사끼가 연화에게 물었다.

"몰라요."

연화가 부엌으로 쏙 들어갔다.

5

쉬파리 똥 깔기듯 한다

가흥창고 사택에서 나온 사사끼가 박초시 집으로 갔다.

상황병 한 명만 데리고 갔어도 되는데 이십여 명을 두 줄로 세워 끌고 갔다.

이-시-로꼬 핫데. 이-시-로꼬 핫데. 구령을 합창하게 하여 땅바닥을 군화로 팍팍 구르며 요란스럽게 박초시 집으로 행군했다.

"소작농지의 절반이 당신 것이라 들었소."

박초시와 마주 앉은 사사끼가 대뜸 말했다.

"달마실과 창말의 백성 절반을 박씨 집안이 대대로 먹여 살렸다."

부리는 종과 소작인이 창말과 달마실 백성의 절반이니 허리 한번 굽히지 않았다. 남한강 서쪽 토지를 박초시가 절반을 소유했고, 나머지 절반은 강씨 문중 소유였다. 박초시는 단독 지주였다. 강씨 문중은 팔촌 이내 친척이 땅을 나누어 소유했다. 박초시와 강씨 문중 팔촌 이내 친척을 제외한 백성은 모두 소작인이었다. 강씨 문중은 친척이 잇속을 노리고 분란을 자주 일으켜 소작농의 가슴이 철렁 내려앉았다. 박초시네 소작인은 땅 때문에 속을 곯는 경우가 없었다. 강씨네 소작인은 박초시네 소작인을 부러워했다.

"나잇살도 탱탱하게 자셨으니 말씀을 똑바로 하시오. 헐벗고 굶는 백성의 피를 빨아온 것이 아니오?"

사사끼가 능글맞은 웃음으로 비아냥거렸다. 사사끼는 박초시를 갈잖게 생각하려 마음먹었지만 쉽지 않았다. 목계 병참 관할 지역 백성 절반을 박초시가 쥐락펴락했다. 병참 업무가 술술 풀려나려면 박초시를 먼저 손아귀에 쥐어야 한다고 판단했다. 기선을 제압하려 버릇없이 눈 뜨고 능글맞은 웃음을 흘렸지만, 호락호락 넘어갈 박초시가 아니었다.

"무슨 말을 막 하는가? 당신은 조상도 없는가? 조상님을 욕되게 하는 천한 것과 마주 앉아 있을 수 없으니 내 집에서 썩 나가시오."

박초시가 벌떡 일어나 방문을 와지끈 열었다. 섬나라 천한 것들이 아무리 예의범절을 모른다 하지만, 이마에 핏기도 마르지 않은 새까맣게 젊은 것이 감히 나와 맞서다니. 박초시가 수염을 파르르 떨며 호통을 쳤다.

"세상이 변하고 있음을 까마득하게 모르고 있군!"

썩은 나무 밑동이나 파먹고 살집만 데굴데굴 불리는 굼벵이 몸으로 하늘에서 비가 오는지 눈이 오는지 알기나 할까? 사사끼가 불쌍하고 가엾다는 눈빛으로 꿈쩍하지 않았다.

범을 잡으려면 범의 굴에 들어가야 한다는 조선 속담이 있다는데 이참에 늙은이를 단단히 옭아매야겠다. 사사끼가 어금니를 물고 주먹을 쥐었다. 마당에는 대동하고 온 왜병 이십 명이 있으니 두려울 것 없었다.

"조상을 욕되게 하는 말을 하려면 썩 나가거라."

박초시가 구들장에 궁둥이를 찰싹 붙인 사사끼에게 삿대질을 했다.

"제국이 어찌하여 조선에 들어왔는지 알기나 하오? 당신 같은 지주에게 억압당하는 백성을 깨우치러 들어온 것이외다."

사사끼도 벌떡 일어나 소리 질렀다. 이십 대의 사사끼와 육순의 박초시가 삵처럼 으르렁대는 판세였다. 방안의 낌새를 챈 왜병이 어깨에 얹었던 총을 방으로 겨눴다. 댓돌에서 엿듣던 천길동이 화들짝 놀라 부들부들 떨었다. 천길동은 박초시 집안에 대대로 종살이를 해왔다. 어려서부터 영특한 기미가 엿보여 박초시가 천자문을 던져주었다. 열 살배기 어린 것이 석 달 만에 천자문을 달달 외우니 소학을 던져주었다. 또 석 달 만에 소학의 이치를 터득했다. 호오! 요놈 봐라? 박초시가 시시로 사랑에 불러 논어와 주역을 읽게 했다. 머슴이 아니었으면 과거에 급제하였을 놈인데 참으로 아까운 인생이구나. 박초시는 천길동의 처지가 안타까웠다. 천길동은 스물다섯 젊은 나이에 만석지기 박초시의 재산을 관리하는 집사가 되었다.

왜병이 안방으로 총구를 겨누고 한 걸음 앞으로 걸어왔다. 안방과 왜병의 총구 사이에서 천길동은 다리가 떨려 오줌을 지릴 판이었다.

"마… 마님. 고정하시고 좌정하셔… 용건을 들어보시지요?"

목구멍에 사시나무가 느닷없이 꽂힌 듯 천길동이 발발 떨었다.

"어디서 양잿물을 먹고 왔는지 속 게우는 소리를 해쌓는 놈 코앞에 두고 내가 어찌 고정을 할 수 있느냐?"

박초시가 누그러진 음색으로 대답했다.

"찾아온 연유는 들으셔야지요."

천길동이 방문을 열고 들어갔다. 박초시가 속에 들어찼던 화기를 끄응 토해내고 자리에 앉았다. 사사끼도 옆에 찬 권총 손잡이를 손바닥으로 한차례 문지르고 따라 앉았다.

"양잿물 먹고 속 게우는 소리는 집어치우고 날 찾아온 용건이나 어디 들어보자."

박초시가 그새 바삭 마른 입에 침을 짜 바르고 눈자위를 위아래로 뒤집었다. 호오. 천하의 고양 놈. 박초시 눈초리가 그렇게 말하고 있었다.

"용건을 말하기 전에 한 가지 물어보겠소."

"조상님을 욕되게 하는 무례한 것이라면 내 집에서는 입 밖에도 내지 마라."

조상님이 대대로 소작농의 피를 빨아먹었다는 억지소리를 또 뱉을까 지레 말뚝을 박았다.

"조상? 하하하. 좋소. 조선이 진정 누구의 나라라고 생각하오?"

"임금의 나라니라."

박초시가 서슴없이 대답했다.

"임금의 나라? 하하하. 조선 땅에 있는 모든 것이 임금의 것이라 그 말이오?"

"어허. 무례하다. 어찌하여 불충한 대답을 강요하느냐?"

박초시가 곰방대로 놋화로를 땅땅 두드렸다.

동학 농민군을 진압하고 병참에 왜병이 주둔했다. 목계 주변 소작농 절반을 지배하는 박초시는 왜병이 부담스러웠다. 병참 대장 사사끼가 박초시나 강씨 문중 종손에게 눈엣가시였다. 언젠가는 저놈이 찾아와 억지를 쓰며 무엇인가를 요구하거나 협박할 것이라고 걱정하는 중이었다.

"초시 양반이 땅땅 두드린 놋화로만도 못한 박초시 백성의 숫자가 얼마나 되는지 알고나 있소?"

사사끼는 박초시 속을 벌집처럼 바글바글 긁어댈 참이었다.

"어허. 무엄하다. 임금의 백성이지 어찌 내 백성이란 말이냐?"

박초시가 또 놋화로를 땅땅 두드렸다.

"하시고 싶은 말씀이나 어서 하시지요."

옆에서 듣고 있던 천길동이 끼어들었다.

"조선 땅에서 백성답게 사는 백성이 몇이나 된다고 생각하시오?"

사사끼가 천길동에게 물었다. 종놈인 주제에 사람대접이나 받고 있느냐는 사사끼의 의중을 간파한 천길동이 대답하지 못하고 박초시의 눈치를 살폈다.

"어찌 대답을 하지 못하시오? 보아하니 박초시 심복인 듯한데, 당신은 백성답게 산다고 생각하시오? 물론 소작인보다야 나은 대우를 받고 살겠지만."

사사끼가 천길동의 속을 간파하고 날카롭게 물었다.

"용건이나 얼른 말씀하시지요."

천길동이 대답하기 곤란해서 말꼬리를 돌렸다. 박초시라고 천길동이 처한 애매한 상황을 어찌 모르겠는가. 어험 헛기침만 뱉었다.

"세상이 뒤집힐 것입니다."

사사끼가 힘주어 말했다.

"세상이 뒤집히다니? 상놈이 양반이 되는 세상이라도 온다 하더냐?"

박초시가 눈자위를 허옇게 뒤집고 펄쩍 뛰었다.

"사람은 하늘 아래에 모두 똑같소이다. 사람 위에 사람이 없고 사람 아래에 사람이 없다 그 말이오."

사사끼가 단호한 목소리로 말했다.

"이런 무례한지고."

얼굴이 벌겋게 변한 박초시가 헛기침을 토했다.

"똑똑히 들으시오. 고을마다 백성의 주인 행세를 하는 당신 같은 지주를 없애는 것이 조선의 부흥임을 가슴에 깊이 새겨두어야 할 것이오."

사사끼가 자리에서 일어났다. 백성의 주인 행세를 하는 지주를 없애는 것이 조선의 부흥이라니. 박초시가 뒤통수를 얻어맞은 듯 아연한 심정으로 사사끼를 쳐다봤다.

"동학 농민군을 진압한 조정은 조선의 부흥과 선진을 가로막는 엄청난 실수를 자초한 것이오. 하하하."

사사끼가 나가면서 천길동에게 말했다. 마루에서 엿듣는 처녀가 있었다. 박초시 딸 박옥화였다. 박초시는 아들 셋과 딸 하나를 두었다. 정실부인은 마흔 고비에서 세상을 떴고, 후실을 두었으나 자식을 얻지 못했다. 대문 밖 백 리 안쪽 어느 부자에게도 남부럽지 않은 땅을 가졌다. 대대로 초시 딱지를 떼어내지 못한 박초시는 자식이 벼슬에 나서는 것이 소원이었다. 충청도가 비좁다고 죽령 넘어 영남에서 명성이 자자한 훈장을 모셔다 자식의 글을 깨우치려 했다. 타고난 학문 소양이 부족하니 용소에 물 떨어져 맴도는 소용돌이처럼 매년 그 자리였다. 나이가 차면서 학문이 깨우쳐질 머리가 아니라는 것을 깨달고는 술을 가까이했다. 논다니와 방탕한 짓을 일삼다가 박초시의 꾸중을 참지 못해 자식 셋이 차례로 집에서 나갔다. 아비 버리고 떠난 자식이 잊힐 만하면 나타나서 학문을 다시 시작한다며 한 달쯤 머물렀다가 돈을 옆구리에 차고 떠나갔다. 박초시는 자식에 대한 기대를 접었다. 마름인 천길동의 영특함을 볼 때마다 저것이 내 자식이었다면 조상님의 소원을 벌써 풀었을 텐데, 한탄할 뿐이었다. 막내딸 박옥화는 박초시 곁을 지키며 홀로 된 아비에게 지극정성을 다했다. 박초시에게 천길동과 박옥화가 늘 붙어 다녔다.

사사끼와 박옥화가 딱 마주쳤다.

"아… 아씨."

천길동이 박옥화를 불렀다. 박옥화는 사사끼에게는 머리털 한 올만큼의 관심도 없다는 시선으로 방으로 들어갔다. 사사끼의 자존심을 깔아뭉개는 행동이었다. 사사끼가 박옥화의 용모에 넋을 놓았다. 새벽에 하리모토 사택에서 본 연화의 음탕한 모습과는 전혀 달랐다. 함부로 범접하지 못할 청순함에 넋을 깜빡 놓았다. 천길동이 방문을 서둘러 닫았다.

"아버님. 친일이란 말을 들어보셨나요?"

사사끼와 왜병이 대문 밖으로 나가고 박옥화가 조심스럽게 말했다.

"쉬파리가 어찌 똥파린 줄 아느냐? 쇠똥인 줄도 모르고서 입에 달고 떼로 몰려서 구더기를 까재끼는 것들인데…, 친일하는 매국노와 다를 것이 무엇이더냐?"

박옥화의 의중을 단번에 덮어버리듯 박초시가 목울대에 굵은 핏줄을 돋우고 투박하게 말했다. 늙으면 바락바락 성깔과 옹고집만 남는다고 했다. 사사끼가 찾아와서 자존심을 뿌리째 흔들어놨으니 박초시로서 그럴 만도 했다. 박옥화가 눈을 말똥하게 뜨고 박초시를 바라보았다.

"차라리 쇠똥을 뒤집어쓰고 살 망정 친일은 못 한다."

박옥화의 당돌함에 박초시가 말뚝 박듯 한마디 더 얹었다. 사사끼에게 열이 잔뜩 올랐으니 일본이 달가울 리 없었다. 박초시가 홧김을 토해내듯 곰방대를 빡빡 빨아대는 동안 박옥화는 진중하게 기다렸다. 천길동의 기척이 밖에서 들리자 박초시가 방으로 들라고 했다.

"그놈은 갔느냐?"

박초시가 빤한 질문을 했다. 사사끼란 놈이 필시 속을 뒤집는 짓거리를 해올 것이라는 추측은 하고 있었다. 막상 대면하니 밤송이를 목구멍에 걸고 있는 심정이었다. 사사끼가 대문에서 무례한 말을 뱉지 않았는지 궁금했다.

"다른 날에 또 문지방을 넘어올 작자입니다."

천길동의 말에 박초시는 놋재떨이로 얼굴을 맞은 표정이었고 박옥화의 눈동자는 반짝거렸다.

"아버님."

박옥화가 조심스럽게 불렀다.

"섬나라 싸가지라고는 눈곱만큼도 없는 놈과 친일하자는 게냐?"

박초시가 역정을 냈다. 박옥화가 천길동에게 눈을 찡긋했다. 아버지를 설득시켜 달라는 의미였다.

"길동이 너도 친일을 말하려면 방에서 썩 나가거라."

박초시가 박옥화와 천길동의 이심전심을 읽었다.

"아버님, 왜와 친하자는 의미가 아닙니다."

"네 입으로 친일하자 말해놓고 딴소리냐? 불결자화는 휴요종이라 하였다."

불결자화는 휴요종이요, 무의지붕은 불가교니라. 열매를 맺지 않는 꽃은 심지도 말고, 의리 없는 친구는 사귀지 말라. 오늘 당장 즐겁다고 해서 아무와 사귀지 말고, 의리 없는 벗은 멀리하라고 했다.

"귤이나 유자를 심은 사람은 그것을 달게 먹을 것이며, 또 향기로운 냄새라도 맡을 수 있지만, 탱자나무나 가시나무를 심은 놈은 가시에 찔려 피를 흘리는 날이 있겠지요?"

명심보감을 통달한 천길동이 나섰다.

춘추시대 노나라의 양호가 반란을 일으켰다가 실패하고 제나라로 도망쳤다. 제나라에서도 죄를 짓고 조나라로 도망했다. 내가 듣건대, 그대는 사람을 잘 심어준다고 하더군요. 조나라 사람 간주가 양호에게 물었다. 제가 노나라에 있을 때 세 사람을 추천하였는데 모두 고을의 수령이 되었습니다. 그런데 제가 노나라에 죄를 짓자 모두 저를 잡으러 나섰습니다. 저는 제나라에서도 세 사람을 추천하였는데, 한 사람은 임금의 신임을 받는 신하가 되었고, 한 사람은 현령이 되었고, 또 한 사람은 낮은 관리가 되었습니다. 제가 죄를 짓게 되자 임금의 신임을 받는 신하는 저를 아는 체도 하지 않았고, 현령이 된 자는 저를 마중하는 척 체포하려 하였고, 낮은 관리가 된 자는 저를 국경까지 추격하였습니다. 저는 사람을 잘 심어주지 못합니다. 간주가 고개 숙여 말했다. 사람을 믿고 친교하는 일에 신중하여야 함을 박초시와 천길동이 이심전심으로 공감했다.

"길동아. 너는 깨달음이 있는 사람이니 나더러 친일을 하자는 소리는 못 할게다. 왜노가 탱자나무는 되어도 귤나무는 어림도 없다."

박초시는 천길동이 자신의 편에 선 듯하여 흡족한 표정으로 말했다. 천길동이 까만 눈동자를 굴리며 입을 다물었다. 박초시의 뜻에 따름도 거역도 아닌, 무덤덤한 표정이었다.

"길동이 네가 글깨나 읽었다는 것은 이해하는데, 앞날을 넘겨보는 눈이 심봉사만큼도 못하구나?"

박옥화가 실망의 빛을 감추지 못하고 천길동을 원망스러운 눈빛으로 노려보았다.

"강령 박 참판이 친일을 먼저 하면 어떡한다지요?"

천길동이 불쑥 뱉은 인물은 박초시 가슴을 쇠꼬챙이로 후벼 파는 사람이었다. 벼슬은 낮아도 미친년 젖퉁이만한 텃밭이라도 한 평은 더 갖고 있어야 목구멍에 밥알이 넘어간다는 박초시에게 강령 박 참판네가 먼저 친일을 한다는 것은 하늘이 땅에 떨어지는 것이나 다름없는 자존심의 패배였다. 남한강 서쪽 달마실과 창말의 토지를 강씨 문중과 박초시가 나누어 소유하고 있었지만, 남한강 동쪽 강령 너른 뜰은 박 참판 소유였다. 같은 박가였는데 창말 박가 조상은 초시 벼슬이었고, 강령 박가 조상은 참판 벼슬을 지냈다. 백성이 초시 박가는 먼 사돈 보듯 하면서 참판 박가에게는 허리를 굽혔다.

"강령 박가가 친일한다고 말하더냐?"

강령에서 먼저 사사끼와 손잡을지 모른다는 천길동의 말에 속이 울컥해진 박초시가 물었다. 사사끼가 왔다 가고서 씀바귀를 씹은 듯 속내가 씁쓸했다. 강령 박 참판이 먼저 친일할지도 모른다는 소리에 익모초즙을 한 사발 들이킨 듯 콧구멍으로 쓴맛이 확확 치밀었다.

"그 어르신이 친일 결정을 벌써 내리고 있을지도 모르는 일이지요?"

천길동의 말에 박초시 얼굴에서 당황하는 빛이 역력했다. 천길동은 박초시의 마음을 옳게 흔들었다고 내심 쾌재를 불렀다.

"예끼 이놈아. 참판 벼슬이 무슨 내놓을 만한 벼슬이더냐? 양잿물 삼키고 속 게우는 소리 하지 마라"

행여 박 참판이 친일하겠냐는, 자신을 위로하는 박초시의 짐작이었다.

"땅을 뺏길지도 모르는 판인데 참판 벼슬이 대순가요?"

천길동이 기다렸다는 듯 얼른 되물었다.

"뭐…뭐…? 땅을 뺏겨? 이놈아 어… 언 놈이 감히 눈 시퍼렇게 주인 살아있는 땅을 뺏는단 말이냐?"

뒷머리를 자귀로 맞은 심정으로 박초시가 흰자위를 뒤집었다.

"왜놈이 조선을 제 나라 머슴으로 만들려고 눈알 발갛게 치뜨고 들어왔는데, 고을 땅뙈기 뺏어 먹기가 식은 죽 먹기보다 어렵겠습니까요?"

박초시의 입에서 억 소리가 나오고 허연 거품이 솟아나올 만한 천길동의 협박이었다. 모난 놈이 정을 맞고, 가진 놈이 근심 걱정 많다더니 이 날에서야 박초시가 그 꼴이 되었다.

"이런 썩을 놈을 봤나. 찢어진 주둥아리 멋대로 놀렸다간 사약 국물 들어간다?"

박초시가 천길동에게 험한 말을 쏟아냈다.

"머슴 주제에 언감생심 나라님이 하사하시는 사약 국물을 바라기나 하겠습니까? 벼슬하시는 분들이나 받아 마시는 사약 국물을 나라님이 하사하신다면야 삼배 넙죽 올리고 두 손으로 받아 마시지요."

박옥화가 지켜보고 있자니 천길동이 박초시에게 대하는 꼬락서니가 오만방자했다. 영특하며 예의가 발라 겸손한 태도와 조목조목 이치에 맞는 말로 박초시의 신임을 받아온 천길동이 저승 문턱 구경이라도 다녀온 듯 함부로 맞서고 있었다. 박옥화는 천길동이 하는 모양새를 지켜보았다. 저렇게 나서지 않으면 박초시의 천년절벽 고집을 꺾을 수가 없다고 판단했다.

"길동이 이놈! 입 구멍에서 구린내가 진동하니 아침을 똥구멍으로 먹은 게 분명하구나."

박초시가 험한 말을 쏟아냈다.

"내놓을 만큼은 내놓고 품을 수 있는 것만큼만 지키는 것이 이기는 것입니다. 한 냥 욕심부리다가 만 냥을 통째로 뺏기는 경우가 있습니다."

천길동이 낮고 진지한 목소리로 말했다. 말소리가 고분하다고 해서 그냥 들어 넘길 말이 아니었다. 언중유골이란 말이 이런 경우였다.

"친일을 꼭 해야 한다는 말이냐?"

천길동의 말 속에 숨은 뼈로 가슴팍이 찔린 듯 박초시가 신음 섞인 목소리로 물었다.

"강령에서 먼저 친일을 하면 사사끼는 강씨 문중이나 초시 어르신과는 손을 잡지 않을 것입니다."

"강령 박가가 제사상은 잘 차려서 조상 벼슬이 좀 높다지만 나보다 더한 것이 무엇이 있느냐? 나는 육신 멀쩡한 자식을 셋이나 두었고 영특한 옥화를 두었다. 강령 박가는 아들 하나 둔 것이 산삼이며 영지를 하루 세 끼 갈아 먹여도 받아내질 못하고 게우기만 하니 몇 년이나 더 살겠느냐?"

강령 박 참판 가문의 대가 곧 끊기고 말 것이니 두려울 것이 없다는 박초시의 으름장이었다.

강령 박 참판네 마님이 마흔 고개에 딸 박단실을 두었고, 오십에서야 삼신 할매가 아들을 점지해주었다. 박단실이 박옥화와 같이 스물이었다. 태어나면서부터 병을 달고 사는 박단홍이 사내구실을 하고 죽을지 의문이었다. 열여섯만 되어도 며느리 들여 후손을 보려 할 것이라는 소문이 돌았다. 며느리로 점지된 처녀는 불행한 인생이 될 거라고 입을 모았다. 박 참판네 소작인이라 할지언정 딸을 처녀 과부로 평생 살게 할 실성한 작자가 없을 것이라고 했다. 박단홍이 더 살아남는다 해도 아편에 중독되어 가산 죄다 팔아먹는 가치 없는 인물이라고 소문이 파다했다.

"산중 호랑이도 잡아먹을 것은 남겨두고 화친을 하는 법이지요."

"강령 박가와 화친하고 나를 잡아먹는단 말이냐?"

"사사끼가 초시 어르신과 참판 어르신을 양손에 잡는다면 그놈이 뺏어갈 것이 없지 않습니까?"

천길동의 말이 옳기는 한데 박초시는 인정하기 싫었다. 궐련을 곰방대에 꼬깃꼬깃 욱여넣고 뿌연 담배 연기를 뻑뻑 뱉어냈다. 박옥화는 박초시를 넘겨보면서 길동이 이놈이 기어코 아버지의 고집을 꺾을 것이라고 기대했다. 박초시는 천길동의 말이 옳다는 생각을 하지 않을 수 없었다.

"왜놈이 지주가 되고 조선 백성이 소작인이 된단 말이냐? 벼락을 맞아 새까맣게 문드러질 소릴 폐병쟁이 기침하듯 하는구나? 조상님 대대로 물려받은 땅뙈기를 섬나라에서 온 놈이 빼앗아간다니… 쯧쯧! 엊저녁 술독에 흠뻑 취한 맹한 소릴랑은 집어치우고 달마실 심가네나 훌쩍 다녀오너라."

천길동이 술독에 코 박을 만큼 술을 좋아하지 않음을 박초시가 알았다. 천길동이 뱉는 소리를 새겨듣기 싫어 버티는 소리를 했다. 박옥화와 천길동은 박초시가 내심으로는 친일 결정을 했다고 짐작했다.

"달마실에 다녀오라 하셨습니까?"

묵묵히 입 다물고 있던 박옥화가 물었다.

"달마실 심가네 토지를 거두어야 하겠다."

박초시 선언에 천길동과 박옥화가 깜짝 놀라 입을 딱 벌렸다. 천길동은 곧 입을 다물었지만, 박옥화의 얼굴이 아궁이 불에 덴 가재 등껍질처럼 빨갛게 변했다.

"아… 아버님. 소…작 땅을 거두신다고요?"

박옥화가 달아오른 얼굴의 화끈거림을 손바닥으로 문지르고 물었다.

"네가 네 입으로 친일을 하라 하지 않았느냐?"

"강씨 문중이 소작 땅을 거뒀다는 소문은 들었어도 우리 땅을 거두었다는 소리는 소녀가 스무 살이 넘도록 듣지 못했습니다."

"옥화야. 네가 스무 살이 되도록 그런 소문을 듣지 못했지만, 나는 육십이 다 되어서도 땅을 거둔 적이 없다."

사사끼란 놈에게 조상 대대로 소작인의 피를 빨아먹고 살았다는 말을 들었을지언정, 한번 내어준 소작 농토를 거두어들인 적이 없었다. 사사끼 협박 때문에 달마실 심익수에게 이십 년 넘게 내주었던 땅을 거두는 것이 아니었다. 다른 이유가 있었다.

"심가네 땅을 거두신다니요?"

이번에는 천길동이 물었다.

"사사낀지 똥새낀지 그놈이 우리 집 문지방을 넘어와서 귀신 씻나락 까먹는 소리를 한 이유가 무엇이더냐?"

박초시는 사사끼가 갑자기 찾아와 심기를 건드리고 간 이유를 알았다. 박초시로 하여금 심가네를 옥죄게 할 목적으로 왜병을 대동하고 와서 은근슬쩍 협박했다.

"아… 안 됩니다."

박옥화의 얼굴이 다시 새빨갛게 달았다.

"친일을 하라면서? 안 된다고 펄쩍 뛰는 것은 무슨 심보냐?"

박초시가 박옥화의 얼굴을 빤히 쳐다보았다. 박옥화는 노골적인 눈길을 받으면서 감추었던 것을 들킨 것처럼 얼굴이 홍당무가 되었다.

"늘배를 몬다는 심가 둘째 아들은 이제 끝장이 났다. 옥화 너도 얼굴 뜨거운 짓거리는 그만 접거라."

박초시가 박옥화의 가슴을 쥐어뜯는 말을 했다. 달마실 강막실이 심대풍을 흠모하여 왔듯이 박옥화는 늘배를 모는 심대곤을 먼발치에서 눈여겨보며 은근하게 가슴에 묻어왔다. 천길동이 먼저 눈치챘다. 박초시도 눈치와 귀가 있어 알게 되었다. 박초시로서는 도저히 가납할 수 없는 인연이었다. 심대곤이 아무리 영특하고 대장부답다 해도 소작인의 자식이었다. 만석지기 금옥 같은 딸이 소작인에게 연정을 품는 것은 있을 수 없다고 결단을 진작부터 내려놓고 있었다. 박옥화의 속내를 알아보고 단속을 해야겠다며 별러왔다. 박옥화의 입에서 심대곤이 얘기가 나오자

쐐기를 박았다.

6

똥개가 배꼽을 틀어쥐고 웃을 일

장미산은 줄기가 완만하고 꼬리가 긴 형상이었다. 냉습한 골짜기가 없어 눈이 내려도 하루 볕에 녹았다. 밤새 골바람이 산자락을 냉골로 만들어도 해만 떠오르면 아지랑이가 모락모락 피어났다. 장미산 끝머리 달마실에서 남한강변 창말로 이어지는 너른 들판은 볕이 넘치고 논배미 폭이 널찍해서 상답이었다. 가흥창고가 있다고 해서 마을을 창말이라고 불렀다.

아침 식전에 창말 사는 강창우가 달마실로 왔다.

강막실은 폐허가 된 심대풍네 마당을 바라보고 있었다. 눈물이 그렁한 머릿속에는 장미산 봉학사에서 헤어진 심대풍뿐이었다.

강창우가 강막실에게 오만상을 찌푸렸다. 거드름을 피우며 팔자걸음으로 걸어왔다.

강창우는 강막실 아버지 강주칠의 당숙뻘이었다. 강씨 문중 종가어른이니 만만하게 대할 수 없었다. 담벼락에 맥없이 기댄 강막실 얼굴에 심대풍을 그리워함이 역력했다. 강막실을 빤히 쳐다본 강창우가 눈꼬리를 찢어 올렸다. 강막실이 놀라 자라목으로 움츠려 묵례했다. 강창우가 콧김이 닿을 듯 가까이 와 또 빤히 쳐다보았다. 엊저녁 술 삭는 냄새가 역하게 풍겼다. 강막실이 귓불 붉혀 한걸음 물러났다.

에헴. 헛기침 뱉은 강창우가 안방으로 들어갔다. 안방에 아무도 없었다. 댓돌로 나온 강창우가 뱁새눈을 떴다. 당황해서 쭈물거리는 강막실에게 호통을 뱉을 참이었다. 옷소매를 문 강막실 입술이 오들오들 떨었다. 마침 두엄 지게를 진 강주칠이 강창우를 보았다.

"조카는 토지에 두엄을 내느라 바지런을 떨었다지만 조카며느리는 어찌 보이지 않는가?"

강창우가 용포댁 행방을 물었다. 강주칠이 부엌과 뒷간을 둘러보았다. 용포댁이 보이지 않았다. 강창우 면전에서 부녀는 송구스러워 몸 둘 바를 몰랐다. 창말과 달마실 토지 절반이 강씨 문중의 소작토지니 길 가다 만나는 백성 절반이 강창우에게 허리를 굽혔다. 쇠뿔때기만한 벼슬도 없으면서 땅이 많아 권세를 누리는 중이었다.

"암탉이 중뿔나게 치맛자락 휘휘 돌리면서 싸질러 다니는 꼬락서니가 고약하구나."

강창우가 소리를 버럭 질렀다. 아무리 종가어른이라지만 억울하고 기가 막히는 트집이었다.

"먼 길 간 것은 아니고, 도랑에 요강을 헹구러 갔을 겁니다."

강주칠이 용포댁의 행방을 어림잡아 변명했다.

"동네방네 망측한 소문 도는 연유가 있구나!"

강창우가 조카며느리에게 해서는 안 될 막말을 뱉었다. 강창우는 마당에 들어서면서 옆집에 목을 빼고 있던 강막실에게 화가 났다. 강주칠에게 딸년 행동 조신하게 지도하라고 꾸지람하려는데 방이 비었다. 강주칠은 나타났으나 용포댁이 보이지 않았다.

용포댁이 심대풍 마당에서 보였다. 강막실이 용포댁에게 부리나케 손짓했다. 용포댁이 강창우의 뱁새눈에 놀라 화급하게 달려왔다.

"어험. 조카며느리는 어찌하여 불경스런 집에 발걸음을 하였는가?"

강창우가 대뜸 꾸짖었다. 용포댁이 새벽에 사립문 밖으로 나갔다는 것이 마뜩하지 않았다. 사사끼에게 거역하다가 폐허가 된 심대풍 집에 있으니 화가 불같이 치밀었다. 아무리 종가어른이고 당숙뻘이지만 심하게 꾸짖을 입장이 아니었다. 며느리라 해도 새벽부터 큰소리로 꾸짖을 수는 없는 노릇이었다. 어쨌든 강창우는 아침 식전에 느닷없이 찾아와 소란을 떨었다.

"삼십 년 이웃하다 저승 간 여주댁 빈소에 음식 놓고 왔습니다."

용포댁은 소작토지도 있고, 또 종가어른이라 고분하게 대답했다.

"남정네도 아니고 여인네가 오지랖이 그리 넓어서 무엇에다 쓸고?"

강창우가 강주칠에게 혀를 끌끌 찼다. 마누라 건사도 못하는 등신 같은 놈이라는 눈빛이 강주칠에게 쏟아졌다. 종가어른이라고 위세를 부리지만 말투가 경망스러워 위신을 스스로 깎아내는 인물이었다.

"억울하게 죽은 넋이 꿈에서조차 통곡하여 젯밥 한 그릇 놓고 왔습니다."

용포댁이 목소리를 돋워 뻬딱하게 나섰다. 아무리 종가어른을 이해하려 해도 거부감이 일었다.

"어험. 강씨 문중에 강씨 성이 아닌 여인네가 감히 고개를 빳빳이 들고 불손한 경우는 아직 없다."

강창우가 소리를 버럭 지르고 제집처럼 방으로 들어갔다. 강주칠이 따라 들어갔고 용포댁은 아침상을 마련하려 부엌으로 갔다. 강창우가 용포댁을 안방으로 불러들였다. 마당에 있는 강막실에게 동치미 한 그릇 떠오라고 명령했다. 강막실이 소반에 동치미 대접을 받쳐 들고 방으로 들어갔다. 술기운도 있고 성깔도 버럭 내어 입안이 바싹 마른 강창우가 벌컥벌컥 마시고 트림을 꺼억 토했다. 술 삭는 냄새가 동치미 냄새와 섞여 방에 퍼졌다.

"네가 막실이구나. 한눈에 척 보아도 창말에 떠다니는 소문이 헛것은 아니었구나."

강창우가 먼 조카손녀의 젖가슴과 엉덩이를 망측스러운 눈빛으로 더듬었다.

"창말에 떠다니는 소문이라니요? 사립문 밖 보기를 저승 문턱 만큼이나 어려워하는 아입니다?"

용포댁은 댓돌에 서서 막말을 할 때부터 강창우가 달갑지 않았다. 나 잇살이나 자신 어른이 망측스러운 눈을 뜨고 있으니 부아가 치밀었다.

"막실아. 내가 창말에 사는 박씨네와 혼사를 맺기로 엊저녁에 약속을 하고 왔다."

강창우가 막실의 약혼을 선언했다. 강주칠이 뒤통수를 자귀로 찍힌 듯 아뜩한 눈자위를 한차례 굴렸다. 용포댁의 가슴도 쿵 내려앉았다. 강막실도 가슴에서 사기대접이 쨍그랑 깨지는 소리를 들었다. 장미산에서 헤어진 심대풍이 퍼뜩 떠올랐다.

창말 박씨? 창말 박씨가 한두 집이 아닌데? 만석지기 땅 부자 박초시가 설마 막실이를?

박초시 아들이 어떤 인물인지 귓구멍 열린 백성은 물론 오래 묵은 누렁이도 아는 사실이었다. 박초시 아들의 싹수가 이미 글러버렸다는 것도 알고 있었고, 박초시가 죽어 땅에 들어가는 순간부터 만석지기 땅이 목계나루 하늘로 훨훨 날아오르는 청동오리처럼 흩날려서 결국은 먹고 살 만한 땅뙈기 간신히 붙들고 사는 농삿집이 될 것이라는 소문도 만만찮게 돌았다. 막내딸 박옥화가 참하고 부리는 머슴 천길동이 영특하고 똑똑하니 땅을 지킬 수 있을 것이라는 가능성도 몇몇이 모여 도란거렸다. 오빠라는 작자들이 순서를 정해놓은 듯 차례로 나타나 땅 팔기 시합을 벌이기라도 한다면, 천길동의 지혜가 남한강 물줄기보다 유연하고 박옥화의 마음씨가 봉황산 자락만큼 영특하다 해도 감당키 어려울 것이라 입을 모았다. 설마 만석지기 박초시가 막실이를…. 강주칠이 고개를 주억거리며 눈을 똥그랗게 떴다.

"참말 박운정의 아들을 조카는 모르는가?"

강창우가 꾸짖듯 말했다. 신식공부한다고 경성에 가더니 철마다 쌀가마니 팔아 돈만 가져간다는 박운정 아들을 근동 백성이면 알고 있었다. 엊저녁 술에 몽롱한 강창우가 박운정의 아들을 사위로 정했다고 강짜를 부렸다. 강주칠은 다소곳한 딸에게 처량해진 눈길을 보냈고, 용포댁은 목구멍으로 확 치밀어 오르는 것을 참으려 어금니를 꽉 물었다.

"어르신."

머리가 아뜩해지도록 어금니를 물고 있던 용포댁이 강창우를 불렀다. 목구멍으로 치밀어 오르는 것을 강창우의 얼굴에다 확 토악질할 태세였다.

"내 말이 언짢은가?"

강창우 입에서 엊저녁 텁텁한 술 냄새가 풍겼다. 강창우는 조금 있는 땅을 밑천으로 선심 쓰는 말을 일삼으면서 뒷일을 감당하지 못하는 인물이었다. 강씨 문중의 소작 농민은 강창우와 대면을 몹시 꺼렸다. 누군가 욕심을 부리면 멀쩡한 사람이 하루아침에 손해를 보는 사건의 중심에는 늘 강창우가 떡 버티고 있었다. 땅 한 마지기 더 얻어내려는 욕심으로 술 한 잔 받아주면서 아양을 떨면 뒷감당은 생각지도 않고 덜컥 허락해서 멀쩡하게 농사짓던 땅을 빼앗기는 경우가 해마다 연례행사로 생겼다.

"종가 어르신이 하시는 일인데 어찌 싫고 말고가 있겠습니까마는, 박운정의 자제라 함은 외아들이 아닌가요?"

가슴통을 세 차례나 크게 꺾어내려 치밀어 오르는 것을 참아 내린 용포댁이 물었다.

"옳다. 손이 아주 귀한 집안이라면서 날 붙들고 통사정을 하더라. 박운정이 세상 읽는 귀는 열렸더라. 막실이 참하다는 소문을 들었다면서 언질 좀 놔 달라고 삼십 번도 내게 더 왔었다. 그 정성이 맘에 차고도 남아서 혼사 약속을 어제서야 흔쾌히 놓고 날 밝기가 어디라 걸음을 했다. 백년손 될 사람이 박시만이라 하더라."

강막실은 가슴이 탔다. 얼굴이 발갛게 붉어졌다. 강창우는 부끄러워서 얼굴이 붉어지는 줄로 알고 흡족한 표정을 지었다. 강막실은 대풍 오빠, 대풍 오빠, 속으로 외치면서 붉어진 얼굴을 차마 들지 못했다.

"박운정은 저도 압니다. 목계 저잣거리 주막에서 대폿잔을 주고받은 적도 있지요. 아비 되는 자의 성품이나 예의범절은 옳아 보이는데…."

강주칠이 말미를 흐렸다. 강창우가 믿음성 없었고 사위 될 사람이 신식공부를 하러 경성에 갔다는 것이 내키지 않았다. 술을 얻어먹고 혼사를 약속했다는 것도 불쾌했다. 지키지도 못하는 허풍을 뱉어내는 위인이 막실이를 소작논처럼 하찮게 여겼다는 것이 화가 치밀었다.

강주칠은 병참 감옥에 갇혀 있는 심익수를 생각했다. 용포댁도 사사끼 총에 절명한 여주댁을 떠올렸다. 강막실은 장미산에서 헤어진 심대풍의 애절한 눈빛을 가슴에 숨기고 있었다.

"흠이라면 땅마지기가 변변치 않은 게다. 막실이 네가 그 집안에 들어가 근근하게 꾸려서 땅마지기 불린다면 우리 강씨 문중에 그 같은 광영이 또 어디 있겠냐?"

강창우가 강막실의 홍시 얼굴을 또 들여다봤다. 강막실의 귀밑이 확확 달았다. 손가락으로 버선코 속 발가락을 꼬집었다.

"가진 거 없고 예절만 엄한 집에 보내서 고생시키고 싶은 생각이 없네요."

용포댁 목소리에서 원망의 빛이 묻어났다. 눈빛도 반들거렸다. 아무리 종가어른이지만 할 말은 다해야겠다는 작심이 앙다문 어금니에서 새 나왔다.

"조카며느리는 내 입으로 약속을 깨란 말인가? 난 그리 못하네. 강씨 문중에 어른도 몰러보는 경우는 아직껏 없었다."

강창우가 단호하게 용포댁의 말을 거절했다.

"자식의 배필을 부모가 모르는 경우는 무슨 경우고, 또 아무리 종가 어르신이라지만 술 한 잔 얻어 자시고 남의 자식 혼사에 이래저래 하시는 경우는 무슨 경우인가요?"

용포댁이 성난 독사처럼 고개를 빳빳이 들었다.

"막실이가 어째서 남의 자식인가?"

강창우가 소리를 버럭 질렀다. 저승 반점 자르르 깔린 얼굴이 케케묵은 고구마껍질처럼 시뻘겋게 달았다. 목계장터에서 인사하면 부리는 종을 보듯 눈알을 내리깔기만 하더니 오늘 아침에는 막실이 남의 자식이 아니라 했다. 지나가는 개가 웃을 일이 안방에서 일어났다. 용포댁이 허파에서 헛바람을 큭큭 뽑으면서 기가 차다는 얼굴색을 그렸다.

"외동딸을 그렇게 여읠 수는 없습니다."

용포댁 냉랭하게 말했다.

"조카며느리는 시집올 적에 주칠이가 누군 줄 알고 왔는가? 박씨가 없다 없다 갈고리를 놓는데, 조카는 막실이 시집들일 적에 막달이라도 붙여 보낼 능력이 있는가? 어험, 난 이만 가겠네. 박씨 집에서 구체적인 뭐가 있을 것이어. 문중 땅이라도 쏠쏠하게 부쳐 먹으려면 그렇게 경망스럽게 톡톡 나서는 거 아니다."

강창우는 더 있어 봐야 용포댁이 빠득빠득 대들 것이라 판단했다. 억지를 부려놓고 돌아가서 기다리면 결국은 따를 것이라는 속셈으로 자리에서 일어났다. 말을 듣지 않으면 땅을 거둔다 하는데, 감히 반대를 하겠느냐는 배짱이었다. 강주칠은 소작 땅을 들먹이는 강창우 면전에서 꿀 먹은 벙어리가 되었다. 용포댁은 목울대로 치밀어 오르는 화를 삼키느라 눈을 질끈 감았다.

"국망봉에 피신 왔던 왕비가 시해됐다는 거 자네도 알고 있지?"

국망봉이라면 달마실에서 북서쪽으로 이십 여리 떨어진 노은면과 앙성면 경계면에 있는 봉우리였다. 시월 여드렛날 시해된 명성황후가 잠시 머물렀던 산이었다. 강창우가 강막실의 젖가슴과 둔부를 음흉한 시선으로 더듬었다.

"조선인 셋이서 망국의 일을 저질렀다는 소문이 파다합니다."

명성황후를 시해한 사람이 조선인이라는 소문이 목계까지 흘러들어왔다. 왜놈과 왜놈 앞잡이가 퍼뜨린 망극한 소문이었다.

"조선 팔도 산지사방에서 글깨나 깨우쳤다는 유생들이 술렁인다네. 조선 사람이 조선의 국모를 시해할 이유가 없다는 것이야. 남쪽으로 수안보에 왜병이 쌍스런 눈알 똥그랗게 뜨고 있고. 목계 병참에도 왜병이 날마다 둔치에서 화약총을 쏴대면서 난리굿을 떨고 있어. 목계 병참 대장 사사끼는 눈알을 새빨갛게 뜨고서 의병의 기미가 보이면 가차 없이 총질해댈 놈이다. 강씨 문중에서 의병에 가담하는 일이 없어야 할 것이네. 주칠이 자네는 나이가 육순이 되었으니 의병에 가담할 일은 없겠지만, 내가 요새 집안 단속하느라고 멀쩡한 심기가 아니다. 괜히 의병인가 뭔가에 껴들어서 강씨 문중 어렵게 만들지 마라."

일장 연설을 한 강창우가 문을 박차고 나갔다. 강주칠과 용포댁이 배웅하러 마당에 내려섰다.

"자네는 어찌하여 단발을 안 했는가?"

방에서 무릎을 맞대고 앉아 있어 놓고서는 마당에 내려와 새로이 본 듯 꾸짖었다. 아랫것들이 생각이 짧아 단발을 하면 오히려 훈계를 해야 할 문중 어른이 참 가당치 않은 소리를 하다니. 강주칠은 이해할 수 없다는 눈초리로 강창우를 바라보았다. 신체와 머리털과 살갗은 부모에게서 불려 받은 것으로서 감히 훼손하지 않는 것이 효의 근본이거늘, 오히려 효의 근본을 그르치지 말라고 훈계를 해야 할 종가 어른의 입에서 나온 막말을 차마 받아들일 수 없었다. 강주칠이 강창우의 머리를 흘끔 살폈다. 상투가 잘려나가고 남은 머리가 귀밑으로 흘러내렸는데, 뒷덜미를 보니 꼭 논두렁 꼴 베어낸 자국처럼 듬성듬성 뜯겨 가관이었다. 강창우는 자신의 뒷덜미를 볼 수 없으니 딱하기도 한 상황이었다. 강주칠은 강창우가 저런 모습으로 창말이며, 달마실이며, 목계 저잣거리며 창말 일대를 거들먹거리며 다녔다고 생각하니 불쌍하기조차 했다.

"단발령이 공포된 지 벌써 보름이 넘었는데 아직까지 그 꼬락서니가 뭔가? 종가 최고 어르신도 눈물을 닭똥마냥 떨구시면서 단발하셨네. 자네가 그러고 있으면 어떡하나? 자네 하나 탓에 문중에 화가 미치는 일이 없도록 알아서 처신을 해야 할 것이어. 심가네랑 인연을 작두질로 싹둑 끊어야 할 것이다. 망측한 얘기가 내 귀까지 들어는 오고 있다만, 조카뻘이니 모르는 척하네만 딸자식 잘 건사하는 것이 좋을 것이네. 심가네 불똥이 우리 강씨 문중에 옮겨붙을까 한마디 던지고 가니 가슴팍에 꼭꼭 새겨들어야 할 것이여."

마당에 내려온 강창우는 강막실이 옆집을 넘겨보던 상황을 떠올려 트집을 잡았다. 강막실이 종적을 감춘 심대풍에게 연정을 품을까 봐 지레 성질을 부렸다. 어험. 강창우가 사립문으로 나갔다. 단발을 하지 않아서 강씨 문중에 화가 미치는 일이 없도록 처신을 하라니. 용포댁은 강창우가 던지고 간 말을 가슴에서 놓지 못하고 눈물을 글썽였다. 아무리 강씨 문중의 가운데 자손이라 해도 술 한 잔 얻어먹고 취중에 남의 귀중한 딸 혼처를 함부로 정할 수가 있을까? 강주칠은 강씨 가운데 종손이 아니라서 먹고살 만한 땅뙈기가 없으니 애간장이 녹아내릴 듯 서러웠다.

명성황후 시해로 어수선한 와중에 친일 개화 내각이 상투를 자르고 망건을 폐하는 단발령을 공포했다. 단발령을 명성황후 국상 뒤로 미루자고 온건파가 주장했다. 단발령의 시행이 지지부진하자 개화파에서 사주한 훈련원 장교 셋이 칼을 들고 내각 회의실에 들어왔다. 단발령을 당장 공포할 것이며 대신들도 솔선하여 상투를 자르라고 협박했다. 군부대신이 임금의 궁에 대포를 겨눴다. 왜병을 궁궐에 동원하여 위협하면서 임금에게 삭발을 강요했다. 농상공부대신이 감히 황제의 상투를 잘랐다. 단발을 성상 폐하께옵서 솔선수범했으니 백성은 이에 따라야 한다는 단발령을 내부대신의 명의로 공포했다.

경무사가 경찰을 거느리고 장검을 휘두르며 사람 만나는 족족 잡아다가 상투를 잘랐다. 집까지 쫓아 들어가 벽장 속에 숨은 사람을 잡아내 상투를 잘랐다. 사람을 붙들어다 상투를 잘라버리는 바람에 저잣거리가 한산했다. 수색을 피해 산에 숨는 노숙자가 늘어나 사람이 살지 않는 마을도 생겨났다. 장안은 울음소리로 충천하고, 시골 선비들은 잘린 상투를 두 손으로 받들고 애고 애고 통곡했다.

새벽에 느닷없이 설레발을 놓던 강창우가 창말로 갔다. 강주칠 가족이 아침 밥상에 둘러앉았다. 밥알이 보리껍질로 겉돌았다.

"없이 사는 것도 서러운데 문중 어른이란 양반이 가슴에 대못을 팍팍 박아놓고 가는구나."

용포댁이 옷소매로 눈물을 찍었다.

강주칠은 강창우의 명을 거역하기 버거웠다. 혼사라는 것이 당사자의 백년해로임에도 당사자의 의향을 물어보고 결정짓는 시절이 아니었다. 조부모의 안목과 생각이 부모보다 혼사의 결정권이 우선하였음은 조상 대대로의 관습이 아니었던가. 강주칠은 부모가 이승에 없으니 종가 어른인 강창우를 막아설 방도가 서지 않았다.

강막실은 저우내 둔치를 넌짓 건네 보다가 창말이 보고 싶었다. 심란함이 들킬세라 번늪을 돌아 솟다베기 뒤로 나지막하게 솟은 서울산에 올랐다. 서울산에서 창말이 보이지 않았다. 저우내 둔치가 끝나는 곳의 목계 솔밭과 나루터가 눈에 들어왔다. 심익수와 심만옥이 갇혀있는 목계 병참의 일장기가 무명빨래처럼 팔랑거렸다. 개치모롱이로 올라갔다. 가흥창고에 가려 창말이 보이지 않았다. 여우섬이 창고 너머로 보였다. 정상의 장미산을 바라보았다. 몇 걸음 더 올라가서야 창말이 눈에 들어왔다. 가흥창고를 지나서 역답 끝에 옹기종기 붙은 창말 가옥이 초라했다. 창말과 강물 사이 둔치에 억새밭이 추수 늦은 곡식처럼 누렇게 익어 보였다. 여우섬 앞 막흐레기 여울에는 마당바위에 부딪는 물의 허연 비늘이 햇살에 반짝거렸다. 막흐레기로 뗏목이 내려가는 것이 눈에 들어왔다. 왜병이 들어오기 전에는 사월에 시작해서 시월을 넘기지 않는 뗏목 행렬이었다.

장미산자락에서 내려온 강막실을 용포댁이 방으로 불렀다.

"강씨 문중에 시집와 살림에 조리가 없어 땅 한 마지기도 거두지 못했다. 게다가 아들도 없으니 종가에서 우리를 곱게 볼 리가 없다. 종가 땅 부쳐 먹는 것도 어찌 보면 큰 다행이다."

용포댁이 느리게 탄식했다. 심대풍의 모습이 아른거렸다. 강막실네는 장자늪과 당늪 사이 논 열다섯 마지기를 소작해왔다. 장자늪 주변의 논은 누구나 경작을 꺼렸다. 해마다 근동의 사람이 장자늪에 맥없이 걸어와서 잉어 바위에 걸터앉았다가 빠져 죽었다. 늪지 주변 토지는 가뭄을 타지 않았다. 토질은 썩 나빠 보이지 않았으나 풍년이 잘 들지 않았다. 장자늪에 빠져 죽은 영혼이 동물이고 식물이고 생장을 저해한다는 말이 전해 내려왔다. 강주칠은 장자늪과 당늪을 에워싼 답을 다른 소작농보다 세 마지기 많은 열다섯 마지기를 소작했다. 소작료는 열두 마지기와 같다지만 남들보다 세 마지기 몫을 더 품 팔아서 열두 마지기 소출을 거두었다. 장자늪 근처 토지마저 없다면 굶어 죽을 판이었다.

창말로 돌아가는 강창우를 기다리는 사람이 있었다. 달마실 어귀를 벗어난 논두렁에서 똥깐이 벌떡 일어나 강창우의 앞을 막았다. 어험. 놀란 강창우가 헛기침했다. 창말 일대를 쏘다니며 못된 짓을 골라 하는 똥깐을 아는 강창우였다. 벼락을 맞아 죽어도 열 번은 죽었을 이놈이 밤새 먹은 술 게우는 소리를 하는 것은 아닌가. 강창우는 똥깐의 존재가 달갑지 않았다.

"늙어빠진 몸에서 불끈 성을 낸 것은 아닐 것이고? 흐느적거리는 좆으로 지나가는 암캐랑 흘레붙고 오시는 게요?"

똥깐이 다리를 떨며 빈정거렸다. 똥깐의 몸에서 썩은 술 냄새가 풀풀 쏟아졌다.

"네놈처럼 쓸데없는 짓은 안 하고 다닌다. 바삐 길 가는 사람 막지 말거라."

강창우가 나무라며 똥깐이 옆으로 돌아가려 했다.

"새벽길에 노인네 자빠질까 걱정되어서 기다린 나를 모른 체하시네?"

똥깐이 버르장머리 없이 눈알을 위아래로 휘돌렸다.

"이런 쌍놈의 새끼를 봤나? 마빡이 새파란 것이 어느 안전에다 눈알을 희멀겋게 까뒤집고 자빠졌냐?"

강창우가 목소리를 키웠다.

"내가 괜히 아저씨를 기다릴 만큼 할 일 없는 인사가 아닌 거 아실 텐데…요?"

똥깐이 누런 이빨을 드러내며 흐흐흐 웃었다.

"네놈이 바쁜 거 참말 백성하고는 눈곱만큼도 상관이 없더라."

강창우가 똥깐의 양심에 못을 박았다.

"늙은 것이 찢어진 입이라고 말씀을 함부로 하…시네?"

똥깐이 속에서 불똥이 튀는지 말을 떠듬거렸다.

"짐승만도 못한 네놈에게 못할 말이 무엇이 있단 말이냐?"

강창우가 주먹을 쥐고 똥깐의 면전에 흔들었다.

"내가 짐승만도 못하다고 말씀을 하셨소? 찢어진 입이라고 함부로 지껄여대니 황천길 가고 싶어 환장하셨구먼?"

똥깐이 몸을 후다닥 털었다. 짚더미에 자빠져 잠을 잤는지 입성에서 지푸라기가 후드득 떨어졌다.

"식전부터 날 기다린 연유가 뭐냐?"

강창우가 주춤 물러났다. 똥깐의 속을 건들었다가는 봉변을 당하겠다는 판단으로 목소리를 낮추었다.

"조신하게 사는 처녀한테 깔짝거리지 마쇼. 그 처녀를 오매불망 가슴에 품고 사는 사나이 가슴팍이 새까맣게 문드러지면 큰 사달이 날 테니까."

강창우는 똥깐이 길을 막고 성질을 부리는 이유를 예감했다.

"이놈아 환갑이 넘은 나잇살이다. 조신한 처녀를 깔짝거린다니? 애매한 소리를 듣자니 낯짝이 뜨겁구나."

강창우가 발뺌했다.

"돌려서 말하지 않겠소. 달마실 강막실은 그냥 두쇼."

강창우의 예감대로 똥깐의 구린내 진동하는 입에서 강막실의 이름이 뱉어졌다.

"막실이는 집안 조카뻘이다. 내가 강씨 문중에 어른이 아니냐? 조카딸에게 좋은 혼처가 나서 알려주고 오는 참이다."

"강막실 혼처는 옛적에 이미 정해졌소. 백두산 호랑이 콧잔등에 수염이 돋기 전에 나 박창호가 강막실을 마누라로 가슴팍에 품었다 그 말이오."

똥깐이 강막실을 마누라로 점찍었다며 씨도 안 먹힐 소리를 했다.

강창우는 큰일이 났다 싶었다.

"어험. 난 이만 가네."

강창우가 똥깐의 옆으로 돌아 걸어갔다.

"내가 한 말을 부처님 훈시로 고이 모셔 행동하셔야 할 것이오. 손톱만큼도 거역하는 날에 강씨 문중에는 줄초상이 날 것이니까."

똥깐이 강창우 등짝에 화살을 쏘아대듯 말했다. 강창우가 걸어가다가 몸서리를 치며 기우뚱거렸다. 강창우가 허우적거리며 걸어가는 길에다 똥깐이 흐흐흐 웃으면서 길게 오줌을 깔겼다. 강창우가 보이지 않자 똥깐이 부지런히 달마실로 갔다. 똥깐이 심가네 사립문에서 얼쩡거리는 것을 강주칠과 용포댁이 보았다.

"호랑이 깨물어 갈 망나니 같은 놈이 만옥네를 또 얼씬거리네요?"

용포댁이 방문을 질끈 닫고 말했다.

"빈집인 것을 저 고얀 놈이 알고 있을 텐데?"

강주칠이 문틈으로 똥깐을 훔쳐보고 말했다. 똥깐이 심가네 사립문에 얼쩡거리는 것은 어제오늘이 아니었다. 좀처럼 사립문 밖으로 나서지 않는 심만옥을 훔쳐보려는 속셈이었다. 똥깐이 심만옥을 가슴에 품고 있었지만 어림도 없었다. 심대풍과 심대곤 형제가 똥깐을 사람으로 인정하지 않았다. 비슷한 나이임에도 똥깐은 형제에게 주눅이 들었다. 심만옥을 마음에 품고 있어선지 형제 앞에서는 포악한 성질이 죽었다. 그러던 중에 심만옥이 병참 감옥에 갇혔다. 사사끼의 똥개 노릇을 하고 있으면서 사사끼가 가둔 심만옥에게 연정을 계속 품을 수 없었다. 옆집 강막실을 좋아하는 심대풍이 왜병을 죽이고 달아났으니 심만옥에게 품었던 연정의 화살이 강막실로 향했다.

"아이쿠 저놈이…."

문틈에 눈알을 대고 있던 용포댁이 엉덩방아를 찧으며 더듬거렸다. 강주칠도 문틈으로 내다보니 똥깐이 마당으로 들어오고 있었다.

"똥개가 콧등을 큼큼거리면서 들어와도 아는 척을 하는 것인데 너무하시네요?"

마당 가운데서 다리를 떡 벌리고 선 똥깐이 안방에 들으라고 소리 질렀다. 강막실도 사랑방 문틈으로 똥깐을 훔쳐보았다.

"안방에는 눈구멍이 넷이나 있고 사랑방에는 눈구멍이 둘이나 있는 거 다 알고 있으니 나를 속이려는 생각은 접어두시오. 장차 서방님이 왔으니 사랑방에서는 얼른 나와 맞이하시오."

똥깐이 사랑방에 소리를 질렀다. 강막실이 화들짝 놀라 엉덩방아를 찧고 덜컹거리는 가슴에 손바닥을 얹었다. 검둥개가 똥깐의 구린내 범벅인 버선에다 코를 킁킁거렸다.

"개새끼까지 나를 홀대하고 있네?"

똥깐이 검둥개의 옆구리를 걷어찼다. 검둥개가 신음을 찔찔 흘리면서 사립문 밖으로 도망갔다.

"장차 장인 장모 어르신에게 쌍소리를 할 수도 없고 환장을 하겠네."

방에 숨은 세 사람의 가슴이 쿵 내려앉는 똥깐의 소리였다.

"저 인간은 우리 집에 무슨 원한이 있다고 저런대요?"

용포댁이 강주칠의 엉덩이를 떠밀었다.

"만옥이 병참 감옥에 잡혀간 거 모르는가?"

강주칠이 방문을 열고 나오면서 엉뚱한 말을 했다.

"장인 어르신. 해가 똥구멍까지 벌겋게 떠올랐습니다. 두 눈 말갛게 뜨시고 잠꼬대를 두서없이 하신대요?"

똥깐이 성질을 죽여 말했다.

"잠꼬대는 자네가 하고 있고만? 내가 어찌 자네 장인이 되는가?"

강주칠이 떨리는 가슴을 애써 감추고 짐짓 나무라는 시늉으로 물었다.

"사랑방에서 나를 훔쳐보고 있는 장인 어르신 딸과 혼인을 하면 내가 이 집의 사위가 되는 것이고, 또 안방에서 나를 훔쳐보고 계시는 어르신은 내 장모가 되는 것이지요."

기가 막히는 똥깐의 으름장이었다.

"엊저녁 술이 과했으면 잠이나 푹 자게."

똥깐에게 기특한 심성을 바라는 것은 상상할 수 없었다. 구린내 나는 입에서 터져 나오는 말에 기분 언짢아지는 것은 예사로운 상황이었다. 심사가 뒤틀리면 나이를 불문하고 아무나 트집을 잡으려고 입에 거품을 하얗게 물었다. 똥깐이 골목 저쪽에 나타나면 발갛게 구운 쇳덩이가 손바닥에 얹힌 듯 화들짝 놀라 뒷걸음으로 피했다. 놈이 지나가는 앞길이 텅 비어 거칠 것이 없으니 영의정 승교 행렬이 부럽지 않았다. 우둔하기 짝이 없는 똥깐이라도 자신이 소외되고 있음은 깨닫고 있었다. 갖은 허세를 부리며 으쓱거렸지만, 철저하게 외면되고 있음을 알고 있었다.

"새벽에 노인네가 한 말은 중한 말씀이고, 해가 똥구멍까지 떠서 밝은 낮에 내가 한 말씀은 개새끼가 짖는 소리란 뜻이지요?"

똥깐이 아침에 다녀간 강창우를 들먹거리며 또 으름장을 놓았다.

"만옥이 보러 왔으면 병참 감옥으로 가 볼 것이지."

똥깐을 집에서 쫓아낼 방도로 강주칠이 심만옥을 들먹거렸다.

"강막실이 심대풍이랑 그렇고 그렇다는 소문 내 귓구멍까지 들어왔어도 꾹 눌러 참은 나를 홀대하면 후회막심한 날이 올 것이오. 심대풍은 죽은 목숨이나 다름없고, 심만옥도 이제는 도리가 없는 신세고…."

가슴이 아프다는 시늉으로 똥깐이 말을 끊었다.

"죽을 목숨인 심대풍을 가슴에 품어야 말짱 도루묵이지. 내가 강막실을 조강지처로 삼아 평생 호강으로 멱을 감게 할 테니 나의 기막힌 순정 마다하지 마시오. 장인 어르신."

꿩 대신에 닭이라고. 심만옥이 병참 감옥에 갇혔으니 강막실을 마누라로 삼아야겠다고 똥깐이 억지를 부렸다.

"막실이는 벌써 혼처가 났네."

강주칠이 말뚝을 박듯 잘라 말했다.

"창말 늙은이가 새벽에 한 말은 사람 말로 알아 새기고, 내가 시방 하는 말은 개새끼가 왈왈 짖어댄다, 이 말씀이시오?"

똥깐이 버럭 소리를 질렀다. 눈알을 부라리는 것이 여차하면 마루로 후다닥 뛰어오를 것 같은 태세였다.

"젊은 것이 아침부터 억지를 부리면 쓰는가? 어서 돌아가게."

강주칠도 물러설 수 없었다. 약간이라도 동조하는 낌새를 주면 달마실과 창말과 목계나루와 저잣거리 창말 일대를 쏘다니면서, 강막실을 하룻밤 품고 잔 것처럼 험악한 소문을 퍼트릴까 걱정되었다.

"강막실은 내 사람이니 오늘 이후부터 딴소리 안 하시기요?"

겁박을 한 똥깐이 사립문에서 심대곤과 맞닥뜨렸다.

"어이. 조반은 자셨는가?"

똥깐이 얼굴색을 확 바꾸고 물었다. 심대곤의 칼날 같은 시선에 똥깐이 머쓱해져 뒷머리를 긁었다. 똥깐의 모가지를 비틀고픈 충동으로 심대곤이 이를 부드득 갈았다.

"마…만옥이는 괘…괜찮아?"

똥깐이 골목으로 슬금슬금 물러났다. 갖은 못된 짓을 골라 하며 쏘다니는 똥깐에게도 무서운 사람이 있었다. 사사끼가 돌변하여 자신을 언제쯤 내칠지 예감할 수 없어 늘 두려웠다. 총을 든 왜병을 맨손으로 작살낸 훈련대 장교 심대풍이 무서웠다. 늘배를 몰며 하리모토를 돕고 있는 심대곤을 바라보기만 해도 꽁무니가 오그라들며 겁이 났다. 아무리 생각이 짧고 못된 놈이라도 언제 어느 순간에 보복을 당할지 모른다는 것을 깨닫고 있었다. 심대곤이 눈알에 힘을 불어넣고 아랫입술을 물었다. 등골이 오싹해진 똥깐이 후루루 떨며 서둘러 달아났다. 강막실과 용포댁이 심대곤의 위세에 도망치는 똥깐을 문틈으로 바라보았다. 마루에서 지켜보던 강주칠이 고소하다는 웃음으로 심대곤에게 왔다.

"초시 어르신이 자넬 보자 하신다고 길동이가 새벽바람에 왔었네."

강주칠이 웃음을 싹 지우고 박초시 집사 천길동이 왔었음을 말했다.

"초…초시 어르신이 무슨 일로 저…를?"

심대곤은 지주 어르신이 찾는다는 말에 불안해졌다.

"심부름 온 길동이는 알겠지만 나는 모르지."

강주칠의 표정이 어두웠다.

"똥깐이가 식전부터 아저씨에게 무슨 볼일이래요?"

심대곤이 마당을 기웃거리며 물었다. 강막실을 찾는 중이었다. 장미산으로 간 형이 혹시나 강막실에게는 기별을 전했을까 물어보고 싶었다.

"썩을 놈이 우리랑 무슨 일이 있어 쏘다니던가? 혼자 지랄병 돋은 병자처럼 댕기는 거지. 그놈이나 쥐약 설 먹은 똥강아지나 다른 게 있기나 한가?"

강주칠이 손사래를 쳤다. 강막실에게 장가를 들겠다며 소란 피웠음을 알리고 싶지 않았다.

7

떼목 아라리

창말 들판에 바람이 맵차게 불었다. 장미산에서 불어 내린 바람도 아니고 남한강에서 몰아쳐 오는 바람도 아니었다. 바람의 근원지와 목적지가 산도 강도 아닌, 그저 황량하게 들판으로 불어 다녔다. 미루나무를 넘어뜨릴 듯 기차게 불다가 생각이 바뀐 듯 뚝 멈추었다.

알곡 털린 지푸라기를 허공으로 빨아올리는 회오리가 논 가운데서 휘돌았다. 바람은 오늘따라 제멋대로 움직였다. 불어도 좋고 안 불어도 좋은 심보였다. 변덕스런 바람을 가르며 오는데 배추벌레가 머릿속에 살아 사각사각 갉아먹는 느낌이었다.

창말 입구에 박옥화가 나와 있었다. 심대곤을 먼저 본 박옥화가 손을 앞으로 잡고 고개를 약간 꺾은 채 걸어왔다. 심대곤이 오기를 오래도록 기다린 듯 볼이 수수팥떡처럼 붉어졌다. 심대곤은 박옥화가 기다리고 있는 줄 몰랐다. 길목에서 우연히 마주친 것으로 여겼다.

박초시가 왜 보자고 한 것일까?

이유는 한 가지, 간단했다. 아닐 것이다. 절대로 아닐 것이다. 도리질하며 부정해도 샘솟는 걱정이 끝나지 않았다. 박옥화와 마주 섰다. 머릿속이 실타래처럼 헝클어졌다.

박옥화가 심대곤을 세워놓고 뜸을 들였다. 길을 막아놓고 입 다물고 있는 박옥화의 표정을 바라보면서 소작 토지를 거두려 부른 것이라고 판단했다.

"아버님을 만나러 가시는 길이지요?"

박옥화가 물었다. 심대곤은 박옥화의 코에서 살금살금 삐져나오는 하얀 김을 물끄러미 보며 고개를 끄덕였다.

"아버님이 땅을 거두신다고 말씀하실 거예요."

박옥화가 찬찬한 목소리로 말했다. 심대곤이 예감했던 것이라 표정이 변하지 않았다.

박옥화는 서운함을 느꼈다. 심대곤이 가흥창고 업무로 창말에서 지내는 시간이 많았다. 늘배를 모는 기술이 남한강의 제일이라는 소문을 들었다. 먼발치로 본 심대곤의 외모에 박옥화의 마음이 끌렸다. 아버지의 땅을 소작하는 달마실 심익수의 둘째 아들이라는 것을 알게 되었다. 멋진 사람이 소작농의 아들임을 알고서 서글퍼졌다. 심대곤의 쌍둥이 형 심대풍이 무과에 급제하여 궁궐시위대 장교 벼슬을 하고 있다는 것도 알았다. 심대곤은 낮 새도, 밤 쥐도, 자신도 모르게 박옥화의 연인이 되었다. 벼슬이라면 천장에 매달아 놓은 굴비를 쳐다보듯 하는 아버지 박초시의 열망 때문에 심대곤을 아무도 몰래 가슴에 숨겨야 했다. 만석지기 땅을 가졌지만 초시 벼슬 딱지를 대대로 붙이고 살아온 박초시나 가진 땅은 없지만, 자식이 무과에 급제하여 벼슬길에 올라 있는 심익수나 다를 게 무엇이냐는 박옥화 나름의 결단이 서 있었다.

벼슬길에 올랐던 심대풍이 낙향했다. 왜병과 척을 지어 심익수 집안이 풍비박산 위기에 처했다. 박옥화의 가슴이 새까맣게 타들어 갔다. 아버지 박초시가 심대곤을 불러다 땅을 내놓으라 한다니 박옥화의 속이 온전할 수 없었다. 박옥화는 소작 토지 거둠을 어떡해서든 막고 싶었다. 심대곤에게 자신의 존재를 알게 하고 싶었다. 기회가 오면 자신의 속마음도 드러내고 싶었다.

새벽에 천길동이 달마실에 갔다 왔음을 알고 창말 어귀에 나와 추위에 떨며 기다렸다. 심대곤은 박옥화를 본체만체했다. 가까이서 심대곤과 마주 서기는 처음이었다. 심대곤이 눈을 멀뚱멀뚱 뜨고서 박옥화를 바라보았다. 이미 엎질러진 물인데 길을 막고 무얼 어쩌겠냐는 항의가 심대곤의 시선에서 노골적으로 묻어났다.

"저도 아버님께 사정을 했는데…. 그쪽도 땅을 거두지 말라고 말씀을 해보세요."

박옥화의 말이 처음에는 떠듬떠듬 떨렸지만, 곧 또박또박하게 변했다. 고개를 들어 심대곤을 똑바로 쳐다봤다.

심대곤이 박옥화를 찬찬하게 바라보았다. 심대곤도 박옥화를 먼 거리에서 여러 차례 보았다. 손을 뻗으면 뺨이 어루만져질 듯 자세히 보기는 처음이었다. 만석지기 땅 부자는 잘 먹어서 기름이 번지르르한 얼굴에 욕심이 가득하고 눈에 독기가 잔뜩 서렸을 것이라 믿었다. 박옥화는 봄날 들녘을 들추고 고개를 내민 어린싹 같았다.

박옥화는 심대곤의 눈빛에 멈칫 놀라 귓불로 당겨지는 열기를 느꼈다. 심대곤도 온몸으로 짜르르 번지는 야릇함을 느꼈다.

둘을 훔쳐보는 눈이 있었다. 박옥화가 수줍어하는 모습에 화가 돋은 천길동이 어깨를 실룩거렸다. 박옥화가 앞장을 서고 심대곤이 뒤를 따라 박초시네 집으로 갔다. 천길동도 멀찍이서 따라갔다.

마당에 선 심대곤을 박초시가 마루에서 맞이했다.

"자네 집안 꼴이 풍비박산 났구먼?"

박초시가 심대곤에게 대뜸 말했다.

"어머님이 돌아가셨지만 아버님과 형님이 살아계십니다. 저도 사지 멀쩡하고요."

박옥화를 도중에 만나지 않았다면 박초시의 첫 말을 듣고 되돌아 나올 참이었다. 박옥화의 부탁이 있어 소작 토지를 계속 유지하고 싶은 충동이 생겼다. 창말 어귀서부터 박옥화를 따라 오는 짧은 순간에 생겨난 충동이었다. 땅에 대한 미련이 아니라 갑자기 나타난 박옥화 때문이었다. 골목 두 개를 돌아가는 순간에 심대곤은 박옥화의 뒷모습을 보았다. 참 조신한 여인이라고 판단했다. 연모의 마음이 얼핏 생겨났다.

"자네 형은 왜병을 죽였으니 죽은 목숨이나 한가지고, 자네 부친 또한 감옥에 갇혔으니 산목숨이라 할 수 있는가?"

박초시 말에서 찬바람이 일었다. 소작농을 이처럼 차갑게 대한 적이 없는 박초시였다. 박옥화가 심대곤을 몰래 바라보던 시선을 몇 차례 목격했다. 이놈이 내 딸에게 감히 연정을 품게 하다니. 소작 토지나 부쳐 먹으면서 왜놈 일을 도와주는 놈이. 속에 뭉쳤던 박초시의 화기가 느닷없이 터져 나왔다.

"소인이 있지 않습니까?"

심대곤이 어금니를 물고 박초시를 바라보았다. 댓돌에 서 있는 박옥화도 슬쩍 바라보았다. 박옥화가 무릎이라도 꿇고 애원해보라는 애절한 시선을 보냈다.

"부스럼딱지를 긁지 말았어야 이런 일이 생기지 않았지. 내 뜻은 변함이 없으니 그렇게 알고 내 집에서 썩 나가게."

박초시가 냉정하게 말했다. 내 땅에서 그만 나가라는 박초시의 통첩이었다.

"아… 아버님."

심대곤이 무릎 꿇고 빌기를 애타게 바라던 박옥화가 박초시를 불렀다. 박초시는, 박옥화가 심대곤을 편드는 소리 한마디만 하면 더 냉정한 소리를 질러버릴 표정이었다. 박옥화가 박초시의 속마음을 읽고 그냥 물러났다. 대문간에서 바라보던 천길동이 마당으로 왔다. 박초시가 안방으로 들어가고 심대곤은 댓돌에 맥없이 선 박옥화를 바라보다가 대문으로 걸어갔다. 심대곤이 섰던 자리로 내려온 박옥화가 나가는 뒷모습을 허탈하게 바라보았다.

심대곤은 박초시 집에서 나왔으나 마땅히 갈 곳이 없었다. 달마실에 가자니 불에 타고 폐허가 된 집이 기다리고 있을 뿐 따뜻한 손 내밀어줄 사람이 없었다. 아버지와 만옥이 갇힌 병참 감옥에 가기도 싫었다. 골목으로 나오는데 뒤에서 누군가 자꾸 잡아당기는 느낌이 왔다. 걸음을 멈추고 뒤돌아보았다. 거친 바람이 쓸어간 골목이 황량했다. 박옥화가 하얀 이를 드러내고 웃으며 걸어 나올 것 같았다.

창말 북쪽 남한강 둔치가 뜰처럼 널찍했다. 원래는 범람한 강물이 창말로 밀려오는 것을 막기 위해 쌓은 제방이었다. 여러 해를 두고 물이 제방을 쓸어 내려 너른 둔치가 생겨났다. 둔치에 막사가 세워졌다. 어림잡아 백여 명의 왜병이 임시로 막사를 설치했다. 병참에 주둔한 왜병이 둔치에 나와 무슨 작전인가를 수행하고 있었다. 창말 사람들은 둔치에 나갈 수 없었다. 왜병이 하루 한 차례 강 건너 벼루에 총을 마구 쏘아댔다.

강바람이 매서웠다. 바람이 잠깐 조는 정오에 왜병이 여울에 폭탄을 던졌다. 폭탄을 여울에 냅다 던지면 물길이 치솟으면서 굉음을 냈다. 굉음은 강 건너 소태면 중청리 꾀꼬리 바위까지 내달았다가 달마실 뒤 장미산으로 되돌아왔다. 장미산에 올라간 굉음은 온데간데없어졌는데 굉음을 집어 삼킬 만한 영물은 장미산의 봉학사였다. 치솟았던 물이 여울로 쏟아지면 모래무지와 갈겨니와 끄리가 허옇게 배를 뒤집었다. 왜병이 하의를 까 내리고 여울로 들어가 죽은 고기를 둔치에 던졌다. 햇볕이 드는 날마다 같은 자리에 폭탄을 까 던졌는데 죽어 배를 뒤집는 고기의 양은 같았다. 바람이 몹시 부는 날은 당늪에 폭탄을 던져서 잉어와 메기를 지게에 지고 갔다. 번늪이나 산두늪, 장자늪, 찰음뎅이 한지늪에 언제 폭탄을 까 던질지 예측할 수 없었다. 남한강 여울에 물고기가 씨마르는 일은 없겠지만, 화약 냄새로 물고기들이 혹여 얼씬 않는다면 상류의 나루터에서 하류의 봉황마을까지 고약한 폭탄을 던지고도 남을 작자들이었다. 근동의 주민은 장자늪에는 폭탄을 넣지 않기를 간절히 고대했다. 장자늪으로 맥없이 들어가 목숨을 놓은 사람이 헤아릴 수 없이 많았다. 장자늪에는 죽은 자의 혼령이 살아있다고 믿었다. 심대곤이 가흥창고 앞에 섰을 때 폭탄 터지는 굉음이 강 건너 벼루에서 짜르르 울었다. 여울에서 물기둥이 십 미터는 족히 넘게 치솟았다.

"하리모토가 자네를 찾더니 둔치에 내려갔네."

가흥창고로 들어가는 심대곤을 장길수가 맞이했다. 심대곤이 가흥창고의 물건을 늘배로 수송하는 일을 맡았고, 장길수는 사무실에서 물자의 출입을 관리는 사무를 맡았다. 심대곤이나 장길수가 하리모토의 지시를 받아 일본을 도왔다. 하리모토는 가흥창고에 없었다.

"하리모토가 왜 날 보자 하는가?"

사사끼의 난동이 있고부터 하리모토를 경계했다. 하리모토와 마음이 맞아 가흥창고 일을 시작한 것은 아니었다. 열두 마지기 땅쯤이야 아버지와 어머니 힘으로 농사를 지을 수 있었다. 열두 마지기 땅에 씨를 뿌리고 수확을 하는 일만으로는 심대곤의 야망을 충족하지 못했다. 목계를 벗어나고 싶었지만, 왜병이 조선에 들어와 있으므로 여의치 않았다. 달마실에서 훌쩍 사라지면 의병이 되었다는 오해를 받을 가능성이 농후했다. 똥깐이 갖은 트집을 잡으며 가족을 핍박할 터였다. 심만옥을 바라보는 눈초리가 음흉하기 짝이 없는 상황이니 더욱 떠날 수 없었다.

뗏목을 몰기 시작했다. 남한강 물줄기가 소백산 자락 용진나루에서 경성의 광나루까지 꿈틀거리고 있으니 심대곤에게 구미가 당기는 일이었다. 소백산 골짜기 안으로 갈 수 있었고, 임금이 있는 경성에도 갈 수 있었다. 뗏목에 올라 거친 강물과 싸우는 일도 스릴 넘치는 일이었다. 뗏목 일을 하다가 하리모토가 소장으로 있는 가흥창고의 물자를 운반하게 되었다.

"둔치로 내려가 봐. 하리모토가 자넬 찾는 폼이 평소와 달라."

장길수의 눈초리가 예사롭지 않았다. 형 심대곤이 도망 다니는 신세가 되고서 심대곤은 주변의 것들이 낯설어졌다.

"왜놈은 왜 또 둔치에서 설레발을 떠는가?"

심대곤이 마뜩하지 않은 표정으로 물었다.

"무슨 훈련인가를 한다고 아흐레나 저러는데 마음이 놓이질 않아."

장길수가 무쇠 난로를 열었다. 불꽃이 날름거렸다. 장작을 집어넣고 뚜껑을 덮었다. 난로에서 쐬애 쐬애— 살모사 헛바닥소리가 났다. 난로 속이 발갛게 어지러웠다. 심대곤의 복잡한 속과 같았다. 멀쩡한 하늘에서 도낏날 떨어지듯 어머니가 사사끼의 총에 목숨을 잃었다. 형이 도망

다니는 신세가 되었다. 아버지와 여동생이 병참 감옥에 갇혔다. 평화롭고 고요하던 아침에 불행이 벼락처럼 닥쳤다. 장미산으로 피신한 형은 어떻게 된 것일까?

"마음이 놓이지 않다니? 펄펄 나는 황새라도 가슴에 숨겨 놓았는가?"

심대곤은 복잡한 속을 들키지 않으려고 강 하류로 날아가는 황새를 바라보았다.

"국망봉에 피신 왔던 왕비가 시해된 것을 모르나? 국모가 살해된 연유에 의심을 품은 백성이 술렁거릴 적에 왜병이 둔치에서 총질을 해댔잖아."

심대곤이 궐련에 불을 댕기고 성냥꼬투리를 난로에 놓았다. 불꽃에 휩싸인 성냥꼬투리가 몸체를 비틀었다.

"똥깐이 그놈이 고양이 눈깔을 뜨고서 쏘다닌다네."

오늘 아침 달마실 강막실네 사립문에서 보았던 똥깐에 대해 장길수가 말했다. 길바닥에 엎어져 소똥을 베어문 듯 장길수가 씁쓰레하게 입맛을 다셨다. 똥깐이 슬금슬금 뒷걸음치다가 골목으로 냅다 꽁무니를 빼던 모습이 떠올랐다.

"달마실도 그 썩을 놈이 돌아다닌다 하던가?"

강막실과 똥깐이 얽힌 소문이 돌고 있는지 심대곤이 미끼를 던졌다.

"작년 가을에 보은에서 의병 조짐이 있다는 소문이 돌고, 그놈이 눈자위를 희멀겋게 까뒤집고 쏘다니면서 목계 백성이 둔치에 끌려와 죽어 나갔던 거 자네는 벌써 잊었는가? 달마실이라고 그놈이 온전케 두겠어? 더구나 자네 형 일도 있으니 달마실을 어떡하지 못해서 안달이지. 왜놈일 거들어주며 살고 있지만 똥깐이는 너무 나대고 있어. 박씨 집안은 말할 것도 없고 멀쩡한 사람 경을 치게 했던 놈이잖아."

장길수도 똥깐의 악행을 말하자면 입술에 하얀 거품이 물리도록 끝이 없었다.

"오죽하면 젓갈댁이 자식 무섭다고 도망을 했겠는가?"

젓갈댁은 똥깐의 어머니였다. 과부로 자식 하나 키웠는데 하는 짓이 망나니만도 못했다. 낮이 뜨거워 목계에서 소리 없이 떠났다.

"서방도 없이 키운 자식이 망나니짓을 하니 꼴이 보기 싫어서 간 게지."

난로가 벌겋게 달아올랐다.

"조심하게. 하리모토 낯짝이 소똥에 미끄러져 댓돌에 콧잔등을 찧은 꼬락서니야."

가흥창고에서 나가는 심대곤에게 장길수가 언질을 놓았다. 하리모토는 둔치에 쳐놓은 왜병 막사에서 쏘가리 매운탕을 먹고 있었다. 폭탄을 던져 잡아 올린 고기 중에서 맛이 제일인 쏘가리는 하리모토와 사사끼에게 매운탕으로 올려졌다. 잡고기는 솥에 넣고 주걱으로 으깨면서 펄펄 끓여 어죽을 만들었다.

"어서 오시오."

하리모토가 심대곤을 막사로 불러들였다. 술을 마시던 사사끼 얼굴이 험악하게 일그러졌다. 심대곤은 이를 악물고 하리모토 옆에 앉았다. 하리모토가 술잔과 젓가락을 쥐여주었다. 함석판에 소낙비 쏟아지듯 바람이 막사 자락을 심하게 때렸다. 하리모토가 사사끼와 주절거리다가 심대곤 잔에 술을 부었다.

"하리모토상."

사사끼가 하리모토를 불렀다. 사사끼 눈자위에 술기운이 검붉게 올라 있었다. 사기 대접에서 막걸리를 찔끔찔끔 흘리는 하리모토도 거나하게 취했다.

"조센징이 짐승과도 같다는 생각이 자꾸 든단 말이오?"

핏발 서린 사사끼 시선이 심대곤에게 꽂혔다. 심대곤이 어금니를 물었다.

"사람이 짐승입니까? 섬나라는 사람을 강아지 새끼야, 돼지 새끼야 부릅니까?"

심대곤이 물러서지 않고 반문했다. 상상하기 어려운 저항이었다. 하리모토가 심대곤을 보호하고 있다지만, 사사끼와 맞서는 것은 목을 작두날에 올려놓는 모험이었다.

"짐승이라고 한 것이 아니라 짐승 같다 그 말이오. 멧돼지."

사사끼가 입안에 든 음식을 뿜으며 소리를 버럭 질렀다. 입에서 나온 것이 하리모토의 그릇에 들어갔다. 하리모토가 얼굴을 잔뜩 찡그리고 쏘가리탕 그릇을 바닥에 엎었다.

"멧돼지?"

심대곤도 눈알에 힘주어 반문했다.

"멧돼지란 놈은 제 가는 길에 바위라도 생기면 돌아갈 생각은 않고 머리가 깨져도 밀쳐내고 가는 짐승이란 말이야, 핫핫핫. 조센징이나 멧돼지나 미련하기가 곰이야. 핫핫핫."

사사끼는 여주댁 가슴에 총알을 박고서 심대풍과 심대곤 형제가 두려워졌다. 어머니의 원수를 사지 멀쩡하게 걸어 다니도록 보고만 있을 나약한 형제가 아니라고 판단했다. 쫓기는 심대풍이 갑자기 나타나 가슴팍에 죽창을 찔러대는 악몽에 시달리기도 했다. 악몽의 현장에 늘 심대곤이 함께 있었다. 심익수와 심만옥을 병참 감옥에 가두었으니 섣부른 행동을 못 할 것이라 위안하며 잠을 청하였지만, 선잠으로 뒤척이며 새벽을 맞곤 했다. 사사끼를 더 움츠리게 하는 것은 궁궐시위대 장교였다가 낙향한 심대풍의 건장하고 날카로운 모습을 심대곤이 쌍둥이로 닮았다는 점이었다. 심대곤을 바라보면 심대풍 모습이 어른거렸다.

"겨우 멧돼지를 사냥하시러 그 먼 바다를 건너오셨습니까?"

심대곤은 속으로 아차 했다. 사사끼 속을 너무 긁었다고 생각했다. 시선은 피하지 않았다. 사사끼와 심대곤의 시선이 팽팽하게 맞섰다. 사사끼도 자존심에 침을 맞은 듯 콧바람을 씨근덕거렸다. 공깃돌처럼 작은 충격에도 쫙 갈라질 긴장이 감돌았다. 하리모토는 둘을 지켜보면서 의미 있는 표정을 지었다.

"멧돼지 같은 성미를 죽이면 목숨도 부지하고 가던 길을 계속 갈 수 있을 텐데?"

사사끼가 먼저 긴장을 풀었다.

"멧돼지가 다니는 길목에 바위를 놓지 않는다면 목숨이 위태로울 일도 없습니다."

심대곤도 목소리를 낮추었다.

"제국을 장애물로 보지 말라 그 말이오."

심대곤이 고분해지자 사사끼가 소리를 버럭 질렀다. 심대곤은 사사끼와 줄다리기를 이쯤에서 멈춰야 한다고 판단했다. 계속 마주 앉아 있으면 자신도 모르게 사사끼의 멱살을 틀어쥘 것 같았다. 지금은 시기가 아니다. 때를 기다리자. 심대곤은 자신을 달랬다. 속이 안 좋다는 시늉으로 얼굴을 찡그리고 막사에서 나왔다. 똥구멍에 부지깽이를 꼽은 망아지처럼 바람이 거칠게 불어 다녔다. 손돌 바람의 여운이 거세게 몰아치고 있었다. 물 건너 벼루에 세차게 부딪힌 바람이 여울에 패대기를 당했다. 왜병이 막사를 단단히 붙들어 매고 장미산으로 열 지어 올라갔다. 사사끼가 왜병을 인솔하기 위해 막사에서 나갔다.

하리모토의 눈자위로 술기가 붉은 악마처럼 어른거렸다. 심대곤은 손아귀를 쇠망치처럼 말아쥐고 어금니도 물었다. 하리모토가 비틀 일어나 막사에서 나갔다. 슬쩍 부는 바람에 휘청거려 자갈밭으로 얼굴을 곤두박았다. 왜병이 재빨리 하리모토를 일으켰다.

"어이— 심대곤."

하리모토가 왜병을 뿌리치고 심대곤을 불렀다. 심대곤이 접근하는 사이에 하리모토가 자갈밭에 얼굴을 또 쑤셔 박았다. 덩치가 큰 왜병이 달려와 하리모토를 업었다. 하리모토가 눈을 간신히 뜨고 심대곤에게 따라오라고 손짓했다. 왜병이 가흥창고에 하리모토를 내려놓고 둔치로 내려갔다. 하리모토는 의자에 고꾸라져 코를 골았다.

"무슨 일인지 정말 모르는가?"

심대곤이 궐련을 말아 장길수에게 건넸다. 코를 골며 인사불성인 하리모토가 왜 불렀는지 궁금했다.

"난들 알겠는가? 아침에 병참에서 가져온 전문이 마음에 걸리기는 하지만."

장길수 표정이 어두워졌다.

"전문? 무슨 전문이기에 얼굴이 똥색인가?"

심대곤 물음에 장길수가 입을 다물고 가흥창고 밖으로 나갔다. 심대곤도 가흥창고에서 나왔다.

"자세한 내용은 말할 수 없네. 통신상의 비밀 문건이니 말을 못 하는 것이네."

가흥창고의 장길수는 왜인 관리의 지시에 따라 업무를 처리하는 데 열중이나 조선인을 핍박하는 사안에는 나서지 않았다. 병참의 똥깐이 날뛰면서 왜병은 주민 목숨을 하찮게 여겼다. 군량미가 보관되는 가흥창고 주변에서 주민이 총에 맞아 죽는 일이 생겨났다. 가흥창고를 지키는 영역에 주민이 잘못 들어서면 가차 없이 총을 난사했다.

심대풍이 왜병을 죽인 이틀 후에도 가흥창고 뒤뜰에서 창말 노인이 사사끼 총에 맞아 죽었다. 장미산자락에 올라가 땔나무를 지고 내려오던 노인이 비명횡사했다. 왜병이 설마 있으랴 예견치 못하고 지름길을 택해 가흥창고 뒤뜰에 나타난 것이 화근이 되었다. 심대풍을 잡지 못하는 왜병을 훈계하고 있는 중에 땔나무를 진 노인이 사사끼 앞에 나타났다. 노인이 사사끼를 보고 사색이 되어 주춤주춤 뒷걸음질했다. 사사끼가 주저 없이 노인에게 총을 쏘았다. 가슴에 정통으로 맞은 노인이 선혈을 토하며 지게와 앞으로 고꾸라졌다. 피가 땔나무 사이로 낭자하게 흘렀다. 사사끼는 노인을 짓누른 땔나무로 성냥꼬투리에 불을 붙여 던졌다.

가흥창고와 창말 사이에 논이 있었다. 창고가 흥성할 때 역마의 말먹이를 조달하기 위해 경작되던 역답이었다. 노인의 지게로 불길이 치솟자 할멈이 역답으로 뛰어들었다. 이놈들! 천벌을 받을 놈들아–. 할멈이 고랑에 수차례 엎어지면서 뛰어갔다. 노인을 뒤덮은 불길이 덩어리가 되어 휘익휘익 장미산으로 붙으려 했다. 왜병이 장미산 쪽으로 대열을 갖추어 인간 장막을 만들었다. 사람을 죽이는 것도 천벌 받을 짓인데 불을 지르느냐? 네놈들은 어미도 아비도 없느냐? 할멈이 턱에 찬 숨을 못 이겨 고랑에 자진했다가 일어나서 마지막 역답 둑에 발을 얹었다. 사사끼가 총을 쏘았다. 할멈이 두 발을 가슴에 맞고 역답에서 절명했다. 담벼락에 숨어 지켜보던 사람들이 오금을 저렸다.

"관군은 뭣 하는 인간들인가? 저놈들 몰아내지 않고."

"의병이 일었는데 저놈들이랑 관군이 손잡고 의병을 죽였다네."

"왜병과 관군이 한통속이니 백성만 죽을 노릇이지."

왜병이 충주 서북쪽 목계와 남쪽 수안보에 주둔했다. 관군은 충주에 주둔했다. 수안보와 목계 인근 주민이 왜병 총질에 속절없이 죽어갔다. 관군이 왜병을 두둔하니 백성은 파리 목숨이었다.

장미산에서 어둠이 입을 벌리고 창말을 삼키러 내려왔다. 누구도 시신을 수습하려 역답으로 들어서지 못했다. 칠흑 같은 어둠이 쌓였다. 무서워서 밖에 나가지 못했다. 개들이 컹컹 짖었다. 밤중에 바람처럼 골목을 내닫는 인적이 있었다. 이튿날 날이 밝았을 때. 시신이 없어졌다. 장미산 봉학사 뒷자락에 묘가 생겨났다.

소문은 원동과 달마실과 창동 탑골 나루터 사창이 누암리 봉황까지 번졌다. 며칠 동안 밤마다 바람 같은 인적을 감지했다. 바람 같은 인적을 누구도 함부로 입에 올리지 않았다. 왜병을 눈 깜짝할 사이에 때려눕히고 장미산으로 간 청년이 바람 같은 인적의 주인공이라며 소곤거렸다.

"미우라 공사가 일본으로 돌아간다네."

장길수가 통신상 비밀 문건이라던 전문 내용을 털어놨다. 침을 흥건히 흘리며 아직도 인사불성인 하리모토를 살피면서 낮은 소리로 말했다.

"엊그제 광나루에 있을 때도 그런 소식은 듣지 못했는데?"

심대곤도 하리모토를 엿살피며 소곤거렸다. 고종황후가 시해된 것은 시월 여드렛날이었다. 일본이 청과의 전쟁에서 승리하여 요동반도를 얻었으나, 프랑스와 독일 러시아의 간섭으로 요동반도를 청나라에 내주게 되었다. 황후를 비롯한 조정의 대신들은 러시아 쪽으로 기울었다. 이노우에가 본국으로 돌아가고 미우라가 새로운 일본공사로 경성에 왔다. 구월 초하루였다. 미우라가 경성에 오고서 일본을 배척하고 러시아와 화친하려는 황후를 제거한다는 소문이 돌았다. 시월 초사흘. 일본공사관 밀실에 미우라 공사와 서기 스기무라 후카시와 조선군부 고문 오카모토 류스노케와 포병중좌 구스노세 사치히코가 모였다. 조정 대신이 갑작스럽게 일본을 배척하려는 것은 황후가 러시아와 화친하려 하기 때문이라고 작당했다. 황후를 제거해야 한다고 결론지었다. 경성에 주둔한 왜병 수비대를 주력부대로 하고 조선 정부의 일본인 고문 한성신보사 사장 아다찌 휘하의 낭인을 고루 동원하기로 했다. 황후와 적대관계에 있는 대원군과 해산설이 나돌고 있어 불만이 가득한 조선군 훈련대를 이용하기로 술수를 꾸몄다. 공사관 밀실에서 황후를 시해하고자 정한 날은 시월 십일이었다. 조급해진 미우라는 그날까지 기다리지 못하고 이보다 이틀 전 시월 여드렛날 새벽에 일을 저질렀다. 한 무리의 일본인 패거리가 공덕리 별장에 있던 대원군을 기습하여 납치하고 경복궁으로 향했다. 일본인 교관이 야간 훈련이 있다고 거짓말을 하여 훈련대를 고종이 있는 경복궁으로 유인했다. 준비한 사다리를 경복궁 담장에 놓고 월담한 왜병이 광화문을 열어젖히면서 공격이 시작되었다. 새벽 다섯 시였다. 궁궐을 지키던 시위대가 광화문으로 밀려들어 오는 왜병을 막았으나 중과부적으로 목숨만 잃었다. 광화문을 장악한 일본인 패거리들이 궁궐로 들어갔다. 급보에 접한 훈련대 연대장 홍계훈이 달려와 밀려들어 오는 왜병을 정지시켰다. 훈련대 장교로서 홍계훈의 휘하에 있던 심대풍은 당일 비번이었다. 함께 비번인 장종선과 훈련대를 나와 저잣거리 주막에서 술잔을 나누고 있다가 급보를 들었다. 술상을 내던지듯 자리를 박차고 경복궁으로 달려갔다. 음흉한 웃음을 흘리며 무슨 말을 할 듯 가까이 다가온 일본 장교가 갑자기 태도를 돌변해 홍계훈의 가슴을 칼로 찔렀다. 왜병이 기다렸다는 듯 일제히 사격을 가하였고 홍계훈이 그자리에서 절명했다. 놀란 시위대 병사들이 달아났다. 홍계훈의 몸이 벌집이 되는 처참한 광경을 목격한 심대풍이 앞으로 나서려 하자 장종선이 팔을 잡았다. 이미 늦었으니 대책 없이 나서 개죽음당하지 말고 여기를 벗어났다가 후일을 기약하자며 경복궁 밖으로 끌었다. 홍계훈이 죽고 병사들이 달아나 거칠 것이 없어지자 대원군을 태운 가마가 유유히 궁으로 들어갔다.

왜병의 습격은 광화문뿐만 아니라 추성문과 춘생문에서도 이루어졌다. 추성문과 춘생문을 통과한 왜병이 북문으로 공격해 들어갔다. 궁을 지키던 시위대 교관 다이와 연대장 현흥택이 군사 삼백을 이끌고 저항하였으나 무기의 열세로 무너지고 말았다. 청일 전쟁이 시작될 때 왜병이 경복궁을 기습하여 시위대의 무기를 빼앗았고 이후에도 무기 반입을 차단하였기 때문에 시위대 무기는 열세였다.

건청궁에 도달한 왜병이 황후를 찾기에 혈안이 되었다. 사방 출입구를 봉쇄하고 고종과 황태자에게 황후의 소재를 추궁하면서 폐서인을 강요했다. 고종이 완강히 거부하자 임금이 입고 있던 옷이 찢겨지고 황태자가 칼등에 맞아 기절했다. 궁내부 대신 이경직이 달려와 가로막자 왜병이 고종 앞에서 이경직의 가슴에 총을 쏘아 절명하게 했다. 황후가 거처하는 옥호루로 몰려간 왜병을 내시들이 가로막았다. 왜병은 내시들의 팔을 베었다. 황후는 궁녀의 옷을 입고 궁녀들 틈에 앉아 있었다. 누가 황후인지 모르자 왜병은 궁녀를 마당에 하나씩 내던지며 살해하기 시작했다. 이를 보다 못한 황후가 도망가기 시작했다. 왜병이 쫓아가면서 발을 걸어 황후를 넘어뜨렸다. 가슴을 세 번 짓밟고 칼로 가슴을 난자했다. 황후와 닮은 궁녀도 잔혹한 죽임을 당했다. 황후의 사진을 꺼내어 대조하고 시신을 옥호루 근처 녹원 숲으로 끌고 가 장작더미에 놓고 석유를 부어 불살라 흔적을 없애려 했다. 타고 남은 재는 연못에 버리고 일부는 묻었다. 모든 일을 꾸미고 지휘한 미우라는 일본공사관에 대기하고 있다가 황후가 시해되었음을 확인하고 은폐공작에 착수했다. 새벽 여섯 시였다. 고종의 부름에 응하는 형식으로 입궐하여 신내각을 조각하도록 고종을 핍박했다. 황후가 궁궐을 무사히 탈출한 것처럼 거짓을 고하고 폐서인 조칙을 내릴 것을 강요했다. 새벽에 경복궁에서 일어난 난리는 훈련대와 순검의 충돌에 의한 것이라고 거짓 보고했다.

"진실은 보석과도 같은 것이지. 마침 황후 시해현장을 목격한 사람이 있었다네. 다행히 조선인이 아니라 제삼국의 사람이었어. 러시아인 전기기사인 사바친과 미국인 시위대 교관 제너럴 타이가 증언했다네. 미우라가 스기무라 서기관을 사건의 총참모장 격으로 임명하고 민간인 책사 아다찌와 궁내부 고문 오카모토와 일본공사관 무관 겸 훈련대 책임자 쿠스오세 중좌를 동원해서 치밀한 계획으로 저지른 만행이었다고 세상에 알렸다네."

"처형된 조선 사람 셋만 억울하게 죽었지."

"친일 김홍집 내각도 사건을 숨기고 있다가 양력 동짓달 초하루에 황후의 사망을 알리고 조선인 세 명을 체포해서 처형한 것이라네."

"죽은 세 사람은 만행을 은폐하기 위해 날조된 희생물이었군."

"사바친과 타이의 증언에 당황한 일본 본국에서 정무성 정무국장 고무라를 파견하고 미우라를 포함해서 사건 연루자 마흔여덟 명을 본국으로 소환했다는 게지."

"세상이 시끄러워지겠어."

"의병봉기 조짐이 있으면 가차 없이 싹부터 자르라는 전문이 왔어."

"우리도 마음을 돌려먹어야 할 날이 온 것 같네."

"자네 말이 천 번 만 번 지당하구만."

둘은 동시에 깊은 한숨을 쉬었다. 장길수도 돌아가고 심대곤은 하리모토가 깨어나기를 무작정 기다렸다. 열 시가 넘어서 하리모토가 게슴츠레 눈을 떴다. 심대곤을 알아보고 그만 가 보라는 손짓 한 번 내지르고 사택으로 들어갔다. 심대곤은 허탈했다.

사방을 아무리 둘러봐도 심대곤 혼자였다. 살을 베어가는 추위와 지척을 분간할 수 없는 어둠은 하룻밤만 견디면 없어지는 것이었다. 뿔뿔이 흩어진 가족은 하룻밤이 아니라 봄이 온다 해도 돌아올 것 같지 않았다. 가흥창고 문에서 오도카니 서 있는데 박옥화가 생각났다. 박초시에게 엎드려 사정이라도 해보라는 박옥화의 애절한 눈빛이 선연하게 떠올랐다. 옥화. 박옥화. 심대곤이 가만히 불러보았다. 신기하게도 울적하고 외롭던 심정이 조금은 누그러졌다.

8

충의 봉기

처절한 핏빛으로 단발령에 항거하던 단풍이 떨어졌다. 벌거벗은 나무가 맵찬 바람에 몸을 비틀었다. 창호지에 파리하게 부서지던 달빛 한 줄기 없는 칠흑의 밤. 감악산 작은 암자에 스승과 제자가 깊은 침묵으로 앉았다. 가부좌를 한 스승과 무릎을 꿇은 제자 사이에 한지가 펼쳐졌다. 문풍지를 흔드는 바람에 남포 불심이 한지에서 위태롭게 흔들렸다. 한지를 내려다보는 눈빛이 비장했다. 한지에 무슨 말씀을 내리려고 깊게 침묵하고 있는 것일까? 제자의 눈빛이 한지에 쏟아지고 또 쏟아져도 스승은 붓을 잡지 않았다. 나뭇가지에 찢어지는 바람 소리. 간혹 울부짖는 산짐승 울음소리도 둘의 침묵을 깨지 못했다. 요란한 풍경 소리가 숲으로 퍼져 사라지고 암자에 정적이 차곡차곡 들어찼다.

스승은 하사 안승우였고, 제자는 우용 홍사구였다.

우용은 하사의 도포 자락이 가볍게 떨고 있음을 보았다. 하사가 도포 자락을 움직였다. 하사의 검지에서 핏방울이 뚝뚝 떨어지며 한지에 선홍

빛 글씨가 새겨졌다.

忠義蜂起

하사가 검지를 깨물어 혈서를 썼다.

"일찍이 스승이신 성재 유중교 선생님께 척사위정 정신을 배워 척양척왜의 뜻을 세우고 수학에 정진하던 중 녹두 어르신이 봉기했다. 하늘 아래 사람이 모두 같은 사람이니 같이 살아야 한다는 어르신의 의기를 왜놈이 짓밟은 것을 보고 의병을 일으킬 것을 모의했으나, 뜻을 이루지 못해 한을 품고 감악산에 은거하여 왔다."

핏물이 떨어지는 손가락을 두루마기 천으로 묶은 하사가 침묵을 깼다.

우용은 스승의 곧은 절개를 익히 알고 있었다. 동학농민군이 일었다가 왜병과 관군의 연합 공격에 스러졌다. 백성이 하나같이 인간답게 살자는 외침을 왜가 들어와 무참히 짓밟았다. 맹수처럼 울부짖는다 한들 조정 간신배가 왜와 손을 잡았으니 산중에 묻힌, 한낱 선비의 몸으로 어찌해 볼 수 없었다. 눈을 떠도 잠을 청해도 들불처럼 싸질러지는 울분을 참아내며 학문에 정진하여 왔는데 국모가 시해되었다. 단발령까지 공포되었다.

"짐승만도 못한 왜노의 만행을 눈 뜨고 보고 있을 수가 없구나. 혈서로 새긴 의지를 의암 선생에게 전하고 필히 답을 얻어 지평으로 오너라."

하사가 혈서를 쓴 밀지를 우용에게 건넸다.

"깊은 산중이나 이곳도 안전한 곳이 되지 못합니다."

우용이 밀지를 의암에게 전달하러 떠난 사이에 하사가 화를 당하지 않을까 염려되었다.

"나는 습재의 급한 부름이 있어 고향인 지평으로 갈 것이다. 곳곳에 왜놈과 밀정들의 감시가 심하니 각별히 조심하여라."

습재 이소응도 단발령 공포의 괴변에 접했다. 갈래갈래 찢어지는 가슴을 달래며 지평에 머무르는 중이었다. 우용이 감악산에서 내려가면 습재를 찾아가 거사를 도모하겠다는 말이었다.

"스승님의 옥체를 모시듯 품고 다녀오겠습니다."

우용이 혈서를 품에 넣었다.

"너는 가족이 염려되지 않느냐?"

우용의 안색을 물끄러미 바라보던 하사가 물었다. 우용은 상주 성씨 여인과 혼인하여 지평 상석리에 살았다. 우용이 갓 스물이니 부인과 살붙여 산 날이 많지 않았다. 우용은 위태로운 일이 곧 닥칠 것이라 예감했다. 스승의 성품이 강직하여 의병봉기가 있을 것이라 짐작하고 있던 터였다. 우용의 심정을 부인이 모를 리 없었다. 동이 틀 기미가 보일라치면 얼굴과 손발을 계곡물에 씻었다. 장독대에 정화수를 놓고 치성을 드렸다.

"왜노의 총칼에 수모 겪는 임금님과 스승님을 위해 마땅히 의병으로 나설 것이오."

우용이 부인의 손을 잡았다. 차갑게 젖은 손에서 부인의 가녀리고 애틋한 심정이 전해왔다.

"선비의 아내로서 부끄럽지 않은 도리를 하고 싶습니다."

부인은 투정이나 불만의 기색을 보이지 않았다. 우용을 향한 까만 눈에서 새벽별이 반짝거렸다. 아름답다. 여인의 아름다움은 눈에서 보이는구나. 우용은 부인의 새로운 모습을 보았다.

"이번 거사는 성공하기보다는 왜노에게 경종을 울려주는 정도일 것이오. 스승님 신변에 변고가 생기면 이 몸도 함께 죽었다고 여기시오."

스승인 하사와 목숨을 함께한다는 굳은 표정으로 말했다. 선비의 아내로서 의연해지려 했지만, 스승이 죽으면 함께 죽었다고 생각하라는 우용의 말에 부인이 눈물을 흘렸다. 어슴푸레한 새벽에 부인의 눈물을 보는 우용의 속도 편하지 않았다. 가슴에서 주먹 덩어리가 울컥 솟아올라왔다. 부인에게 나약한 모습을 보일 수 없었다. 어금니 물고 부인의 손을 꼭 쥐었다.

"살아서는 마지막 이별이 될지 모르는 길이니 청을 들어주시오."

부인은 목울대로 치밀어 오르는 울음을 꿀떡 삼켜 고개를 끄덕였다. 우용이 손을 살며시 잡아끌면 밑동 베인 나무처럼 품으로 쓰러질 것 같았다. 떠나면 다시 만날 날을 기약할 수 없을지 모른다는 생각이 우용의 가슴을 할퀴었다. 부인 역시 떠나는 서방의 품에 안기고 싶은 심정 간절했다. 부인의 애타는 마음을 잠시 넘겨보던 우용이 야속하게 손을 놓았다. 계곡에서 찬바람이 불어왔다. 우용의 도포 자락이 날렸다. 부인 머리칼도 날렸다. 둘은 한동안 도포 자락과 머리칼을 날리며 서 있었다. 이별을 준비하는 의식처럼 서로에게 시선을 떼지 않았다.

"의와 명예를 소중히 여기면 홀몸이 되어도 덜 서럽게 살아갈 수 있을 것이오."

우용이 목소리를 바람에 날렸다.

서방 없는 몸으로 살아가야 한단 말인가? 부인은 가슴이 갈기갈기 찢기는 고통을 참았다. 나라도 중요하고 의로움도 중요하지만, 한낱 여인에게는 남편이 더 소중했다. 나라의 안위와 큰 뜻을 품고 나서는 서방님의 마음을 심란하게 흔들 수 없었다. 목울대로 치밀어 오르는 설움을 간신히 삼켰지만, 서방 없이 살아야 한다고 생각하니 팔다리 기운이 쏘옥 빠져나갔다. 부인은 이를 악물고 무너지지 않으려 버텼다.

"덧붙여 부탁하오. 어린 자식을 부끄럽지 않게 키워달라는 염치없는 당부를 하고 떠나오."

우용이 돌아섰다. 밝아지기 전에 마을을 벗어나려고 급히 걸어가는 우용의 뒷모습에 부인이 푹 쓰러졌다. 우용은 쓰러지는 소리를 들었다. 멈칫 멈추었으나 이를 악물고 골목으로 걸어갔다. 그렇게 헤어지고 온 부인이 보고 싶지 않으냐고 스승이 물었다.

"스승님의 가르침을 따를 뿐입니다."

우용이 간단하게 대답했다. 부인과 마주 섰을 때 가슴에서 치밀어 오르던 것이 다시 울컥거렸다. 새벽별에 반짝이던 부인의 눈빛이 스쳐 지나갔다. 거사를 앞두고 사사로운 정에 이끌려 나약해져서는 곤란했다.

"혈육보다 우선하는 것을 네게 가르쳤단 말이냐?"

하사는 우용의 결의에 찬 모습에 가슴이 아렸다. 임금과 조선이 바람 골짜기에 놓인 등잔불이라지만, 스승으로서 충과 효를 뼛속에다 조각하듯 가르침을 주었지만, 처와 자식을 희생하는 제자의 수행이 안타깝기 짝이 없었다. 제자를 바라보는 스승의 얼굴에 회한이 스쳐 갔다.

"제 한 몸 낳아주신 부모님을 우선하고, 부모님보다 우선하는 것이 나라에 충성하는 것이라 깨우쳤습니다. 제 나이 비록 약관이나, 나라를 위해 쓰일 수 있다면 어찌 목숨인들 아끼겠습니까?"

우용이 또박또박 대답했다.

"혈육도 소중한 것이니라."

하사가 눈을 지그시 감았다. 인정보다 절개에 치중하여 가르쳤구나, 하사는 속으로 후회했다. 우용은 스승의 따뜻한 가슴을 넉넉히 감지했다. 혈서를 쓴 스승에게 나약한 모습을 보이고 싶지 않았다.

"난세에 태어난 영웅은 시대를 탓하지 않는다. 영웅이 시대를 만들어 나가는 것이다. 그것이 역사이며, 숙명이며, 나라의 운명이다. 목숨을 헛되이 하여서는 안 된다. 살아남아서 나라를 위해 더 큰 일을 한다는 각오를 잊지 말아야 한다."

너무 강직해서 목숨을 초개처럼 버릴까 우려한 하사가 훈계했다.

혈서를 품고 감악산에서 내려와 봉양에 도달했다. 주막에 들러 아침과 점심을 거른 뱃속에 급히 국밥 한 그릇을 먹었다. 제천과 원주와 충주의 삼거리 길목에 도착했다. 그믐밤이라 어두웠다. 뜻밖의 무리가 삼거리를 점거하고 있는 것이 아닌가. 어림잡아 십여 명은 돼 보이는 그들이 삼거리 길바닥에 장작불을 피워놓고 둘러앉아 웅성거렸다. 마을에 초상이 나서 밤을 지새워 주는 것도 아닐 테고, 추운 겨울에 개를 잡아 삶는 것도 아니고, 혹 스승의 밀지를 빼앗기 위해 기다리고 있는 것은 아닐까? 우용은 품에 감춘 밀지를 겨드랑이 옷섶에 감추었다.

그들의 동태를 살폈다. 통나무 장작이 허리를 비틀어 불티를 검은 하늘로 날렸다. 불꽃이 타오르면 사내들의 얼굴이 도드라지게 밝아졌다가 불꽃이 잦아들면 검은 물체가 되었다. 몸집이 컸고 인상이 험악했다.

봇짐 방울장수가 삼거리를 지나가다 놈들에게 붙들렸다. 한 놈이 방울장수 앞을 막고 시비를 걸었다.

"등짐에 망측스럽게도 계집년 속곳이 들어있는 것은 아닌가?"

손바닥에 침을 뱉는 꼴이 방울봇짐을 빼앗아 풀어헤칠 참이었다.

"바쁜 사람이니 괜한 시비로 길 막지 마시오."

방울장수는 동네 어귀마다 으레 시비 붙는 자를 보아 온 터라 놈들을 동네 건달쯤으로 여겼다. 한 놈이 방울장수의 초립을 벗겼다. 상투가 드러났다.

"요놈 자식 좀 봐라? 나라님이 국법으로 상투를 자르라는 추상같은 명을 하셨는데 아직도 달고 댕기네?"

뒤로 나타난 놈이 상투를 다짜고짜 싹둑 잘랐다. 순식간에 일어난 변고였다. 방울장수는 목이 잘려나간 듯 입을 떡 벌리고 눈을 휘둥그레 떴다.

"어허? 이놈이 호랑이 수염으로 짚신을 엮어 신기라도 했는가? 나라님 명을 가볍게 여기는 천하의 역적 놈이네?"

댕강 잘린 상투를 불 수레로 휘휘 돌렸다. 우용은 놈들의 정체를 가늠했다. 조정 간신배가 보낸 끄나풀이거나 친일 대신을 배경으로 관직을 얻어낸 지방 수령의 수하임이 분명했다. 의병봉기 조짐을 탐지한 역신들이 골목마다 첩자를 세웠다는 소문을 직접 목격하는 순간이었다. 저놈에게 잡혀서는 대사를 그르친다. 품속에 갈무리한 혈서를 확인했다. 잘린 상투가 장난 거리로 놈들의 손으로 옮겨 다니자 방울장수가 자리에 펄떡 주저앉았다.

"아이고! 어머니."

방울장수가 잘린 상투를 빼앗아 두 손에 쥐고 목 놓아 울었다. 놈들의 애꿎은 장난이 끝나고 방울장수가 땅을 치며 울었다. 우용의 품속에 밀지가 있으니 삼거리를 당당하게 걸어가다가 붙들리면 큰일 날 판이었다. 산자락으로 숨었다. 인적이 산자락으로 움직이니 개가 컹컹 짖어댔다. 길모퉁이로 돌아서는데 사내들이 또 모여 있는 것이 아닌가. 길바닥에 장작불을 지펴놓고 질서 있게 앉아 무엇인가를 먹고 있었다. 멈칫멈칫 뒷걸음치던 우용이 돌부리에 걸려 뒤로 자빠졌다. 그들의 시선이 일제히 우용에게 쏟아졌다.

"웬 놈이냐?"

한 놈이 우용에게 걸어오면서 날카롭게 물었다. 우용은 품에 감춘 스승의 밀지를 먼저 생각했다. 밀지를 들키면 목숨을 잃는 것은 물론 거병이 수포로 돌아간다. 저놈들을 모두 감당해낼 수가 없다. 기회를 봐서 도망쳐야 한다. 우용이 재빠르게 생각하는 중에 놈이 다가왔다.

"이놈 좀 봐라? 상투가 아직 달렸으니 그냥 보내서는 안 되겠다."

우용의 상투를 자르겠다며 몽둥이를 쳐들고 걸어왔다. 이놈의 모가지를 비틀고 도망을 쳐야 한다. 우용이 한걸음 물러나면서 놈이 좀 더 다가오기를 기다렸다.

"웬 놈이냐는 말을 듣지 못했느냐?"

놈이 멱살을 틀어쥘 듯 걸어왔다. 뒤에 패거리가 있으니 갖은 폼으로 거들먹거렸다. 우용이 주먹으로 놈의 명치를 느닷없이 가격했다. 코앞에서 내지른 주먹질에 놈은 비명도 지르지 못하고 고꾸라졌다. 우용이 담장을 넘어 뛰어갔다. 앞서서 지켜보던 놈들이 일제히 쫓아왔다. 우르르 쫓아오는 소리가 들리고 화승총 소리가 들렸다.

우용의 몸이 날렵했다. 발부리에 걸리는 것이 부러지고 몸에 부딪히는 것이 쓰러졌다. 우용을 쫓는 숫자가 스물이 넘었다. 우용이 숲으로 숨었다. 놈들도 다섯 명씩 조를 편성하여 숲으로 들어왔다. 총소리에 놀란 마을은 방문을 걸어 잠그고 밝혔던 불마저 껐다. 마을이 어둠에 잠기고 짖던 개도 찔찔 신음을 흘렸다. 다섯 명씩 나누어 쫓아오자 우용이 깊은 산으로 들어갔다. 험준한 천등산이었다.

무작정 깊고 어두운 곳으로 달리다 보니 산으로 오르기만 했다. 컴컴한 곳은 절벽이었고, 희끄무레한 것은 바위였다. 걸음을 멈추고 귀를 기울였다. 놈들이 쫓는 것을 포기하였는지 아무 소리도 들리지 않았다. 맘이 놓이니 찢긴 살과 부딪쳐 멍든 뼛속이 아프기 시작했다. 품에 손을 넣어 밀서를 확인했다.

한밤중 깊은 산중이라 어느 곳에 와 있는지 분간할 수 없었다. 쪼그리고 앉아 졸다가 잠들면 얼어 죽기 십상이었다. 어디로든 가야 한다. 아픈 몸을 끌고 낮은 산으로 내려왔다. 눈이 밟히는 곳은 응달이고, 가랑잎이 바스락거리는 곳은 양달임을 촉각으로 알았다. 졸음이 몰려오고 다리가 휘청거렸다. 눈이 감겨왔고 정신도 혼미해졌다. 밀서를 의식하며 정신을 잃지 않도록 조심조심 내려오다가 발을 헛디뎌 절벽으로 떨어졌다. 나뭇가지에 몸이 걸리면서 떨어지는 속도가 늦춰졌다는 의식을 마지막으로 정신을 잃었다.

쑥, 쑤욱, 호르르 쪽. 산새 울음이 들렸다. 우용이 정신을 차렸을 때는 날이 밝았다. 나뭇가지가 앙상했다. 햇살이 가지에 찢어지며 우용의 몸으로 내려앉았다. 여기가 어딘가? 날이 밝았어도 위치를 가늠할 수 없었다. 혈서를 품고 삼거리를 지나다가 놈들에게 쫓기던 상황이 주마등으로 떠올랐다. 칠흑의 밤에 절벽으로 떨어지던 순간이 생생하게 기억났다. 후다닥 일어나 보니 몸이 거뜬했다. 솜이불에서 단잠을 자고 일어난 느낌이었다. 바람에 쓸려와 두툼하게 쌓인 낙엽으로 떨어져 정신을 잃었기 때문이었다. 푹신한 낙엽을 솜이불 삼아 깊은 잠에 빠져든 것이었다.

가슴에 손을 넣었다. 스승의 밀서가 품 안에 있었다. 놈들에게 쫓기며 천등산으로 들어왔음은 알고 있지만, 자신이 있는 위치를 알 수 없었다. 산의 방향을 정확하게 알아야 의암이 있는 제천으로 갈 수 있었다. 길을 잘못 들면 충주 방향이었다. 길의 방향을 알아보려 봉우리로 올라갔다. 제천으로 가는 길목 봉양 삼거리가 보였다.

멀리 제천이 희미하게 눈에 들어왔다. 저곳에 의암이 계신다. 의암에게 밀서를 반드시 전해주어야 한다. 밤새 쫓기느라 갈증 돋은 목을 축이려 계곡물에 입술을 댔다. 한 모금 들이키자 찬물이 몸으로 들어왔다.

물에 비친 모습은 봉두난발이었다. 긁히고 찢긴 살에 피가 말라붙었고 머리칼이 상투에서 흩어져 떠도는 걸인의 꼬락서니였다. 물로 핏자국을 씻어내고 헝클어진 머리칼을 단정히 했다. 허기가 느껴졌다. 겨울 산 중에 배를 채울 만한 것은 물밖에 없었다. 입술을 대고 물을 마셨다. 물로 배를 채우고 몸을 일으키는데 총구가 등을 쿡 찌르고 있는 것이 아닌가!

"뉘…뉘시오?"

우용이 벌떡 일어나 물었다. 놈이 허공에 총을 쏘았다. 여기저기서 흩어져 수색하던 놈들이 순식간에 몰려왔다. 다섯 놈이 우용을 에워쌌다.

"쥐새끼 같은 놈. 밤새 똥줄 빠지게 도망가더니만 겨우 이곳이냐?"

우두머리인 듯 덩치가 큰 놈이 소총 개머리판으로 우용의 가슴을 쥐어박았다.

"어찌 내게 이러시오? 나는 천등산에 사는 백성이오. 토끼 올가미 확인하러 올라온 사람을 붙들고 어인 시비요?"

우용이 총구를 밀쳐냈다.

"썩을 놈아. 뒤가 구리니까 밤새 도망을 쳤지?"

놈들도 우용을 확실하게 파악하지 못한 상태였다. 길목을 지키고 있는데 먼저 도망가니 잡으려고 밤새 수색했다. 우용에게 명치를 얻어맞은 사내가 다가와 눈을 깜박거리더니 히히 웃었다.

"요놈이 어제 그놈이다. 주먹질이 얼마나 매운지 아직까지 가슴팍이 욱신거려."

봉양 삼거리에서 우용에게 명치를 가격당한 놈이 허리를 제대로 펴지 못했다.

"처음 보는 사람에게 가당치도 않은 소릴 함부로 하시다니. 산중에 묻혀서 토끼나 잡고 산 지 십 년이 넘었는데 나를 언제 봤다고 애매한 소리를 하십니까?"

우용이 펄쩍 뛰는 시늉을 했다.

"도망을 쳤으니 필시 네놈에게 죄가 있으렷다?"

우두머리가 소리를 버럭 질렀다. 이놈들이 아직 내 정체를 모르는구나. 팔다리가 부러지는 고통을 당해도 스승의 밀지를 지켜야 한다.

"상투를 자르려 해서 도망쳤소."

우용은 도망친 사실을 속일 수 없다고 판단했다. 태도를 바꾸어서 목소리를 높였다. 방울장수 상투가 잘리는 것을 보고 겁이 나서 무작정 도망쳤다고 말했다. 놈들은 밤을 새워 수색했던 것이 아까워서 쉽사리 놓아줄 것 같지 않았다. 이놈아. 시커먼 밤에 삼거리 길바닥에서 토끼를 잡느냐? 토끼 눈깔이 왜 빨간지 아느냐? 낮에만 다녀서 빨개진 것이다. 거짓말을 해도 그럴듯하게 해야지. 놈들은 우용의 말을 믿지 않았다. 끌고 가자. 우두머리가 말하자 놈들이 다짜고짜 우용의 팔을 쥐어틀었다. 우용은 어깨로 밀려드는 통증을 참으며 어금니를 물었다. 밀서를 삼켜서 흔적을 없애자. 품에 손을 넣어 밀서를 잡으려는데 눈에서 번쩍 번갯불이 일었다. 놈이 개머리판으로 우용의 뒤통수를 후려쳤다. 바닥에 나동그라진 우용이 간신히 정신을 차려 일어나는데 머리를 짓밟았다. 한 놈이 옆구리를 걷어차는 것이 아닌가. 오로지 밀서를 삼켜야 한다는 생각에 통증도 느끼지 못했다. 옷을 벗겨라. 우두머리 목소리가 들렸다. 옷을 벗겨 품에 가지고 있는 것을 찾아내겠다는 의도였다. 놈들이 우용의 옷을 벗기려 몸을 숙였다.

휘익! 댓잎 스치는 바람 소리가 났다. 둔탁한 소리가 나고 조용해졌다. 아주 짧은 찰나에 놈들이 바닥에 나동그라졌다. 우용이 몸을 일으켜 돌아보니 목에 염주를 치렁치렁 늘인 스님이 보였다.

"어서 자리를 피하시오. 관세음보살."

스님이 합장했다. 우용은 합장하는 노인의 주름투성이 손을 바라보았다. 늙고 여린 손이 총을 든 다섯 명을 순식간에 때려눕혔단 말인가? 합장한 채 넉넉한 미소를 머금고 있는 스님이 이해되지 않았다. 우용은 스님을 따라 산에서 내려왔다.

"몸은 좀 어떠신가?"

스님이 우용의 행색을 물끄러미 바라보았다. 밤새 걷고 절벽으로 떨어지고 놈들에게 걷어차였으니 흙과 피가 덕지덕지 묻었다.

"저는 괜찮습니다. 은혜 잊지 않겠습니다."

우용은 경황없이 스님의 뒤를 따라 산에서 내려오고서야 고맙다는 인사를 했다.

"인연이 스쳤을 뿐이네."

우용이 허리를 굽혔으나 스님은 대수롭게 생각하지 말라는 표정을 지었다.

"의암 선생님을 뵈러 급히 가는 길입니다. 장담으로 가는 길을 일러 주십시오."

놈들을 때려눕혔으니 의암에게 가고 있다는 사실을 털어놔도 된다고 판단했다.

"이쪽으로 가면 그들을 피해 장담으로 들어갈 수 있을 것이오."

스님이 산모롱이로 난 길을 일러줬다.

"스님의 법명은 무엇입니까?"

우용이 스님의 정체를 물었다. 스님은 그저 웃기만 하면서 대답하지 않았다.

"봉양 삼거리를 지키고 있는 놈들의 정체를 아시는지요?"

스님에게 일격을 당한 놈들의 정체를 아는지 물었다.

"경성 친일 대신이 보낸 밀정들이오."

평온한 표정으로 허허허 웃기만 하던 스님의 얼굴이 굳어졌다.

"경성에서 온 친일 대신의 앞잡이?"

우용의 판단이 옳았다. 골목마다 친일 대신이 끄나풀을 풀어놓았다는 소문을 들었으나, 막상 맞닥뜨려 곤욕을 치르리라고는 생각하지 못했다.

"참령이 사내들을 길목마다 파견했다 하오. 의병봉기 동태를 먼저 알 아낸 후 왜병과 연합하여 공격하려는 것이오."

9

경암사 비구니

참령이 의병봉기에 동조하는 유생을 겁박하려는 음모를 꾸몄다. 젊은 이의 동태를 파악하고 심지어 의병의 봉기 주모자를 암살하는 자객도 파견했다. 왜병과 관군이 손잡고 의병을 진압한다니. 의병은 조선에 침략한 왜병을 나라 밖으로 몰아내려는 백성의 의로운 봉기였다. 왜병이 의병을 적으로 여겼다. 임금의 군대인 관군이 왜병과 손을 잡았다. 어찌 보면 임금도 일본이 조선을 장악하려는 야욕에 동참하는 것으로 보였다. 그 때문에 전국의 유생들은 혼란스러웠다.

"임금의 명을 받는 관군에게 대항함은 임금에게 반역하는 것이니, 나라를 지키고자 분연히 일어서는 의병의 명분을 어느 곳에 두어야 할지 난감할 따름입니다."

의병이 되면 역도로 몰리는 개탄스러운 상황이 벌어졌다.

"임금의 본심과 나랏일을 집행하는 대신의 그릇된 야욕 사이에 벽이 생긴 것이오."

스님이 우용의 답답한 속을 헤아렸다.

"임금의 본심이 곧 나랏일이니 친일 대신을 몰아내는 것이 벽을 허무는 것입니다."

우용도 스님의 의중을 읽었다.

스님─. 은쟁반에 옥구슬이 굴러가는 음색이 들렸다. 우용의 눈알이 휘둥그레졌다. 목소리는 분명 여자였다. 사내 복장이 서 있는 것이 아닌가? 남장하고 초립을 썼으니 겉모습은 남자였다. 반짝거리는 눈매와 오뚝하게 솟은 콧날. 앵두처럼 발갛게 영근 입술을 보면 처녀였다. 남장 처녀가 걸어오는데 초립 밑으로 내려진 머리가 엉덩이에 닿았다.

"상매가 옳게 찾아 왔구나."

처녀의 이름은 상매였다.

"나뭇가지가 앙상하니 풀벌레 울음도 없고, 가랑잎만 바스락거리니 산짐승도 없어, 홀연히 열린 귀가 십 리를 못 가겠요? 천등산 산중에 옹알대는 다람쥐 소리, 꽉꽉 오리 소리 찾아서 여기까지 왔지요."

옹알대는 다람쥐 소리는 스님이요, 꽉꽉 오리 소리는 우용을 빗댄 말이었다.

"오리 한 마리가 산중에서 길을 잃어 되똥거리고 있어 길 안내하러 왔는데, 옳게 찾아온 것을 보니 상매는 귀에도 십 리를 내다보는 눈이 달린 게로구나."

스님이 상매의 영악한 농담에 허허허 웃었다.

"지난가을에 따 두었던 송이버섯으로 죽을 끓여왔습니다."

쌩긋 웃는 손에 보퉁이가 들려 있었다. 보퉁이에서 작은 단지와 주발이 나왔다. 더운 김이 솟아나오면서 허기를 자극하는 냄새가 퍼졌다. 주발에 송이버섯 죽을 담아 스님과 우용에게 먹기를 권했다. 찢어 말렸던

송이버섯이 풍기는 향은 무어라 표현하기 어려웠다. 죽을 목구멍으로 넘기자 소나무 싱그러운 향이 몸으로 가득 들어찼다.

"송이버섯에 약초를 처방하여 죽을 끓였으니 기력이 회복되고 상처가 아물 것이네."

스님이 이미 처방하여 놓은 것을 상매가 끓여왔다. 찢기고 부딪히고 멍이 든 몸에 좋은 약초를 처방했다니, 스님은 우용이 간밤에 쫓기고 있었음을 이미 알았단 말인가! 우용이 스님을 다시 바라보았다. 상매가 호호호 웃었다.

"장담으로 가서 의암을 뵈어야 하겠다."

스님이 상매에게 길을 안내하라고 말했다.

"스님이 처방하신 송이버섯 죽을 드실 의향이 있는지 여쭙고 올까요?"

상매가 의암을 모시고 오는지 물었다.

"바람이 크게 움직이면 스쳐 지나가는 줄 알고 있다고만 전하여라."

크게 움직이면 스쳐 지나가는 줄 알아라? 우용은 스님의 말을 알아듣지 못했다. 상매는 스님의 속을 간파하고 씽긋 웃었다. 천등산 호랑이인 줄 아직도 착각하시네요? 바람처럼 날아다니는 것이 호랑이지 사람인가요? 상매가 작고 귀여운 주먹을 입가에 얹고 호호호 웃었다. 스님은 송이버섯 죽을 사이에 두고 의암과 이런 저런 얘기를 나누고 싶었다. 우용이 찾아가면 장담에 큰바람이 불 듯 상서로운 기운이 돌아날 것이라 예감했다. 큰 뜻을 품고 웅비하는 의암을 붙들어놓고 한담이나 나눌 수 없었다.

보퉁이를 동여매는 상매의 손가락이 고왔다. 엉덩이에서 등줄기로 이어지는 몸에 군살이 붙지 않았다. 허리가 잘록하고 땋아 내린 검은 머리가 엉덩이에 닿았다. 죽을 먹어서 허기가 가시고 정신이 맑아지며 생기가 돌았다. 코로 숨을 내쉬면 송이버섯 향이 쏟아져 나왔다.

상매가 앞장섰다. 상매의 걸음 가볍기가 깃털 같고 빠르기가 계곡물 같았다. 평소에 몸을 단련하여 온 우용이었다. 뛰다가 걷다가를 반복하며 따라가는데 가슴이 뻐근했다.

"처녀의 걸음이 바람 같소."

우용이 목젖에 숨을 할딱이며 상매 걸음을 붙들었다. 상매가 빙그레 웃고 걸음을 늦추었다.

"혹시 경암사 스님이 아니시오?"

자신을 구해준 스님이 경암사 주지인지 물었다.

"경암사는 저의 집이기도 해요."

상매가 박달나무 그루터기에 엉덩이를 얹었다. 우용은 의암을 어서 만나야 한다는 급박함이 있었지만 잠시 쉬어가는 것이 다행이었다. 상매의 잰걸음을 쫓다가 숨이 턱까지 차오르고, 급기야는 거품을 물고 쓰러질 것 같았다. 감악산을 오르내리며 단련한 몸이지만 상매의 날아가는 걸음을 능가하지 못했다.

"절에서 태어났단 말이오?"

우용이 가슴을 들어 가쁜 숨을 토했다.

"아버님의 극락왕생을 위해 불공드리러 오신 어머님이 절 낳으시고 산후통으로 돌아가셔서 스님이 저를 거두었답니다."

상매가 마른 풀잎을 꺾어 잎에 물었다. 상매도 잰걸음에 숨이 달았는지 볼이 발갛게 익었다. 저렇게 아리따운 여인이 부모 없는 고아란 말인가? 고아가 어찌 저리도 밝게 자랐을까? 우용의 가슴에서 가쁜 숨이 사라지고 가벼운 떨림이 생겼다.

"스님께서 눈 깜짝할 사이 다섯이나 되는 놈들을 해치웠는데 무슨 무공이라도 하셨습니까?"

우용이 상매의 고사리 같은 손을 바라보았다. 섬섬옥수 저 손에도 다섯 사내를 순식간에 잠재울 수 있는 무예를 지녔을까?

"해치운 것이 아니라 잠시 기절을 시켰겠지요."

상매가 손을 옷섶에 감추었다.

"처녀의 발걸음이 물살 같으니 필시 무예를 수련한 몸일 것이오."

"수벽치기를 좀 하였지요."

"발질과 함께 손뼉을 치며 하는 수련?"

"수벽치기는 택견과 더불어 우리 고유의 전통무술이지요. 강하고 위력이 있지만, 살생을 금하고 있기 때문에 스님께서 수련을 하셨어요."

"그래서 놈들을 죽이지 않고 기절시켰군요?"

감악산에서 스승 하사에게 학문을 배우면서도 신체단련을 위한 무예에 관심이 많았다. 수벽치기가 고유의 전통무예라는 것쯤은 알고 있었다. 손뼉치기로 빛과 소리를 발생시켜 몸 안팎의 맺힌 곳을 풀어주어 몸과 마음을 밝게 해주는 수벽치기는 살생의 맺힘을 손뼉치기에서 생기는 밝은 기운으로 다스리는 무예였다. 어떤 무술보다 큰 위력을 지녔으면서도 살생을 금했다. 스님이 익히기에는 최선의 무예였다.

장담으로 들어가는 길목에도 역시 놈들이 다섯이나 버티고 있었다.

"저놈들은 간밤에 나를 쫓던 놈들과 같은 패거리가 틀림이 없습니다."

우용이 급히 몸을 낮췄다.

"저들의 눈을 어지럽게 할 테니 저쪽 도랑으로 숨어서 장담으로 가세요."

상매가 엉덩이에 닿았던 머리를 초립에 숨기고 성큼성큼 걸어갔다. 놈들이 역시 길을 막았다. 잘록한 허리와 초립을 번갈아 보며 눈자위를 뒤집는 놈도 있었다. 여자인지 남자인지, 사람으로 둔갑한 여우인지 착란이 오는 모양이었다.

"뉘시오?"

상매가 짐짓 남자 목소리로 능청을 떨었다.

"머리꼭지 좀 보여 주어야 지나갈 수 있을 것이다."

한 놈이 시퍼런 칼을 빼 들고 손바닥에 쓱쓱 문질렀다. 담이 약한 사람이라면 오줌을 지릴 정도로 놈들이 험악하게 에워싸며 겁을 주었다. 어젯밤 방울장수의 상투를 싹둑 잘라내듯 초립을 벗겨 칼질을 할 태세였다.

"하하하!"

상매가 허리를 쥐고 웃는 것이 아닌가? 놈들이 놀라 한 걸음 물러섰다. 상매의 웃음이 호탕해서가 아니라 숫기라고는 모기 간만도 못한 자가 겁도 없이 웃음을 쏟아내니 놈들이 오히려 놀랐다.

"이놈이? 간덩이가 부어서 배 밖에다 손목을 흔드는구나?"

마주 선 놈이 상매의 초립을 잡으려 손을 뻗었다. 놈의 손에 초립을 잡힐 상매가 아니었다. 상체를 살짝 비틀었다. 놈의 손질이 허공만 헤집었다. 놈의 얼굴이 금방 발갛게 달아올랐다. 초립을 벗기려 손을 뻗었지만, 상매 허리가 곡선을 그리면 헛손질이 되었다. 상매의 능청스러운 행동으로 놈들의 경계가 산만해진 틈에 우용이 도랑에 숨어 장담으로 갔다. 상매가 실실 웃으며 놈의 손을 자꾸 피하자 다섯 놈이 동시에 손을 뻗어왔다.

"네놈 상투를 싹둑 잘라내지 못하면 평생 앉은뱅이로 살 것이다."

다섯 놈이 칼을 앞세우고 늑대처럼 우르릉 다가왔다.

"호호호."

상매가 본래의 목소리로 웃었다. 놈들이 깜짝 놀라 서로를 쳐다봤다.

그제야 봉긋한 가슴으로 시선을 모았다.

"임금이 처녀의 머리까지 자르라고 어명을 내렸다는 장계가 있으면 나도 좀 봅시다?"

상매가 초립을 벗었다. 초립에 감춰진 긴 머리가 엉덩이로 내려왔다. 놈들은 일제히 입을 벌렸어도 할 말이 없었다. 우용이 놈들의 시야에서 벗어난 뒤였다. 상매가 사내들 틈을 유유히 지나 우용에게 왔다.

"저곳이 의암 선생님이 계시는 자양영당입니다."

강물이 휘감고 지나가는 높지 않은 언덕에 아담한 건물이 보였다. 심상치 않은 기운이 고여 있는 듯 쏟아지는 햇살이 유난스러웠다. 자양영당은 고종 십육 년에 성재 유중교가 장담에 삶의 터전을 잡은 후 자양서사를 세워 후학을 양성하며 화서학의 뿌리를 내렸다. 선현의 제향공간을 마련할 목적으로 문인들과 힘을 합쳐 자양영당을 세웠다. 자양영당에는 주희, 송시열, 이항로, 유중교의 영정을 봉안하고 매년 봄과 가을에 제사를 지냈다.

상매가 우용을 마당에 남겨 두고 안으로 들어갔다. 우용은 자양영당을 찬찬히 뜯어보았다. 목조 기와집으로 전면 세 칸, 측면 두 칸이며, 앞에는 뒷마루가 있는 팔작집이었다.

"몸조심하시고 인연이 되면 다시 뵙겠습니다."

의암을 만나고 나온 상매가 우용에게 말했다.

"은혜 잊지 않겠습니다. 다시 만나면 수벽치기를 전수받고 싶습니다."

우용이 고개 숙였다. 상매가 물살처럼 걸어나갔다. 바삐 사라지는 상매를 보면서 우용은 문득 지평에 두고 온 부인을 생각했다. 사립문으로 나올 때 쓰러지던 부인은 어찌 되었을까? 왜병이 몰려가 핍박하는 것은 아닐까? 골목으로 사라지는 상매의 뒷모습을 보는데 인기척이 났다. 돌아보니 선비가 서 있었다. 모습이 단아하고 기품이 범상치 않아 보였다. 우용은 노인이 의암임을 간파했다.

忠義蜂起.

하사가 혈서로 쓴 밀지가 펼쳐졌다. 의암이 지그시 입술을 깨물었다.

10

의병장 실곡

우용을 쫓던 놈들의 두목이 제천 관아로 갔다. 봉양에서 수상한 남자를 잡지 못했다고 군수에게 고했다. 스무 명이 한 명을 잡지 못했냐며 군수가 화를 발칵 냈다.

"천등산을 밤새 뒤져 찾아내기는 하였는데….'

두목이 말끝을 흐렸다.

"찾긴 하였단 말이냐?"

군수가 다그쳤다.

"중이 나타나 뺏어갔다는데 우리라고 그냥 보고만 있었겠습니까?"

두목이 군수를 똑바로 쳐다봤다. 경성 대신을 뒷배로 두고 있어 군수에게 굽실거릴 필요가 없었다.

"천등산에 나타난 중이라면 경은사 중일게요."

군수가 두목의 뻣뻣한 태도에 꼬리를 내렸다.

"경은사로 가서 잡아 올까요?"

두목은 군수가 잡아 오라 명령한다 해도 잡아올 방도가 없었다.

"경거망동하지 말고 조용히 처리하라 하지 않았습니까?"

지평과 장담에서 의병이 봉기하고 있다고 군수가 경성 내부대신에게 보고했다. 내부대신은 제천 군수의 보고를 받고 참령에게 조치할 것을 명했다. 참령이 밀정을 보내 파악하니 사태가 예상보다 심각했다. 참령은 친위대 군사를 뽑아 제천으로 보내 군수의 지휘를 받도록 했다. 밀정 행동조직을 여러 조로 나누었다. 조장을 중심으로 제천, 충주, 원주, 영월, 단양의 움직임과 지리를 조사했다.

"어디서 나타나 어디로 가는 놈이었습니까?"

의병 때문에 밤잠을 설치던 군수가 물었다.

"지평에서 장담으로 가는 것 같았습니다."

군수는 장담이라는 말에 의암을 떠올렸다.

"지평에서 오는 놈과 지평으로 가는 놈을 반드시 잡아야 하는데…."

어제 낮 군수는 지평 현감으로부터 서찰을 받았다. 지평에서 의병의 기미가 일고 있다. 하사와 괴은과 절충이 의병의 중심이다. 이들이 의병을 일으키면 장담의 의암과 연결될 것이니 동태를 잘 파악하라고 서찰로 당부했다.

의암에게 밀서를 보낸 하사가 지평에서 거병의 뜻을 품고 있을 때 괴은이 여주 곡수에 머물렀다. 괴은이 노모에게 큰절을 올렸다. 나라에 큰 화가 미치고 있어 지평 산중에 들어가 숨어 있겠다고 거짓말로 고했다.

"목숨이 있은 연후에야 큰일을 도모할 수 있는 것이니라."

노모는 아들의 눈빛에서 거짓임을 알아차렸다. 괴은이 부인을 조용히 불렀다.

"내가 이번에 집을 떠나면 큰일이 벌어질 것이오."

부인은 입술이 새파래지며 놀라 휘청거렸다.

"나라를 위해 큰 뜻을 품고자 하는 대장부 면전에서 나약한 모습을 보이다니 부끄럽지도 않소?"

괴은이 부인을 몰인정하고 냉랭하게 꾸짖었다.

"선비 아내로서 지켜야 할 바를 일러 주세요."

부인이 억지로 울음을 삼켰다. 한 번 곧으면 부러져야 끝을 내는 성품을 알기 때문에 하고픈 말을 참았다.

"일이 벌어지면 생사를 기약할 수 없으니 만약 내가 불귀의 객이 된다 해도 어머니를 잘 봉양하고 어린 자식을 양육하시오."

부인이 눈물을 흘렸다. 부인의 눈물을 뒤로하고 퇴앙에게 갔다. 퇴앙은 하사의 부친이었다. 퇴앙은 죽창을 깎아 들고 삭발하러 지평 관아에 오는 자를 찔러 죽이려 벼르고 있었다.

"나라를 위한 일념으로 노모에게 거짓을 고하고 왔습니다. 어떻게 움직여야 하는지 가르침을 주십시오."

괴은이 퇴앙에게 엎드려 간청했다. 퇴앙은 아들 하사가 의병을 모집하여 큰일을 도모하리라는 것을 짐작하고 있었다. 괴은이 하사와 동지가 될 수 있는지 꼼꼼히 살폈다. 잠깐의 충동이 아니라 의기가 맷돌 같구나. 퇴앙은 괴은의 눈빛이 반들거림을 읽었다.

"포군 대장 절충이 지평 현감을 찾아가서 의병을 일으키자고 청하는 중이다."

퇴앙이 지평의 상황을 일러주었다.

"현감은 동학 농민군을 토벌한 공으로 벼슬을 얻은 자가 아닙니까?"

괴은은 현감을 의로운 사람으로 여기지 않았다. 현감이 조정 친일 대신의 천거로 벼슬하고 있음을 모르는 사람이 없었다.

절충은 동학 농민군이 지평과 홍천에 들어왔을 때, 현감의 요청으로 포수를 모아 농민군을 쫓아냈다. 명성황후 시해 사건과 고종의 강제 삭발 소식을 들었다. 의병을 일으켜 왜를 토벌할 것을 결심하고 현감에게 갔다.

"동학이 왔을 때 현감과 이 몸은 한뜻이 되어 지평 일대를 편안하게 하였소."

절충이 어려울 때 뜻을 같이했던 기억을 상기시켰다. 현감은 동학 농민군을 진압한 공으로 벼슬길에 나섰다. 동학 농민군을 진압하면 현감 벼슬을 주겠다는 친일 대신의 약속을 받고 절충을 구수한 달변으로 움직여 선봉에 서게 했다. 포군을 이끈 절충의 공에 현감이 된 것이나 다름없었다.

"나도 김 포수를 찾고 있던 중이오."

현감이 버선발로 마당에 내려와 절충을 맞았다.

"나와 한뜻이 되겠단 말이오?"

절충은 현감이 환대하니 일이 잘 풀린다고 생각했다.

"당연하지요. 글을 읽은 자들이 전답을 일구어 씨를 뿌리는 백성을 선동하여 난리를 일으키고 있는데, 우리가 어찌 가만히 앉아 지켜보고만 있을 수가 있겠소?"

현감이 절충을 또 이용하려는 마음을 품었다. 뒷머리를 자귀로 맞은 듯 아연해진 절충이 현감 손을 거칠게 뿌리쳤다.

"글을 읽지 못한 일자무식이라고 손가락질을 받고 있지만, 난리라 함은 세상을 어지럽게 함이라는 것으로 알고 있소이다."

조선 선비는 아집과 고집이 쇠뭉치로 뭉쳐 당파를 만들고 나랏일에 간섭하며 뜻을 같이하지 않는 선비를 모함하는 일이 허다했다. 난리가 터져 조정이 위태로울 때 창과 칼을 들고 싸운 것은 백성이었다. 글을 깨우치지 못했으나, 임금에 충성하고 부모에게 효도하는 기본 소양을 조선 백성이라면 어느 한 사람 빠짐없이 갖추었다. 배웠다는 자들이 패거리를 지어 일본에 친하고, 청나라에 친하고, 또 러시아에 친하며 임금의 의중을 혼란하게 했다. 일본과 친한 무리가 득세하니 왜병이 조선에 들어오는 빌미가 되었다.

"글을 읽었다는 선비들이 그릇된 판단으로 임금에게 등을 돌려 세상을 어지럽게 하고 있으니 난리가 아니고 무엇이오?"

현감이 달변으로 절충을 꼬드겼다.

"이 땅을 어지럽게 하는 자들은 오랑캐외다."

성질 급한 평민이라 해도 절충은 충이 무엇이고 효가 무엇인지 가늠하는 백성이었다.

"조정에서 왜군을 받아들이고 의병을 진압한다 하오."

절충의 가슴팍에 꼬챙이를 콕 찌르는 현감의 말이었다. 조정에서 의병을 진압한다? 조정의 군대는 임금의 군대이니 의병은 임금에게 맞서는 반란군이란 말인가.

"정녕 의병을 적으로 생각할 것이오?"

절충은 현감을 신뢰하지 않았다. 동학 농민군이 들어왔을 때 현감의 뜻에 따라 승리를 거두었고, 절충은 명포수의 별명을 얻었다. 전투에서 이긴 절충의 가슴이 허전하고 찜찜했다. 양반이 무엇이고 상놈이 무엇이냐? 하늘 아래 사람은 모두 똑같아야 한다. 조선에 들어온 청과 왜를 몰아내자며 봉기한 농민의 거사를 무참히 짓밟았다. 양반과의 벽을 허물고 똑같은 사람으로 살자며 봉기한 농민에게 총을 쏘았으니 편치 않았다.

현감은 절충의 뜻에 응하지 않았다. 절충이 눈을 부릅뜨고 현감을 꾸짖었다. 조정의 신하 된 자라면 대소 귀천을 막론하고 목숨을 바쳐 싸워서 죽지 않으면 의로운 사람이 되고, 죽으면 의로운 귀신이 될 것이다. 관청에 앉아 인부를 차고 있는 신하로서 위로는 임금이 욕보고 있는 사태를 위급하게 여기지 않고, 아래로는 백성이 죽게 된 것을 동정하지 않는다면 현감으로 앉아 있을 소용이 있겠느냐?

절충이 총을 부숴 마당에 던지고 자결하려 했다. 마침 괴은이 찾아와 봉기할 것을 권유했다. 현감 휘하 포군 사백은 절충이 동학 농민군을 토벌할 때에 양성한 군사였다. 절충이 포군을 찾아가 설득했다.

"나라의 녹을 먹는 벼슬은 없지만, 우리가 입은 옷이나 우리가 먹는 밥을 비롯하여 그 어느 것이 임금의 주시는 물건이 아니냐? 왜적을 토벌하고 원수를 갚아서 은혜에 보답할 것을 어찌 생각하지 않을 수 있느냐?"

절충의 벼락같은 호소에 포군이 동조했다.

하사는 부친 퇴앙에게 괴은의 소식을 들었다.

"현감에게 거병하자 했더니 어명 없이 의병을 일으키는 것은 반역이며, 의병이 싸우는 대상은 왜병이 아니고 조정의 녹을 받고 있는 관군과의 싸움이라 대의명분이 없다고 말하더이다."

절충이 현감과 나누었던 말을 털어놨다.

"거병하면 현감이 자신의 영달을 위해 틀림없이 방해할 것입니다. 포군 중에 현감 심복이 많이 있으니 만약을 위해 원주 안창에서 비밀리에 모여 거병하는 것이 옳을 것입니다."

하사가 제안했다. 절충이 들어도 옳았다.

"제천의 경암은 능히 장자방에 버금가는 지략가이고, 실곡은 지도자의 풍모를 갖추고 있습니다. 군사를 모아 제천으로 가면 뜻을 함께할 것입니다. 의암 선생도 요동으로 망명하여 후일을 도모하자는 의견을 거두시고 동참해 주실 겁니다. 의암 선생이 이끌어 주신다면 전국 유림이 크게 기뻐하며 호응하리라 믿어 의심치 않습니다."

괴은이 제천 유생들과 뜻을 같이하자고 말했다.

"우용을 시켜 거병의 뜻을 전하였습니다."

하사가 밀지를 의암에게 이미 보냈음을 털어놨다.

"지평의 군사로는 뜻을 이루기 어려울 것이오. 판서 이세기에게 연통하여 군량미를 확보하고 원주 군수에게 알려 군사를 더 모은 후에 제천 민병과 봉기의 깃발을 세우도록 합시다."

제천 유생과 뜻을 함께하자는 괴은의 제안을 절충도 받아들였다.

지평 현감은 절충을 자신의 편으로 만들지 못한 것이 아쉬웠다. 밀정을 풀어 상황을 파악하도록 했다. 절충의 포군을 주력군으로 하사와 괴은이 안창에서 거병한다는 밀정의 보고가 들어왔다. 현감이 급히 파발마를 띄워 탁지부대신 어윤중에게 알렸다.

탁지부대신이 의병을 비밀리에 토벌하라고 현감에게 명령했다. 날쌔고 용맹한 포군이 절충의 의병이 되었다. 비밀리에 토벌하라는 명령이 현감에게 고민이 되었다.

현감이 이민오를 새벽에 잡아들였다. 이민오는 괴은의 외종숙인데 사는 것이 궁핍했다.

"저놈을 형틀에 묶고 매우 쳐라."

장리를 시켜 다짜고짜 태형을 가했다. 새벽 단잠에 빠진 사람을 잡아다 형틀에 묶고 두들겨 패니 이민오는 그저 비명만 질렀다. 이민오가 정신을 놓을 즈음에 현감이 슬그머니 나타났다.

"사또. 제가 무슨 죄를 지었다고 꼭두새벽에 잡아다가 몽둥이질을 하는 것입니까? 제발 매질을 멈추게 해주십시오."

이민오가 뼛속까지 얼얼한 사지를 비틀며 간청했다.

"그렇게 맞고도 네놈이 지은 죄를 모른단 말이냐?"

현감이 호통을 쳤다.

"나는 아무 죄도 없소."

이민오는 기가 막힐 노릇이었다.

"이놈이 덜 맞았구나. 저놈이 죄를 이실직고할 때까지 매우 쳐라."

매질이 시작되었다. 상처가 드러나지 않는 허벅지와 엉덩이를 실신하지 않을 만큼만 매질했다.

"그만 때리시오. 이실직고하리다."

이민오가 매질을 참지 못하고 이실직고하겠다고 말했다. 이민오는 이실직고할 죄가 없었다.

"네놈이 괴은과 하사를 선동했고, 절충으로 하여금 포군을 꾀어 거병하도록 뒤에서 사주한 사실을 부인하지는 못하렷다?"

하늘이 노랗게 변하는 현감의 모함이었다.

"내가 사주한 것이 아닙니다. 믿어 주십시오."

이민오가 아뜩해진 정신을 겨우 가누고 애걸했다.

"이놈이 덜 맞았구나. 지은 죄를 털어놓을 때까지 매우 쳐라."

이민오의 엉덩이 살이 풀어지고 찢어져 핏물이 흘렀다.

"죽어도 좋으니 사정을 보지 말고 바른말을 할 때까지 혼을 내거라. 어디서 거병을 하는지 실토하도록 만들어라."

현감이 슬쩍 장리에게 눈짓했다. 장리가 이민오의 허벅지를 밟고 칼을 들이댔다. 이민오는 사색이 되어 시키는 대로 할 테니 살려 달라며 눈물을 쏟았다.

"그래? 사실을 말하겠다 그 말이냐?

현감이 회심의 미소를 지었다.

"시키는 대로 하겠습니다."

이민오는 당장 매질에서 벗어나는 것이 급했다.

"포박을 풀어 방으로 들여라."

현감이 방으로 들어온 이민오의 손을 잡아 자리를 내주었다.

"내가 이 공을 잘못 판단하였소. 비록 하사와 괴은의 일가이지만, 이번 의병과는 전혀 무관한 것을 알겠소. 용서하시오."

돌변한 현감 태도에 이민오는 지옥과 천국을 번갈아 오간 듯했다.

"부모님 봉양하며 사는 백성이 죄가 있다 한들 매질을 당할 만한 죄가 되겠소?"

현감이 은근하게 웃어주며 이민오를 달랬다.

"저는 워낙 궁핍하게 살다 보니 단발령이고 뭐고 처자식 먹여 살리기 빠듯하여 의병 같은 것은 신경 쓸 겨를도 없습니다. 제게 중요한 것은 식솔이 굶주림에 허덕이지 않는 것입니다."

이민오가 장황하게 자신의 처신을 늘어놨다.

"이 공은 이번 일과는 상관이 없는 것 같소. 하지만 잘 들으시오. 이번 일은 왕명 없이 일어나는 반역이며, 임금에게 소외된 유림이 정권을 잡으려고 발악하는 것이오. 이 공이 공을 세우면 부귀와 함께 영화를 누리게 될 것이오."

현감이 궁핍함을 동정하며 은근히 달랬다. 이민오는 의병을 일으킨 하사와 괴은이 원망스럽고 서러웠다. 저절로 닭똥 같은 눈물이 줄줄 흘렀다. 본래 이민오는 구변이 좋아 남이 듣기 좋은 말을 잘했다. 줏대가 없고 생활이 변변치 못해 궁핍하게 살았다.

"가장으로 늙으신 부모를 공양하고 식솔을 굶주리게 하지 않는 일보다 우선하는 일이 또 어디 있겠소? 이것이 도움이 될 것이오."

현감이 서랍에서 금붙이와 전답 문서를 내주었다.

"이…것들을 어찌하여 저에게?"

이민오가 눈이 휘둥그레져 물었다.

"노부모를 공양하는 일이 중요하다고 말하지 않았소? 어서 품에 넣어 두시오."

주저하는 이민오의 도포 소매에 금붙이와 전답 문서를 억지로 넣어주었다.

"소인이 해야 할 일은…?"

이쯤 되니 이민오도 자신이 해야 할 일이 있음을 깨달았다.

"이 공은 괴은의 친척이니 왕명을 수행하기 위해 의병대열에 들어간다 해도 의심받지 않을 것이오."

의병대열에 들어가 밀정이 되라는 말이었다.

"의병대열에 들어가 왕명을 수행하라는 말씀입니까?"

이민오는 덜컥 겁이 났다. 도포 소매에 전답 문서가 들어와 있으니 마다할 수 없었다.

"절충을 따르는 포군들을 꾀어서 내게 돌아오도록 하고, 하사와 괴은을 포박하여 오면 영작과 후상이 있을 것이오."

이민오는 현감의 유혹을 거절하지 못했다. 궁핍함을 면하고 부귀영달을 누릴 수 있는 기회가 왔다고 자위했다.

유길준이 심복 셋을 현감에게 보냈다. 이민오는 유길준의 수하 셋과 안창으로 달려갔다. 괴은은 이민오 일행을 의심하지 않고 의병에 합류시켰다. 의병대열에서 군심을 선동하고 장졸을 이간시키는 것이 임무였다.

　군율도 서지 않은 의병이 안창에 머무를 수 없었다. 제천 민병과 합세하여 의병대장과 중군장 후군장 선봉장을 선발하고 조직을 정비하기로 했다. 하사가 제천으로 달려가 군수를 포박하기로 했다. 의병 선발대를 이끌고 지름길로 밤새워 달려갔다. 길목에서 지키던 밀정이 먼저 제천 관아로 달려갔다. 밀정은 다급하여 군수가 잠든 방문을 미친놈처럼 마구 흔들었다.

　"누…누구냐?"

　깊은 잠에 빠진 군수가 이불에 엉거주춤 앉아 물었다. 겁에 질리고 떨리는 미약한 목소리였다. 밀정은 군수의 말을 듣지 못하고 방문을 요란하게 흔들었다. 군수가 사시나무처럼 떨면서 옆에 자고 있던 관기 엉덩이를 발로 떠다밀었다. 관기도 의병이 들어올 것이라는 소문을 들었다. 의병이 먼저 잡아갈 군수와 동침하고 있으니 잡히면 죽는다는 생각을 하지 않을 수 없었다. 관기가 군수의 허벅지를 붙들고 사타구니에 머리를 디밀었다. 문고리를 잡고 요란하게 흔들어대니 숨을 곳이라고는 군수 사타구니밖에 없었다. 군수가 관기의 머리댕기를 잡아당기고 관기는 떨어지지 않으려 사타구니에 얼굴을 묻는 중에 우지끈 방문이 열렸다.

　"사…사또."

　밀정이 컴컴한 방 가운데 서서 급히 사또를 불렀다.

　"누…누구냐?"

　군수가 벌벌 떠는 목소리로 물었다. 관기와 실랑이 하던 이불에 밀정이 무릎을 꿇었다.

　"무…무슨 변고라도 났느냐? 이 밤중에?"

군수의 목소리가 걷잡을 수 없이 떨렸다.

"사또. 어서 도망치십시오."

밀정의 다급한 말에 군수의 가슴이 쿵 내려앉았다. 떨리는 다리로 도포를 입는데 팔도 사정없이 떨렸다. 관기도 치마를 두르고 저고리를 입었다.

"이…이것아. 내 옷… 좀 입혀다오."

군수가 관기에게 저고리를 입혀 달라 했다. 관기가 밀정을 피해 밖으로 달아났다.

"의병이 사람 죽이러 온다."

밖으로 나간 관기가 소리 질렀다. 밖이 소란스러워졌다. 관가에 살던 사람이 도망가는 소란이었다.

"안창에서 의병이 일었는데 하사란 자가 선발대를 끌고 봉양삼거리를 지났다는 급보가 왔습니다."

"버…벌써 봉양삼거리를 지…났다고?"

군수의 입안이 바싹 말라 헛소리까지 튀어나왔다.

"어서 피하셔야 합니다."

밀정이 버둥거리고 있는 군수에게 옷을 입혔다.

"어…어디로 가야 하는 거냐?"

"충주로 피신해야 합니다."

"충주는 봉양삼거리를 지나야 하지 않느냐?"

"산에 숨어서 잡히기를 모면했다가 충주로 가야 합니다."

밀정의 말이 옳았다. 강원도 영월이나 영남 길목 단양으로 도망간다면 구원병과 멀어지는 것이었다.

"사또, 평복을 입으셔야 합니다."

군수가 걸치려던 관복을 선뜻 벗지 못하고 쭈물거렸다.

"이놈아. 이 관복을 입으려고 내어간 전답 문서가 얼마인 줄 아느냐?"

"전답 문서가 목숨보다 중하단 말씀이십니까?"

밀정의 재촉에 군수가 관복을 마지못해 횃대에 걸었다. 의병이 온다는 관기 외침에 관병이 도망가고 보이지 않았다. 대문으로 나와 골목으로 돌아서자 이십여 명의 의병이 이미 관아를 에워쌌다. 관복을 벗고 평상복을 입었기 망정이지 단칼에 목이 날아갈 뻔했다. 의병이 한눈파는 사이 골목으로 달아났다. 대문이 우지끈 열리고 하사가 성큼성큼 걸어 들어갔다.

"군수는 썩 나와 목을 내밀어라."

마당에서 하사가 호통을 쳤다. 관아가 쥐죽은 듯 조용했다. 관아를 지키고 있어야 할 포졸이 보이지 않았다. 방문이 열리고 사람이 걸어 나왔어야 할 행랑채도 조용했다. 낌새를 채고 도망을 갔구나. 하사가 분개하여 이를 바드득 갈았다. 칼을 뽑아 들고 방으로 들어갔다. 관복이 횃대에 걸려 있었고 이부자리가 흩어져 있었다.

"이불에 온기가 남아 있습니다."

의병이 이불에 손을 넣고 말했다.

"관복이 횃대에 걸려 있지 않으냐? 관기를 품고 분탕질하다가 낌새를 채고 도망간 것이다."

채 입지 못한 솜옷을 보고 하사가 말했다.

"제천을 벗어나지 못했을 것이다."

군수가 골목으로 도망가고 있는데 소복 여인이 급히 걸어가고 있었다. 군수 수청을 들던 관기였다.

"요년, 거기 멈추어라. 네년만 살자고 도망을 쳤으렷다?"

군수가 팔을 휘저어 소리 질렀다.

"나리. 소리 지르면 안 됩니다."

밀정이 군수 입을 틀어막았다.

"아니다. 저년을 잡아야 한다."

군수가 휘적휘적 뛰어갔다. 관기가 놀라 치맛단을 올려 잡고 도망쳤다.

"어딜 도망가느냐? 나랑 함께 가자. 호강시켜 줄 테니까 나를 따라오너라."

군수는 쫓기는 처지에도 욕정을 품었다. 밀정이 성큼성큼 뛰어가서 관기의 목덜미를 움켜쥐었다.

"너를 두고 갈 수 없다."

군수가 관기 손목을 움켜쥐고 끌었다. 관기가 엉덩이를 빼면서 버텼다. 관기는 급박해진 상황이 무서웠다. 의병이 들어왔다면 단발을 강요하고 친일행위를 일삼은 군수를 우선 처단할 것임을 알았다. 군수 곁을 떠나는 것이 살길이었다.

"내가 너를 서운하게 하였더냐? 내가 쫓겨 가는 길이라 주저하느냐? 나는 죽지 않는다. 저놈들은 역적이다. 경성에서 군사가 구름같이 몰려와서 한 놈도 용서하지 않고 죽일 것이다. 곧 죽을 놈들이 있는 여기에 남을 것이냐? 나를 따라갔다가 돌아와서 호의호식하며 호강을 누릴 것이냐?"

군수가 관기의 손목을 놓지 않고 사정했다. 도살장에 들어가지 않으려는 암소처럼 관기가 뒤로 버텼다.

"나리, 지체하시면 큰일 납니다."

밀정이 어서 길을 가자고 재촉했다.

"너는 나를 따라가야 한다. 나는 네가 필요하단 말이다."

밀정이 품에서 단도를 뽑았다. 단도가 관기 가슴에 푹 박혔다. 관기가 피를 토하며 쓰러졌다.

"나리. 어서 가셔야 합니다."

밀정이 군수를 잡아끌었다. 군수는 피를 토하며 죽은 관기에게 시선을 떼지 못하며 밀정에게 끌려갔다.

우용이 품에서 의암의 서찰을 꺼내 하사에게 주었다.

…나라가 망극한 지경에 이르렀는데 경성 고관대작과 지방 방백주목이 마땅히 의병을 일으켜 원수를 갚고 도적을 쳐야 함에도 나서지 않을 뿐 아니라, 오히려 오랑캐의 명령을 받들어 종노릇을 하고 있으니 천하만고에 어찌 이런 일이 있겠는가? 솔선하여 의병의 깃발을 세워주시면 유생들은 모두 일어나 도울 것이다….

"의암 선생이 의붓어머니의 상중임을 알고 있다. 의붓어머니도 선비로서 삼 년의 시묘살이가 옳은 행동이지만 세상이 허락하지 않으니 의암 선생도 고민이 많을 게다."

하사가 의암의 심정을 꿰뚫었다. 점심 무렵 절충이 의병 본진을 끌고 제천 관아로 왔다.

"경성은 임금 주변에 매국노가 설치고 지방은 골목골목에 밀정이 깔렸으니 큰일입니다."

절충이 탄식했다.

"큰일을 도모함에 있어 신의가 중요하건만, 사람을 가려 말을 해야 하니 어지러운 세상입니다."

기습으로 군수를 포박하려 했다가 실패한 하사가 분개했다. 군수를 돕는 자가 없었다면 포박할 수 있었다. 매국노 주변에서 아첨을 떨며 부귀영작을 노리는 역적 모리배를 단칼에 베고픈 심정 간절했다.

"매국노와 밀정이 활개를 치니 군수 목이 붙어 있는 것이오."

절충도 군수를 잡지 못했음에 낙담했다.

"나라의 변란이 이 지경에 이르렀는데 앉아서 보고만 있을 수 없다."

해질녘에 경암이 왔다. 거병을 작심하고 선묘로 영결하러 갔다가 의병이 제천에 들어왔다는 소식을 듣고 달려왔다.

의병을 주도한 주요 인물이 한자리에 모였다.

"의암 선생은 국모의 복수도 해야 하고 단발령 시행을 막기 위해서 오로지 의병 봉기가 필요하다고 인정합니다. 하지만 왕명 없이 의병을 일으킨다고 유생들의 비판이 있을까 우려하고 있습니다."

경암이 의암의 입장을 대변했다.

"왕명의 거역을 밥 먹듯 하는 놈들이 경성에서 갖은 영욕을 누리고 있음은 무슨 경우인가?"

절충이 퉁명스럽게 물었다.

"의암 선생은 나라 밖으로 망명하여 후일을 도모하시려는 생각을 하고 있습니다."

경암이 고통스러운 얼굴빛으로 말했다.

"나라 밖으로 도망을 가서 후일을 도모하다니요? 도대체 거병의 명분을 잃는다고 하는 것이 무슨 말이오? 국모의 복수와 단발령 시행에 항거하지 않고 도망가는 것이 백성 된 도리로 할 짓이오?"

절충이 소리를 버럭 질렀다.

"왕명 없이 거병했다는 비난을 참기 어려운 연유도 있겠지만, 의병이 왜놈과의 싸움이 아니라 조정 벼슬아치와 싸움이 될 수 있다는 점을 우려하여 나라 밖으로 나가는 결정을 내리신 것 같소."

하사가 의암의 심중을 말했다.

"관직을 제수받지 않으면 정사에 관여하지 않는 것이 유림의 오랜 관행이지요."

경암이 덧붙였다.

"임란과 호란 때도 백성은 짐승 같은 대우를 받고 살면서도 분연히 나라를 위해 일어섰고 목숨 바쳐 싸웠습니다. 명분이 그렇게 중하오? 답답합니다. 국모가 시해되었고 왜놈이 임금님을 위협해서 민족혼을 송두리째 뒤바꿔 속국으로 만들려고 합니다."

절충이 가슴을 탕탕 두드렸다.

"옳은 말씀이오."

의병 봉기에 적극적이지 않은 의암에게 울분을 토하는 절충의 심정에 동감했다.

"관직을 받지 않으면 정사에 관여하지 않는 것이 유림의 관행이라니요? 그 좋은 관행 때문에 서로 헐뜯고 죽이고 모함하는 당파 싸움을 하였소이까?"

절충이 얼굴을 벌겋게 붉혀 울분을 토했다.

"선비입네 양반입네 팔자걸음으로 폼 잡고 거들먹거리다 오랑캐가 쳐들어오면 똥오줌 못 가리고 도망 다닌 자들이 누구요? 바로 양반들 아니오? 버러지만도 못한 삶을 살다 난리가 나면 나라를 구하는 일에 목숨 걸고 싸운 사람은 평민이나 천민이오다. 지금은 온 백성이 일어서도 나라를 구하기 어려운 지경인데 어찌 도망갈 생각을 하는 것입니까? 의암이 그렇게 비겁한 사람이었소?"

절충은 요동으로 가서 훗날을 기하자는 의암의 의도를 도망으로 간주

했다.

"말씀이 지나친 것 같소이다. 국난이 있을 때마다 천민만이 나라를 위해 싸운 것은 아니었소. 반상을 가리지 않고 일치단결하여 싸웠소. 지금은 지방의 관찰사며 군수가 역적 대신들의 앞잡이가 되어 있으니 관의 수장이라기보다 역적 도당의 괴수와 다를 바 없소. 이들이 왜적과 조금도 다를 바 없다는 말이오. 임금은 거병을 명하고 싶은데 역적에게 억압되어 명을 못 내리는 것이오. 그래서 의암은 백성 된 도리로 신중을 기하고 있는 것이오."

절충이 선비와 양반을 힐난하며 흥분의 도를 높이자 하사가 자근자근한 목소리로 달랬다.

"조정의 임금을 에워싸고 있는 자들이 누굽니까? 잘난 양반에 선비라고 자칭하는 자들이 아니요?"

절충이 눈동자를 부라렸다. 안창에 남아 왜병 잔당을 토벌하고 제천으로 온 괴은이 좌석에 합류했다.

"절충의 말씀도 일리가 있소. 나라를 이 모양으로 위태롭게 만든 것은 일신의 안녕과 부귀와 권력을 잡으려고 눈이 시뻘게진 조정의 대신들이오. 힘없고 착한 백성이 무슨 죄가 있겠소?"

괴은은 군수를 붙잡지 못해 더욱 화가 났다.

"군수는 치밀한 놈이오. 멀리 도망가지 못하고 근처에 숨어 있을 것이오. 사람을 풀어 찾고 있으니 곧 사지가 묶여 올 것입니다."

하사가 위로했다. 군수를 잡으러 나간 의병이 여인의 시신을 끌고 왔다.

"사람들이 말하기를, 군수가 총애하던 관기라 합니다."

시신은 군수의 청을 거절하다가 밀정의 단도에 찔려 죽은 관기였다.

"관기가 무슨 죄가 있겠느냐? 벼슬아치들이 타향에 부임했다고 관기를 붙여주는 악습이 가져온 불행이다. 연고자를 찾아 장례를 치를 수 있도록 조치하시오.”

하사가 쓸쓸한 표정으로 말했다.

“제천에 오면 실곡이 맞아 주시리라 기대하였건만 보이지 않습니다.”

실곡이 자진하여 오지 않음을 절충이 투덜거렸다. 절충의 말이 떨어지기 무섭게 실곡이 찾아왔다. 신지수와 이범직도 함께 왔다.

“의암 선생을 의병장으로 모셔야 하겠소.”

하사가 의암을 의병대장에 추대하자고 제안했다.

“의암 선생이 우리와 합세하여 총칼로 왜놈을 살육하기에는 무리가 있습니다. 국모를 시해하고 흑의령과 삭발을 강요하는 왜놈이 어찌 사람이겠소만, 상중에는 짐승도 해하지 않는 법이거늘 의암 선생에게 창칼을 강요할 수는 없습니다.”

실곡이 의붓어머니의 상중임을 들어 불가하다고 말했다. 선비 사상의 으뜸으로 충과 효를 꼽았다. 의암 입장에서 충과 효가 서로 대립하는 상황이 되었다. 절충은 효보다는 충이 우선한다며 의암을 마뜩하게 여기지 않았다. 의암과 뜻을 같이 해왔던 실곡이나 경암은 충 때문에 효가 무색해지는 것을 원하지 않았다. 임진년 왜란 중에 성영과 홍효사 두 인물이 있었다. 성영은 친상을 당해 관직에서 물러나 있던 중 관직에 복귀하여 왜구를 토벌하라는 왕명을 받았다. 성영은 즉시 강원도 순찰사가 되어 왜구 토벌에 나섰다. 같은 벼슬에 있던 홍효사는 반대의 길을 택했다. 성영이 순찰사로서 왜구와 싸우고 있는데 피난 가고 있는 홍효사를 만났다. 성영이 홍효사에게, 나라와 임금이 큰 난을 당해 손발 하나도 아쉬운 판국에 고을의 수령 된 자가 백성을 버리고 피난을 가다니 될 법한 일이냐며 꾸짖었다. 홍효사는 나름대로 명분을 내세워 변명했다.

나는 친상을 당했소. 부모님께 효를 다하려면 적지에 남아 삼년상을 치러야 하오. 그러자면 적에게 항복하는 것이나 다름없게 되는 것이오. 그래서 신위를 모시고 피난길에 나서게 된 것이오. 친상 중에 충을 우선으로 삼은 성영과 효를 우선한 홍효사의 일화는 논쟁을 불러일으켰다. 성영과 홍효사의 논쟁을 절충은 알지 못했다.

"나라가 망국의 한에 신음하고 있는데 개인의 삼년상이 더 중하단 말이오?"

절충이 소리를 버럭 질렀다.

"무릇 선비로서 충과 효를 감히 소홀히 할 수는 없으니 절충이 이해하시오."

경암이 점잖게 말했다.

"제천 선비들이 우물쭈물 눈치만 보고 있으니 군수란 놈도 우릴 얕보고 도망친 거 아니오?"

절충이 군수를 놓친 화살을 의암에게 겨냥했다. 과격하게 의암을 못마땅해하니 모두 입을 다물었다.

"도망간 군수를 잡읍시다. 왜놈의 앞잡이로 흑의령과 단발을 백성에게 강요한 찢어 죽일 놈인데 도망을 갔소이다. 잡아서 주살을 내고 충주로 진군합시다."

절충이 충주로 진군하자고 했다.

"제천을 우리 수중에 넣었으니 다음 차례는 충주여야 할 것이오."

하사와 괴은이 절충의 말에 동조했다.

"충주성은 호락호락하게 넘어오지 않을 것입니다."

경암이 반대했다.

"충주로 진격하려면 박달재를 넘어 남한강을 건너야 하는 어려움이 있소. 충주 이십 리 남쪽 수안보 병참과 서쪽 목계 병참에 왜병이 주둔하고 있소."

실곡도 경암의 의견을 받아들여 충주성 공격은 무리가 있다고 했다.

"공주 병참 왜병과 관군이 제천을 탈환하기 위해 충주로 온다는 첩보가 있습니다. 신중을 기합시다."

이범직과 신지수도 충주성 공격은 무리가 있다고 말했다. 지평에서 거병하여 달려 온 하사와 괴은과 절충은 충주성 진격을 주장했다. 제천에서 합류한 실곡과 경암은 충주성 공격에 동조하지 않았다.

"의암 선생을 의병대장으로 추대는 해봅시다."

괴은이 분분한 의견을 좌정시키면서 일어섰다.

"짐승만도 못한 왜놈을 살육하는 길에 상중인 선생을 끌어들이지 맙시다."

실곡이 이견을 제시했다. 절충이 얼굴을 찡그렸다.

"의병대장은 여기 있는 사람 중에서 추대합시다. 싫다는 양반 억지로 오시라 해서 대장 삼으면 상전만 모시는 꼴이니 우리끼리 구성합시다."

절충의 말에 일동은 잠시 입을 다물었다.

"실곡을 의병대장에 추대합니다. 임진년 왜놈에게 강토가 짓밟힐 때 해전에서 승승장구하신 충무공의 후손이십니다."

경암이 실곡을 의병대장으로 추대했다. 침묵이 감돌았다. 거병하여 의병을 끌고 온 사람은 하사와 괴은과 절충이었다. 제천에 있다 합류한 경암이 실곡을 의병장으로 추대했다. 절충이 푸르르 일어서려다 하사와 괴은의 눈짓을 받고 좌정했다.

"찬성이오."

하사가 찬성했다. 괴은도 얼굴에 화색을 그리며 찬성한다고 했다. 절충은 어금니를 물고서 얼굴을 시뻘겋게 달궜다.

"하사를 중심으로 지평에서 거의한 의군이 제천에 진군하여 왜놈 앞잡이 모리배인 군수를 쫓아냈소. 괴은과 포군 영수인 절충 또한 이에 모자람이 없소. 창의 지사들이 여럿 있으나 오늘에서야 뜻을 밝힌 이 몸에게 엄청난 지위를 얹어 주셨소. 이 몸보다 열 배 용맹하고 훌륭하신 분들이 여럿 있으나, 선친 충무공 이순신 장군의 넋을 기리어 여러 의군의 선봉이 될 것을 결심하였소."

실곡의 대장을 수락한다는 말에 박수가 터졌다.

"의암 선생과는 동문수학을 하신 경암을 군사로 추대하여 조직을 새롭게 하겠소. 괴은을 중군장에 임명할까 하오. 전군장과 후군장, 선봉장, 조련장 등은 후에 여러분의 의견을 모시어 임명하겠소."

의병대장으로 추대된 실곡이 즉석에서 경암과 괴은을 요직에 임명했다.

"절충을 따르는 포수가 사백여 명에 이르니 선봉장으로 임명하는 것이 마땅하오."

하사가 절충을 선봉장에 임명하도록 제안했다. 절충의 과격한 성질을 아는지라 누구도 반대하는 사람 없었다.

"지평에서 나를 따라온 포수 사백여 명이 날쌔기로는 독수리와 버금 간다고 모두들 칭송을 하니 내가 선봉에 서는 것이 지당하오."

절충이 대뜸 승낙하니 모두 머쓱한 표정으로 동의했다

실곡이 앞장서자 모두 의암에게 갔다.

"나는 글을 읽은 선비가 아니올시다. 선비고, 상놈이고, 천민이고 임금의 백성이니 왜놈을 몰아내는 일에 신분 차이란 것이 무슨 개뼈다귀 같은 소리겠소? 하여 나는 선봉장을 맡았소이다."

절충이 거칠게 말문을 열었다. 의암은 절충을 물끄러미 바라보기만 했다.

"포군 사백여 명을 이끄는 명포수입니다."

괴은이 절충을 의암에게 소개했다. 의암이 고개를 끄덕이자 절충이 에헴 기침했다.

"실곡이 의병장이 되었으나 선생의 도움이 필요합니다."

경암이 의암에게 예의를 표했다.

"지금은 의병이 태동하는 중요한 시점입니다. 만일 의병이 일었다는 소문만 내고 흩어지면 상투를 강제로 깎이는 화는 급해지고 망명의 길 또한 막혀 요동으로 가지 못합니다. 선생께서 삼년상을 온전히 마치려 해도 그것인들 제대로 하실 수 있겠습니까? 일의 경중을 헤아려 본다면 선왕의 대도가 망하는 것과 한 사람의 상주 노릇 하는 것과 어느 것이 중하다 하겠습니까?"

절충의 입에서 격한 소리가 터져 나올까 걱정이 된 괴은이 차근차근 말했다.

"삼년상을 다 채우겠다고 고집은 못 하오만 선생들이 조금만 더 의군들을 이끌고 계시오."

의암이 충 때문에 효를 어길 수 없다는 주장을 굽히지 않았다. 침묵이 흘렀다. 의암은 끝내 심경의 변화를 보이지 않았다. 시뻘겋게 달군 얼굴로 비둘기 굵은 눈알을 부라리던 절충이 끄응 신음을 쏟아놓고 밖으로 나갔다.

"계책을 말해 주십시오."

괴은이 의암에게 책략을 요청했다.

"강한 용사는 서북에 많고, 전곡과 인재는 동남에 많습니다. 원주와 제천 일대에 근거지를 세우고, 오른쪽으로는 서북의 군사를 모으고, 왼쪽으로는 동남의 장재를 모아 굳게 지키면서 팔로의 인심을 일으킨 후에야 의병의 큰 뜻을 성사시킬 수 있을 것이오."

　중부에 의병의 근거지를 구축하고 북방의 우수한 전투력과 남방의 재력과 인력을 집결시키라고 의암이 말했다.

구시월 서리 맞은 국화라

목계 저잣거리 주막에 있어야 할 떡할배가 새벽에 달마실로 왔다.

"막흐레기 여울 바위덩이다 대갈빡 칵 들이박고 고만 죽어야겠다."

떡할배가 욕부터 뱉었다. 봉암댁 영감이 뗏목 몰다 횡사한 막흐레기 여울에서 죽고 싶다는 말을 입버릇으로 달고 다녔다.

목계에서 하류로 내려가면 물살이 갑자기 폭포수처럼 빨라지는 곳이 있었다. 강물 한가운데 큰 바위가 징검돌로 여기저기 있어서 물살이 격해지는데 여울을 막흐레기라 불렀다. 목계에서 하류로 가는 배는 강 복판을 운행하고 상류로 거슬러 오르는 배는 가장자리로 운행하여왔다. 막흐레기 여울에서는 하행과 상행의 배가 규칙을 지키려 하나 뜻대로 되지 않았다. 물 흐름이 갑자기 빨라지면서 바위나 마주 오는 배와 충돌하는 일이 잦았다. 해마다 목숨을 잃는 사람이 꼬박꼬박 생겨났다.

운행 시기가 되면 여울마다 배를 끌어주고 돈을 받아 생계를 유지하는 끌패가 모여들었다. 막흐레기 여울에 끌패가 가장 많았고 벌이도 좋았다. 희희낙락하며, 조심하지 않으면 크게 후회한다고 막희락탄이라 부르기도 했다. 막흐레기 여울에서 봉암댁 영감이 죽었다. 떡할배도 그 여울에서 죽고 싶다는 말을 자주 해왔다.

"봉암댁 아저씨가 또 생각나셨소?"

뗏목 사공이 대부분 그러하듯 늙으면 힘 빠져 서럽고 가진 것 변변치 못해 처량한 신세가 되었다. 떼를 몬 삯이 적어서 가난한 것이 아니었다. 떼를 몰고 광나루에 도달하면 두둑한 삯을 받았다. 삯을 두둑하게 꿰찼다지만 가슴이 허전했다. 소백산 어귀 용진나루에서 목계나루까지는 수량이 적어 강심이 낮으므로 흐름이 빠른 여울이 많았다. 거친 여울에 휩쓸려 석벽에 부딪히는 경우가 허다했다. 목계에서 경성 광나루까지는 수량도 많고 물길도 넓었지만, 가족이 새록새록 생각나는 헛헛한 행로였다.

뗏목 운행의 무운을 비는 강치성 고사에 여자는 접근하지 못했다. 가족의 환송은커녕 얼굴도 보지 못하고 떠나야 했다. 뗏목 사공의 외로움을 달랠만한 것은 술과 논다니와의 농탕질이었다. 삯으로 살뜰하게 광목천이나 고무신을 사는 뗏목 사공도 있었다. 떡할배처럼 가족이 없는 뗏목 사공은 색주가 논다니와 농탕질을 일삼다가 투전판에 끼어들어 삯을 탕진하기 일쑤였다.

"이승에 홀로 남겨둔 마누라가 갔으니 나 같은 놈 조금도 반갑다 않을 게다."

떡할배의 술주정을 살갑게 받아주던 봉암댁이 왜병 죽창에 죽었다. 심대풍에게 쫓기는 왜병의 앞을 막았다고 잔혹하게 죽어 영감 곁으로 갔다. 떡할배가 의지할 곳은 그들이 가 있는 저승이 되었다.

"구옥정 화심이 동곳잠 쏙 뽑아 막걸리 사발에 담가놓고 날밤을 꼬박

새셨소?"

하품을 하다가도 논다니라면 입이 찢어지는 떡할배에게 심대곤이 진한 농을 던졌다.

"쭈그렁 할배 육신으로 밤새 계집 품었다간 황천길이지. 엊저녁엔 술이고 계집이고 입에도 안 댔다."

떡할배 눈자위 빛깔이 평소보다 여간한 것으로 보아 술을 입에도 안 댔다는 말이 옳아보였다.

"그 말씀이 참말이면 까마귀 새끼들이 솔밭에다 말간 똥을 싸재끼겠소?"

떡할배의 결백을 알면서도 심대곤이 응수했다.

"화심이 썩을 년이 예뻐서 옆댕이 끼고 술을 먹겠니? 쪽발이 하는 짓거리가 가슴팍에 치밀어 막걸리로 삭이는 게지."

떡할배 입술이 씰룩거렸다. 대폿잔에 말간 막걸리 콸콸 부어 꿀떡꿀떡 들이키고픈 갈증이었다.

"말간 정신으로 오셨소? 새벽잠도 마다하시고?"

"늙은 육신이라고 새벽잠이 안 그립겠는가? 하리모토 그 새까맣게 썩을 놈이 자네를 데려오라 하니 바삐 왔지?"

"엊저녁에 고주망태기가 돼서 사람도 몰라볼 텐데요?"

하리모토는 어제 둔치에서 술에 잔뜩 취했다.

"하리모토가 간밤에도 구옥정에 가서 화심이 년 사타구니에 농탕질 하였단 말이지?"

떡할배가 성질을 버럭 내고 얼굴을 찡그렸다. 떡할배는 하리모토가 가흥창고 사택에 들여앉힌 연화를 안타깝게 여겼다. 연화는 떡할배의 단골 논다니였다. 연화가 구옥정에서 사택으로 가고 떡할배는 화심의 단골이 되었다. 연화를 사택으로 빼돌린 하리모토가 화심에게 치근거렸다. 떡할배는 하리모토를 먼발치에서 보기만 해도 가래를 끌어모아 칵 뱉었다.

"연화가 호랑이 눈깔을 홉뜨고 있는데, 하리모토가 감히 화심이 사타 구니에 농탕질 할 수 있겠소?"

심대곤이 넉살 좋게 떡할배를 위로했다.

"그런가?"

떡할배가 찡그린 얼굴을 풀었다.

"하리모토가 무슨 일로 보자는 것인지 벼룩이 눈곱만큼이라도 아시우?"

떡할배가 달마실로 새벽에 온 연유를 물었다.

"대곤이 모르는 사안을 낸들 알겠는가? 늙어 빠진 몸에 무당 속곳을 걸친 것도 아닌데?"

심대곤이 떡할배를 목계나루터로 보내고 하리모토에게 갔다. 하리모 토는 가흥창고가 아니라 사택에 있었다. 하리모토가 쓰린 속을 손바닥 으로 문지르고 있었고 연화가 술국을 끓였다.

"성깔도 참말로 깔끄러우셔요. 자기 뱃속이 쓰려 잠 없다고 새벽 꿀잠 자는 사람 깨워 술국 끓이게 하는 새까만 심보를 좀 보시오?"

꿀물 대접을 든 연화가 하품을 쏟아내며 투덜거렸다. 하리모토가 꿀 물을 들이켰다. 심대곤에게도 꿀물을 주라고 말했다. 연화와 심대곤의 시선이 마주쳤다. 심대곤이 시선을 하리모토에게 돌렸다. 연화가 꿀물 을 타러 부엌으로 갔다.

영춘 용진나루 주막에 있다가 청풍나루 버드나무집을 거쳐 목계나루 구옥정에 옮겨온 논다니 연화가 하리모토의 한눈에 들어 안방을 차지했 다. 심대곤 눈에는 여전히 논다니로 보였다. 연화가 구성지게 부르던 뗏 목 아리랑이 심대곤의 귓속에 이명으로 들렸다.

도지거리 홍녀야 술 거르게

남한강 여울에 떼 떠내려간다.

뗏목 사공이 강 가운데서 뗏목 아리랑을 목청 높여 부르면 주막 논다니가 강가로 나와 팔을 쳐들고 고함질러 반겼다. 장대를 뗏목 사면에서 강바닥에 찔러놓고 노를 뽑아 허공에 휘저으면 논다니가 작은 배로 뗏목에 왔다. 술과 안주를 팔며 교태도 부리고 육신의 피로를 풀어주었다. 여울과 싸우느라 생겨난 헛헛함을 따끈하게 녹여주었다.

한강정 뗏목이 많다더니

경오년 장마에 다 풀렸네.

놀다 가오. 놀다 가오. 잠자다 가오.

보름달이 지도록 놀다 가오.

뗏목 사공과 논다니는 뗏목을 무릉도원 누각으로 강에 띄워놓고 술이 거나해지면 정사도 나누었다. 하리모토의 여자 연화도 뗏목 사공을 상대하던 논다니에 불과했다. 심대곤은 용진나루에서 광나루까지 뗏목을 수없이 몰면서 연화와 대폿잔도 나누었다.

"목계나루에 가면 소금가마가 배에 실려 있을 것이니 용진나루까지 갔다 오시오."

하리모토가 이른 새벽에 심대곤을 불러들인 이유를 말했다.

그믐이라 해가 지면 칠흑의 어둠이 강을 점령할 터였다. 운행이 순조롭지 못해 해지기 전 청풍나루에 닿지 못하면 엄청난 낭패를 볼 것이 뻔했다. 여울을 만나면 마을에 가서 끌패를 불러야 했다. 겨울이라 술판에 있을 끌패를 강으로 불러오는 것도 쉽지 않을 터였다. 심대곤이 마뜩하지 않은 표정으로 하리모토를 바라보았다. 구불텅한 주름, 대머리에 달라붙은 머리카락 몇 올, 몰골이 참 별나게 생겼다고 생각했다.

"강바람이 황소 콧바람이고…, 또… 깜깜 밤중에 눈발이 흩뿌리면 어쩌려고 소금 배를 띄우세요?"

연화가 꿀물을 소반에 들고 시퉁하게 말했다.

"남정네 일에 껴드는 것이 조선 여자의 법도인가?"

하리모토가 연화를 나무라는 사이에 심대곤이 꿀물을 받았다. 꿀물로 설사가 급해진 하리모토가 화장실로 갔다.

"청풍나루에 가면 버드나무집에 갈 참이지?"

연화가 다가왔다. 버드나무집에도 논다니가 여럿 있었다.

"나 좀 버드나무집에 데려다줘."

연화가 애잔한 목소리로 말했다. 심대곤이 고개를 가로저어 거절했다.

"여기서 나를 도망가게 해줘."

연화가 눈물을 글썽였다.

"하리모토 사택이 싫어?"

"쪽발이 늙은이가 좋아서 붙어살고 있는 줄 알아?"

연화는 금방이라도 울음을 터트릴 얼굴이었다. 심대곤은 가슴이 조마조마했다. 화장실에서 하리모토가 나오고 연화가 한 걸음 물러났다. 연화에게 대접을 주면서 하리모토를 보았다. 하리모토가 찡그린 얼굴에 묘한 웃음을 흘렸다.

창말 골목에서 박옥화와 마주쳤다. 박옥화와 마주침이 뜻밖이었다. 흩어진 가족이 생각날 때나 가슴으로 허허한 찬바람이 불 때 뜬금없이 박옥화가 떠올랐다.

소작농토를 냉정하게 빼앗아간 지주의 딸을 생각하지 말자. 마음을 굳혀도 박옥화가 생각났다. 막상 마주치니 가슴이 콩닥거렸다.

박옥화가 무슨 말을 할 듯 입술을 오므리고 머뭇거렸다. 심대곤이 박옥화를 바라보았다. 동시에 주변을 얼른 살폈다. 누가 볼까 두렵기는 박옥화가 더했다. 박옥화가 입술을 질끈 물더니 볼을 발갛게 물들여 걸어왔다.

"조반, 점심, 저녁 거르지 마세요. 엄동에 굶으면 뼛속까지 병이 들어요."

코밑에 걸어온 박옥화가 품에서 뭉치를 꺼내 내밀었다. 심대곤이 뭉치를 받지 않고 머뭇거렸다.

"목에 두르면 뱃길에 좀 나아질 거예요."

박옥화가 내민 것은 솜바지처럼 도톰하게 만든 목도리였다. 심대곤이 받지 않고 멀뚱히 서 있자 박옥화가 목도리를 턱밑에 들이댔다. 심대곤이 박옥화를 똑바로 바라봤다. 여린 묘목처럼 맑고 순해 보였다.

"고뿔 조심하시고요. 봄이 오면 다 좋아질 거예요."

박옥화가 목도리를 심대곤 손에 들려주고 총총히 골목으로 걸어갔다. 박옥화가 보이지 않을 때까지 강바람에 몸이 언 듯 서 있었다. 목도리 냄새를 맡았다. 여인의 향기가 솔솔 피어났다.

박옥화와 심대곤의 만남을 숨어서 지켜본 눈이 있었다. 박초시네 집사 천길동은 출생이 비천하였지만 영리했다. 박초시 아들이 경성에서 한량 노릇을 하는 동안 소작 토지를 관리했다. 박초시는 경성에서 기생과 농탕질이나 일삼다 가끔 내려와 토지를 팔아가는 아들보다 천길동을 신뢰했다. 박초시가 자식처럼 가까이 두고 말도 따뜻하게 해주니 천길동이 박옥화를 가슴에 품었다. 박옥화는 소작인 아들 심대곤을 가슴에 품었다. 박옥화가 심대곤을 그리워할 때마다 쑥대밭으로 번지는 들불 같은 화기가 천길동의 가슴으로 치솟았다.

천길동의 염탐을 모르는 심대곤이 구옥정에 들러 아침 요기를 했다.

목계 병참 감옥에 가볼까 생각하다 그만두었다. 아버지와 만옥에게 용진나루로의 운행을 알리고 싶지 않았다. 나루터로 가니 소금가마니를 얹은 배가 있었고, 떡할배와 황달건이 기다리고 있었다. 육십 넘은 떡할배는 뗏목 조종 기술이 좋았다. 갓 스물인 황달건은 힘이 황소였다. 힘 좋은 젊은이와 요령이 여우 같은 노인이 어울리니 뗏목 운행이 찰떡궁합이었다. 하행에는 떡할배가 뒤 사공을 맡고 황달건이 앞 사공을 맡았다. 오늘은 상류로 몰아야 하니 힘 좋은 황달건이 뒤 사공을 맡고 떡할배가 앞 사공을 맡았다.

"형님. 해도 너무하는 것이 아니우?"

황달건이 심대곤에게 불평부터 던졌다.

"요기는 했냐?"

심대곤이 아침은 먹고 나왔는지 물었다. 떡할배에게 조반을 차려줄 식솔이 없듯이 황달건도 고아였다.

황달건이 겨우 열 살인데 길러주던 어머니가 칠십이 넘었다. 손자를 보았음직한 노파가 열 살 어린애를 아들이라 앞세우고 고샅길로 다녔다. 허리가 꼬부라지고 어금니가 빠진 몸에서 자식이 생겼다고 믿는 사람은 아무도 없었다. 황달건의 칠십 노모가 죽었다. 황달건의 고모라는 여인이 가을에 나타나 여주로 데려갔다. 이듬해 봄에 황달건이 목계로 돌아왔다. 여주에서 목계까지 어른 걸음으로 이틀은 족히 걸어야 하는 거리를 어린 걸음으로 돌아왔다. 문전걸식해도 고향이 낫다며 이집 저집에서 황달건을 먹여 살렸다. 황달건을 찾으러 왔던 고모가 기막힌 사연을 털어놨다.

경성에서 벼슬하던 선비가 초야에 묻혀 산다며 낙향했다. 소백산 자락 어딘가에 선비가 산다는 소문을 듣고 부인 박씨가 강물을 따라 거슬러 올라왔다. 여자 몸으로 먼 길을 여러 날 돌아다닐 수 없어 박씨는 남장을 했다. 경성 떠난 지 닷새 만에 여주를 지났고, 여드렛날 저녁 무렵 목계에 왔다. 목계 주막에서 하룻밤 묵어야 했다. 뗏목 사공이 흥청대는 주막을 피해 외지고 허름한 주막으로 갔다. 그곳도 뗏목 사공이 묵고 있었다. 날마다 백 여리 씩 걸었으니 피로가 일시에 밀려와 저녁상을 물리자마자 깊은 잠에 빠져들었다. 얼마나 잤을까? 새벽이 아직 멀어 창호지 문밖이 캄캄한데 도란거리는 소리가 비몽사몽 들렸다. 곤하게 잠든 박씨가 남장여자인지 분분하게 다투는 소리였다. 남자인지 여자인지 벗겨보자. 가슴이 철렁 내려앉는 소리에 잠이 화드득 달아났다. 박씨는 숨죽여 행장을 꾸렸다. 방문을 나서다 그들에게 잡힐까 두려워 귀를 문설주에 댔다. 다행히 옆방에서 들리는 소리였고 방 밖의 기척이 들리지 않았다. 어금니를 질끈 물고 방문을 소리 나지 않게 열었다. 짚신을 손에 들고 마당을 가로질러 사립문으로 내닫는데 뒷간에서 웬 사내가 불쑥 튀어나왔다. 사내는 바지춤을 여미다가 주저앉을 듯 놀라더니 박씨 뒤를 따라왔다. 골목으로 급히 내닫다가 사내에게 뒷덜미를 꼼짝없이 잡혔다. 발버둥 치는 박씨를 강변 둔치로 끌고 갔다. 박씨 겉옷 한풀을 벗겨내자 여체의 향이 화악 풍겼다. 사내가 눈알에 불똥이 떨어진 듯 이성을 잃었다. 이를 악물고 저항하던 박씨는 먼 길에 곤했던지라 보릿자루처럼 늘어졌다.

새벽닭이 울 때까지 거푸 욕심을 채운 사내가 박씨를 놓아주었다. 박씨는 차마 서방님을 찾아갈 수 없었다. 강물에 몸을 던지려 절벽에 올랐지만, 목숨을 끊지 못했다. 걸음을 되돌려 경성으로 와서야 목계강변 둔치에서 얼굴도 자세히 보지 못한 사내의 아이를 잉태하였음을 알았다. 박씨는 배가 불러오자 다시 목계로 왔다. 혼자 집을 지키는 늙은 과부의 집에서 묵기로 하고 목계강변 둔치에서의 사내를 은근하게 수소문했다. 사내가 뗏목 사공이었다는 것만 알아냈다. 잉태한 아이의 아버지를 찾아야 했다. 경성 본가로 돌아갈 수 없었고. 소백산 자락으로 서방님을 찾아갈 수도 없었다. 아비 없는 자식으로 키우지 않으려고 목계강변 둔치에서의 사내를 찾았으나 허사였다. 박씨는 부끄러움을 무릅쓰고 소문을 냈다. 목계강변 둔치에서 겁탈이 아닌 연정을 나눈 사내의 아이를 가졌다고, 아이의 아버지를 찾아 낭군으로 모시고 살겠다고 소문냈다. 내가 당신 복중 아이의 아버지외다. 누구도 나서지 않았다. 목계나루에서 하룻밤 묵어가는 뗏목 사공 중 한 사람일 것이라 확신했다. 소문을 듣고 멀리서 또는 지척에서 박씨를 지켜보고 있을 것이라고 믿었다. 박씨 부인이 해산하는 날까지 사내는 끝내 나타나지 않았다. 박씨는 황달건을 낳은 산고로 이레 만에 숨졌다. 목계장터의 늙은 과부가 황달건을 길렀다. 박씨를 겁탈하고 입을 다물었던 사내는 여주사람이었다. 죽음 직전에 가족에게 유언으로 알렸다.

"물에 빠지면 헛것인 소금을 싣고 여울을 거슬러 오르라니…."

황달건은 수량도 적고 얼음이 진창인 겨울이라 하리모토에게 불만이 컸다.

"이놈의 자식아. 배 창자에다 밥은 넣었냐고 시방 묻지 않았느냐?"

떡할배가 노를 쳐들었다.

"하리모토 싸가지 때문에 열불이 싸질려져 환장할 지경인데 밥이 목구멍으로 넘어가겠습니까?"

황달건이 떡할배에게 투덜거렸다. 아침을 거른 것이 분명했다.

"햇덩이가 똥구멍까지 벌겋게 떴는데 여태 밥 안 먹고 무슨 지랄을 뺀은 게여?"

떡할배가 안쓰러운 심정으로 소리를 버럭 질렀다.

"찬물에다 누룽지 말아서 속은 적셨네요."

여름도 아닌데 찬물에 누룽지를 말아먹었다니 떡할배의 가슴이 무거웠다.

"누룽지 먹고서 무슨 힘을 쓰겠냐?"

떡할배가 혀를 끌끌 차고 싸리 망태기에서 찐 고구마를 꺼내 건넸다.

"형님, 목도리서 풍기는 요상한 것은 무슨 냄새래요?"

황달건이 코를 벌름거려 냄새를 맡았다. 심대곤이 박옥화가 준 목도리를 목에서 걷었다.

"이놈아. 뗏목 가신다고 구옥정 계집이 목에 걸어주었겠지. 그냥 눈 딱 감아라."

덕할배도 목도리서 풍기는 향내를 맡으려 코를 벌룽거렸다.

"형님은 구옥정 목도리를 걸었으니 청풍 버드나무집 논다니 거시기는 구경도 못 하시겠소?"

황달건이 짓궂게 웃었고 심대곤이 얼굴을 붉혔다.

수량이 풍족하지 않았다. 바닥 낮은 강심을 타고 오를 때는 배를 끌었다. 떡할배와 황달건의 힘으로는 여울을 오를 수 없었다. 뗏목이 운행하는 계절이라면 여울 물살이 센 곳마다 끌패가 돈벌이를 위해 대기하고 있지만, 지금은 때가 아니었다. 농번기가 아니라 들에 나가는 일도 없었다. 주막에서 투전과 막걸리로 젊음을 소진하고 있을 터였다.

상류에서 칼바람이 불어 내려가면 답신을 보내오듯 하류에서 불어왔다. 상류 바람에는 장대를 강바닥에 박아 배를 고정했다가 하류 바람이 불면 노를 저었다. 다행히 여울 물살이 센 곳마다 끌패를 어렵지 않게 구했다. 예정된 시각에 맞추어 상류로 거슬러 올라갔다. 심대곤은 소식이 감감한 심대풍을 생각하느라 배가 한수나루로 접어드는 것을 알지 못했다. 떡할배가 소리 질러 한수나루로 접근하고 있음을 알았다. 삼십 리를 더 거슬러 올라가면 청풍나루가 있고, 하리모토 애첩 연화가 있었던 주막 버드나무집이 있었다.

아리아리 쓰리쓰리 아라리요.

아리아리 고개로 넘어가네.

우수나 경칩에 날 풀리니.

한강에 뗏목이 떠내려가네.

떡할배가 가락을 구성지게 읊었다. 막걸리를 갈망하는 입술이 연신 씰룩거렸다.

"하리모토 모가지를 콱 비틀면 속이 후련하겠네."

황달건이 노를 바닥에 동댕이치고 침을 칵 뱉었다. 황달건을 묵묵히 바라보는 떡할배가 노랫가락을 허공에 또 질러댔다.

한수나루야 갈보야 술이나 걸러놓게.

논다니야 집신 벗고 모두 나와

얼음 꽁꽁 육신 좀 노긋노긋 녹여주오.

심대곤도 술이 고팠다. 어제 하리모토는 술에 절어서 심대곤의 발걸음만 묶었다. 목계 병참 감옥에 갇힌 아버지와 만옥을 만나지 못하고 새벽에 불려갔다. 한수나루에서 막걸리로 요기를 채우고 상류로 올라갔다. 등줄기와 이마에 땀방울이 송골 맺혔다. 손과 귀가 얼어 감각이 없을 지경이었다. 햇덩이가 산자락을 베고 누우며 노을빛을 머금자 바람이 강해졌다. 절벽으로 휘몰려가 곤두박질한 바람이 수면을 뱀의 비늘처럼 쓸고 다녔다.

다행히 어둡기 전에 청풍나루에 도착했다. 주막 버드나무집에 여장을 풀었다. 내일 바람이 자는 새벽에 출발한다면 저녁에 용진나루에 도착할 터였다. 용진나루에서 목계나루까지는 물길을 타면 하루 거리였다. 반대로 물줄을 거슬러 오르려면 이틀이 걸렸다.

황달건과 떡할배가 취해서 논다니와 방에 들어갔다. 막걸리를 마시고 마셔도 심대곤은 취하지 않았다. 자정이 넘으면서 외려 말똥해졌다. 떡할배 방에 든 논다니가 짐배 노래를 불렀다.

눈물로 사귄 정은 오래도록 가지만 금전으로 사귄 정은 잠시 잠깐이네.
돈 쓰던 사람이 돈 떨어지니 구시월 막바지에 서리 맞은 국화라.
놀다 가세요. 자다 가세요. 그믐 초승달이 뜨도록 놀다 가세요.
만지산에 전산옥이야 술상 차려 놓게나.
오늘 갈지 내일 갈지 뜬구름만 흘러도
팔당 주막 들병장수야 술판 벌여 놓아라.

육순 노인과 밤을 지내는 논다니의 가락이 구성졌다. 황달건의 논다니는 잠잠했다.

거칠고 외로운 떼몰이에서 지친 육신은 술과 여인의 품이 필요했다. 떼를 팔아 떼돈을 번다지만 떼몰이를 마치고 돌아왔을 때 몇을 제외하곤 거의 빈손이었다. 뗏목이 정류하는 곳마다 주막이 있고 논다니가 넘쳐났다. 주막에서 술과 노랫가락에 취하고 논다니와 몸을 섞다가 삯을 탕진하기 일쑤였다. 황달건이 논다니와 가까이하는 것을 심대곤은 탐탁하게 여기지 않았다.

영월에 영춘에 흐르고 나리는 물은 도담삼봉 안고 돌고
도담삼봉 흐르는 물은 만학천봉 안고 도네
만학천봉 흐르는 물은 옥순봉 안고 돌고
옥순봉에 흐르는 물은 흘러 흘러 잘도 가네

얼씨구 좋다 절씨구 좋아 술렁술렁 잘 내려가네.

옛날 건넛마을에 나이든 부부가 살았다. 후손이 없어 고민하던 차에 남편이 밖에 나가 바람피워 첩을 얻었다. 첩이 아이를 가졌다. 본처가 시기와 질투를 했다. 아이를 낳지 못하는 본처를 첩이 구박하고 멸시했다. 첩과 본처의 시기와 질투는 마을을 혼란케 하고 싸움이 끊이지 않았다. 급기야 서로 시기하고 질투하는 것이 도를 넘더니 사람을 해코지하는 형국까지 이르렀다. 하느님이 노하여 강에서 바위가 되는 형벌을 내렸다. 남편봉과 처봉과 첩봉이 생겼다. 도담삼봉은 원래 강원도 정선군의 삼봉산이 홍수에 떠내려와 지금의 도담삼봉이 되었다는 말도 있다. 단양에서는 정선군에 매년 세금을 내야 했다. 어린 소년 정도전이, 단양에서 삼봉을 떠내려오라고 한 것도 아니요, 오히려 물길을 막아 피해를 보고 있으니 도로 가져가라고 말한 뒤부터 세금을 내지 않았다.

"미친년. 남정네 품에 코 박고 잠이나 뻗어 잘 것이지 청승맞게 노래를 불러? 애간장 바작거리는 가슴에 불쏘시개 쑤실 일 있나?"

육욕을 탐하지 않는 심대곤에게 논다니가 투덜댔다.

"삼봉 주막에 있다가 이리로 온 모양이지?"

삼봉가를 처연하게 듣던 심대곤이 물었다.

"내가 말할 때는 귓구멍이 무논 흙으로 꽉 막혀 술만 자시고. 저년 노랫가락엔 귓구멍이 활짝 열리는가?"

논다니의 비꼼에 심대곤이 빙긋 웃었다.

"연화는 잘 있어?"

목계로 간 연화를 들먹였다. 뗏목 사공이라고 모두 논다니를 탐하는 것은 아니었다. 논다니를 안아보려고 뗏목 사공을 자처한 자도 있었다. 돈을 벌기 위해 뗏목 사공이 된 사람이 더 많았다. 가족을 둔 뗏목 사공도 논다니의 유혹을 벗어나지 못하는 사내가 있었다. 심대곤처럼 논다니에 도통 관심이 없는 사내도 많았다.

"연화 그년, 쪽발이 품에서 깨소금 가루로 멱을 감으면서 사냐니까?"

논다니가 신경질을 말에 섞었다. 심대곤이 대답하지 않았다. 새벽 하리모토 사택에서 연화가 했던 말이 떠올랐다. 연화가 버드나무집에 오고 싶어 한다는 말을 하려다 그만두었다. 논다니 입이란 여기저기 옮겨다니는 입이라서 하리모토 귀에 들어가면 연화에게 불똥이 튈 것이 뻔했다. 강바람이 문풍지에서 부르르 떨었다.

"심대곤이 사립문으로 들어오는데 가슴에서 콩을 볶아대는 소리가 작달비 내리쏟아지듯 자근자근했는데. 역시나 이 밤도 헛물만 켜는구먼?"

논다니가 말을 비틀었다. 심대곤 옆구리에서 삐져나온 목도리가 논다니 눈에 들어왔다. 논다니가 냄새를 맡으려 코를 벌룽거리다 목도리를 잡아챘다. 심대곤이 화들짝 놀라 품속에 넣었다. 목도리가 허공으로 휘저어지면서 향내가 확 퍼졌다. 논다니가 슬금슬금 엉덩이를 끌고 다가앉았다. 심대곤의 옷을 헤치고 목도리를 꺼내 잡을 심사였다.

"어느 년 냄새일까?"

"냄새는 무슨? 저녁때 먹은 동치미가 뱃속에서 곰삭는 모양입네?"

심대곤이 시침을 떼고 물러나 앉았다.

"뭉그적뭉그적 뒤로 빼지 말고 냄새 야시시한 거 요기다 얹어보쇼?"

논다니가 두 손바닥을 심대곤의 가슴 앞에 펴들었다. 심대곤이 내놓을 리 없다.

"혹시 연화 때문에 나를 강 건너 불 보듯 하는 것이어? 연화 고년은 몸에다 금줄이라도 걸었는감? 몸 팔아서 기구하게 사는 거 그년이나 내나 한가지여. 허지만 나는 섬나라 쪽발이랑은 몸 함부로 하지는 않았어."

논다니는 목도리 주인을 연화로 단정했다. 심대곤이 하하하 웃었다. 아침에 발갛게 볼을 달구던 박옥화를 떠올렸다. 논다니가 엉덩이를 엉금엉금 끌고 왔다. 꼬리가 아홉 달린 백년 여시 몸짓으로 밤을 꼬박 지새운다 해도 내 몸이 동하는 일은 없을 것이다. 심대곤이 논다니를 가소로운 눈빛으로 바라보았다.

"하리모토 그 쪽발이에게 목덜미 잡히지 말구 조심해. 천길만길 벼랑으로 곤두박질 당하지 말란 말이야."

논다니는 심대곤의 무관심이 연화 때문이라고 멋대로 단정했다. 심대곤은 부정하지 않았다. 바람이 또 문을 부르르 떨게 했다.

"에이, 저놈의 강바람. 캄캄한 밤중에 고양이 똥 누는 소리를 내구 지랄이야?"

논다니가 문풍지를 흔드는 강바람에 욕을 걸러 붙였다.

"굵은 눈송이가 산 등으로 팡팡 쏟아지고 강물이 꽝꽝 얼어서 뗏목 뜨지 못하니 해동하는 날까지 겨울잠이나 자야 한다는 거 정말 몰라? 긴긴밤 엎치락뒤치락하는 여인네 속마음 어지간하게 몰라주네. 겨울잠에 피둥피둥 살집만 오른 요 몸뚱이에 불길 확확 싸질러주면 거시기가 썩어 문드러질까 외면하는 것이여?"

논다니가 심대곤의 샅을 움켜쥐는 시늉으로 시름을 토했다.

"내 팔자에 사내 복이 있을라고?"

논다니가 끄응 일어나 문고리를 잡았다. 심대곤이 논다니의 옷고름을 잡았다.

"내 몸에 불덩어리를 댕겨줄 거야? 아직은 탱탱하지?"

얼굴색이 밝아진 논다니가 콧김을 쏟으면서 젖퉁이를 꺼냈다.

"강에서 꽁꽁 언 몸으로 사내구실 쉽지 않음을 알아달라고."

심대곤이 되지도 않는 말로 얼버무렸다.

"멀쩡한 사람 앉혀놓고 등신 취급하면서 말장난하는 거야? 할아범도 색시 방에 들었고, 마빡에 핏기 뻘건 놈도 색시 방에 들었는데?"

논다니가 심대곤의 품으로 확 파고들었다. 심대곤이 논다니를 가만히 안았다.

"소금 배에서 꽁꽁 얼었던 그것이 봄눈처럼 흐느적흐느적 녹아 있을 텐데, 여인의 깊은 우물을 어찌 감당하겠는가?"

가쁜 숨을 할딱할딱 토하는 논다니를 가만히 밀어냈다.

"정말 못 됐어."

논다니가 토라져 물러앉았다. 심대곤이 손가락을 입술에 가로질러대고 입을 다물라고 했다. 논다니가 눈알을 굴리며 다가앉았다.

"혹시…?"

심대곤이 말을 꺼내려다 방문에 귀를 기울였다.

"강바람이 귀때기를 때려쌓는데 어느 혀가 빠질 놈이 문구멍을 뚫을까?"

논다니가 싱거운 표정으로 눈을 흘겼다. 쉿! 심대곤이 입술에 손가락을 대고 목소리를 낮췄다.

"알았으니 얼른 말해봐."

논다니가 고개를 끄덕이고 침을 한 모금 꿀떡 삼켰다.

"의병이 났다는 소문 들어봤어?"

"의병?"

논다니가 대뜸 되물었다. 심대곤이 손바닥으로 논다니 입을 덥석 덮었다.

"의병이 났다는 소문을 들었으면 고개만 끄덕여."

심대곤이 논다니 귀에 바람을 불어넣듯 말했다. 논다니가 심대곤을 빤히 바라보다가 고개를 가로저었다.

"의병이 난다고?"

오히려 논다니가 추궁하며 물었다. 심대곤이 고개를 끄덕였다.

"의병 끄나풀을 잡아서 쪽발이에게 고자질하려고 청풍까지 온 것이야? 만일 그렇다면 이 방에서 당장 나가."

논다니 얼굴이 일그러지고 목소리에서 독기가 이글거렸다.

"쪽발이보다 더 사지를 찢어 죽일 놈은 그놈들 앞잡이로 나대는 놈이야. 심대곤이 섬나라 싸가지라고는 눈곱만큼도 없는 쪽발이 꼭두각시라면 이 방에서 당장 나가란 말이야."

논다니가 얼굴을 붉히며 목소리를 높였다. 심대곤이 빙그레 웃었다.

"떼몰이 사내랑 알몸 섞는다고 나라도 모를 줄 아는가?"

논다니가 으쓱거렸다.

"순정이 탱탱하게 차 있는 요 알몸을 정말로 이 밤에 외면하실 작정이요?"

논다니가 미련을 버리지 못하고 애교를 떨었다. 심대곤이 점잖게 논다니의 몸을 떼어냈다.

"아무리 노류장화라지만 너무 하시오?"

노류장화. 길가의 버드나무와 달 아래 꽃은 모든 사람들이 꺾을 수 있다는 말이다. 화대만 치르면 쉽게 건드릴 수 있는 여자를 노류장화라 했다. 논다니가 아쉬워 죽겠다는 표정으로 방에서 나갔다. 심대곤은 논다니를 되불러 잠자리를 청할까 생각도 했으나, 곤경에 처한 가족이 차례로 떠올라 그만두기로 했다. 떡할배 논다니가 또 애절하게 삼봉가를 불렀다. 방마다 불이 꺼졌다. 논다니 노랫소리도 멈추었다. 사방이 죽은 듯 고요했다. 바람이 이따금씩 나뭇가지를 흔들었다.

이토록 추운 밤에 형은 어디에서 어떻게 지내고 있을까? 감옥에 갇힌 아버지와 만옥이 몹시 추울 텐데. 내일 험난한 운행을 위해 잠자리에 누웠으나, 정신이 토끼 눈알로 말똥말똥해져 잠을 이룰 수 없었다.

하리모토가 쥐구멍에 방울 쥐 드나들 듯 목계 구옥정에 나타났다. 날마다 연화를 찾아오니 사내들이 연화를 꺼렸다. 하리모토 총애를 받은 연화는 원하지 않게 똥물을 뒤집어쓴 꼴이 되었다. 하리모토가 차라리 구옥정에 오지 않는 것이 장사에 도움이 되었다. 구옥정 주인이 선심 쓰듯 연화를 하리모토에게 첩으로 주었다. 연화가 강 건너 창말의 가흥창고 사택 안방마님으로 들어앉았다. 밤마다 억세고 거친 뗏목 사공의 술시중을 들어야 했던 연화도 하리모토의 첩이 되자 좋아했다. 어엿한 여염집 여인처럼 살림하며 한 남자만 섬기며 살 수 있다니. 술을 팔고 몸을 팔다 가족도 없이 일생을 마칠 줄 알았는데, 그렇게 좋을 수가 없었다. 하리모토는 나이 오십이 되어서 어쩔씨구 스물 중반 젊은 첩을 들여앉혔으니 세상이 솜사탕처럼 달콤하고 아늑했다. 술과 계집을 품으러 강을 건너가는 일이 없어졌다. 막상 부부행세를 하면서 둘의 연정은 오래가지 않았다. 하리모토가 연화에게 싫증을 냈다. 연화를 창말 사택에 두고 목계 구옥정에 발걸음을 시작했다. 연화가 하리모토에게 투기를 부렸다. 하리모토나 연화나 음탕한 기질을 타고난 사람이었다. 색욕이 강하고 음탕하기가 끝이 없는 인물치고 한 사람에게 오래 머무를 수 없었다. 잦은 싫증과 잦은 만남과 헤어짐을 일삼았다. 연화가 투기를 싹 거두었다. 하리모토도 연화에게 시큰둥해졌다. 가흥창고 사택에서 부부처럼 산다고는 하지만 남남이 되었다. 하리모토는 구옥정에서 욕정을 풀었다. 연화에게 하리모토가 없는 밤이 잦아졌다.
심대곤을 용진으로 보낸 날도 하리모토가 구옥정에 갔다. 여느 날처럼 연화 혼자 사택에 남았다.

사사끼가 가흥창고 사택으로 왔다. 연화가 속적삼만 입고 사사끼를 맞이했다. 연화 혼자 있는 것을 알고 온 사사끼가 음흉한 웃음을 칠칠 흘렸다.

"…들어가도… 될…까…요?"

사사끼가 문턱에 발을 올려놓고 물었다.

"천지가 새까만 밤중에 뭔 볼일이라도 있나요. 대장니…임?"

연화가 속적삼을 흔들어 농염하게 웃었다. 사사끼는 굵은 침을 꿀떡 삼키느라 대답하지 못했다.

"하리모토 나리께서 무슨 특별한 부탁을 했나요? 밤중에 여인 혼자 있는 집에 넝큼 들어오시고?"

연화가 사사끼의 속을 읽고 능청을 떨었다.

"그렇소."

사사끼가 마루로 올라섰다.

"늙은이 청을 받잡고 오셨다니 방으로 잠깐 드셔 언 몸이나 녹이고 가세요?"

연화가 뒷걸음질로 길을 터줬다. 사사끼가 입을 헤벌쭉 벌리고 콧등을 벌렁거리며 방으로 넝큼 들어갔다. 연화는 밖에서 누가 보고 있는지 살피고 문을 질끈 닫았다.

"무슨 부탁을 하셨나요?"

연화가 살랑살랑 엉덩이를 흔들었다. 사사끼가 침을 꿀꺽 삼켰다. 연화는 벽에 등을 붙이고 하체를 비틀었다. 적삼이 걷혀지고 허연 허벅지가 드러났다.

"부탁한 것은 바로… 이것이오."

사사끼가 연화를 덥석 껴안았다.

"여자 혼자 있는 방에 들어와서 무례하게 무슨 짓거리래요?"

연화가 몸을 뺐다.

"하리모토의 부탁을 들어주는 것뿐이오."

사사끼가 다시 연화를 와락 껴안았다. 사사끼 품에서 연화가 숨을 뚝 끊고 침을 꼴깍 넘겼다. 사사끼가 연화를 안고 이불로 쓰러졌다.

"아무리 급해도 불은 끄셔요."

사사끼에게 눌린 연화가 콧소리로 말했다. 가흥창고 사택에 불이 혹 꺼졌다.

"정말 하리모토의 부탁이던가요?"

사사끼 목뼈가 부러지도록 껴안고 귓불을 잘근잘근 깨물며 물었다.

"그런 부탁을 받았는지 잘 모르겠소."

음탕하게 질퍽거리는 소리가 났다. 찰싹찰싹 소꼬리가 제 궁둥이를 치며 쉬파리 쫓는 소리도 났다. 무논을 고르는 번지에 흙탕물 찰랑 부딪는 소리도 났고, 고양이가 왼발 들고 우는 소리도 났다. 윗동네에서 한달음에 뛰어온 아이가 거칠게 쏟아내는 숨소리도 났고, 벙어리가 화롯불에 손을 데어 으아으아 울부짖는 소리도 섞였다.

"병참 군사 거시기가 오뉴월 두엄더미처럼 푹푹 썩고 있다는 소문 자자하던데요?"

강물을 헤엄쳐 건너온 듯 연화의 몸에 물기가 반질반질했다.

"연화도 한몫 거들 참인가?"

사사끼가 연화의 질퍽한 사타구니에 손을 얹었다.

"나는… 요놈 하나로도 족하구만요."

연화가 여름 뙤약볕의 지렁이처럼 늘어진 사사끼 물건을 움켜쥐었다.

"하리모토는 어떡하고?"

"아무리 내 입이 천하다 해도 삶아놓은 닭 껍데기랑 초여름 장마 대나무 순 맛을 어찌 구별하지 못하겠어요? 사지가 바르르 떨면서 자지러지는 맛을 모르는 숙맥은 아니랍니다."

사사끼 입이 헤벌쭉 벌어졌다. 하리모토는 삶은 닭 껍데기라 하고 사사끼는 오월 장마에 쑥쑥 올라오는 죽순이라 하니, 거짓말이라 해도 우쭐하지 않을 수 없었다. 정력 좋다는 말 듣고 싫어할 사내 세상에 없을 테니.

"불쑥불쑥 솟아나는 대나무 순 맛을 다시 볼까?"

사사끼가 옆구리에 매달린 연화를 대뜸 눕히고서 끄응 올라갔다. 음탕하게 질퍽거리는 소리가 났다.

"아침나절 대나무밭에 소낙비가 내렸는가요? 죽순이 요기로 쑥쑥 들어오는 것이 노을이 노랗게 낀 고개를 넘을락 말락 하는 것처럼 정신이 혼미해서 저승길 가는 줄 알았네요."

연화가 할딱이는 숨을 고르며 말했다.

"요것도 보통이 아니구먼? 사흘 밤낮을 떡메로 쳐댄 찰떡보다 훨씬 쫀득쫀득한 것이 아주 사람을 죽이는구먼? 나도 저승 가는 줄 알았어."

사사끼가 가쁜 숨을 뱉었다.

"노을이 노랗게 낀 고개를 까막까막하게 넘어서 저승길을 가는데 참 궁금한 것이 있어 다시 왔는데…."

"저승길을 마다하고 올 정도로 궁금한 것이 도대체 무엇일까?"

저승길을 보낼 듯 힘이 좋다는 여자의 말을 듣고 싫어할 사내는 없을 터였다.

12

소백산 알둥지 의풍

용진은 소백산 형제봉에서 갈라진 옥녀봉과 수리봉이 품은 마을로 영춘면의 나루터였다. 강원도에서 흘러오는 지류가 남한강이 되는 용진나루에 소백산에서 벌채되어온 통나무가 산더미로 쌓였다. 평창과 정선에서 온 통나무가 뗏목으로 매어지는 곳이며 곡물을 보관하는 창고도 여섯 채나 있었다. 용진나루 강변 둔치에 뗏목을 묶는 뗏매기꾼으로 가득했다. 소백산에 올라갔던 벌목꾼과 목도꾼이 저녁에 내려와 흥청거렸다. 논다니를 여럿 거느린 주막만도 네 곳이나 되었다. 잎이 떨어지고 울창했던 숲의 속내가 드러나기 시작하는 늦가을부터 봄눈이 계곡을 잠 깨우는 이듬해 봄까지 소백산은 목도꾼의 목도 메는 소리가 흥겨웠다.

　여 허기여 허기여 저기영 흐여차 치기여 무겁다 말고

　가세 가자 흐여 흐여차 흐여 앞에는 돌캉이 있다 치기 여차

　흐으여차 치기여 흐여차 치기자 어야 치기자 호야

　흐여차 치기영 돌아올 때 가려와라 치기여 흐여

살아 천년 죽어 천년 주목도 벌목되어 용진나루 둔치에 산더미로 쌓였다. 얼음 풀리는 삼월에 뗏매기꾼이 뼈저리는 물에 들어가 뗏목을 맸다. 강물이 불어나는 오뉴월까지 잠도 못 자고 뗏목을 맸다. 뗏목은 통나무를 여섯 자, 아홉 자, 열두 자 길이로 묶였다. 떼 한 동이 한 줄인데 너비가 스물다섯 자에 이르렀다. 여섯 자 통목은 열다섯 동을 한 바닥으로 엮었다. 열두 자 통목은 열 동을 한 바닥으로 묶었는데 한 바닥의 총 길이는 백 자에 달했다. 뗏목은 칡과 느릅나무 껍질로 묶었다.

뗏목은 새벽에 물의 신 옥황상제에게 강치성 고사를 지내고 출발했다. 뗏목이 떠나는 나루에 논다니는 물론 여인의 출입이 제한되었다. 가족의 배웅도 금지됐다. 뗏목 사공끼리 조촐한 배웅을 하게 했다. 뗏목이 물길 따라 하류로 내려가면서 노를 저어야 했다. 용진나루를 출발한 뗏목은 수량이 알맞아 물길 좋으면 광나루까지 일주일쯤 걸렸다. 물 사정이 나쁘면 보름도 걸렸고, 사공 능력에 따라 하루 정도 단축될 수 있었다. 뗏목 사공은 떠나기 전날 주막에서 가볍게 목을 축였다.

심대곤은 새벽 가흥창고 사택에서 하리모토가 건넨 귀엣말 때문에 의풍에 가야 했다.

"용진나루에서 삼십 리 산중으로 들어가면 의풍이 있다 하니 갔다 오시오."

하리모토의 얼굴에 흥분이 감돌았다. 남한강 물이 닿는 웬만한 지형은 심대곤이 알고 있었다. 소백산 산중에 의풍이 있다는 말은 들었어도 가보지 않았다. 장미산에서 행방이 묘연해진 형 심대풍이 의풍에 대해 얘기했었음을 기억했다. 의풍에 가면 형의 소식을 들을 수 있을까?

"소금은 날 풀리고 수량 많을 때 보내도 되는 것이지만, 의풍에 다녀오라 용진으로 보내는 것이오."

하리모토가 부엌의 연화를 엿살피면서 의뭉한 웃음기를 흘렸다. 심대풍은 연화에게도 말하지 못하는 하리모토의 속내가 궁금했으나 듣기만 했다.

"경성의 조선인 친구가 중요한 기록을 보내왔는데 좀 보시오."

하리모토가 탁자 서랍 속 봉투에서 한지를 꺼냈다. 한지에 명종실록 일부분이 베껴져 있었다. 심대곤이 건성으로 읽고 하리모토에게 내밀었다.

"아니, 찬찬히 읽어보란 말이야. 여기 중간 부분을."

손가락으로 짚어준 곳을 읽고서야 심대곤이 하리모토 의중을 간파했다.

"지금은 땅속에나 있습니다."

심대곤이 볼멘소리를 냈다.

"당장 이것들을 손에 넣고자 하는 것이 아니야. 답사를 해두자는 것이지. 내가 직접 가기 전에 당신이 그곳 지리를 눈에 넣고 오란 말이야."

단양군수 황준양이 명종 십이 년에 올린 상소문에 단양군 내 민가가 사십 가구도 못 된다고 했다. 너무 혹독한 세금과 잡역에 견디지 못한 백성이 모두 도망쳤기 때문이며, 남아 있는 백성을 위해서라도 세금과 잡역을 감면해달라고 했다. 단양은 농토가 적은 두메산골이지만 소백산에서 나오는 산물의 종류가 많았다. 산삼, 약초, 송이버섯을 바쳐야 하는 특산물이 문제를 일으켰다. 농산물의 세금부과는 눈으로 확인되고 그런 데로 한계가 있었다. 중앙으로 보내지는 특산물의 진상품은 측정하는 한도가 없고 강제로 품목을 매겼다. 단양은 불행히도 진상해야 할 품목이 여러 가지 생산됐다. 소백산맥의 시작 머리인 의풍은 단양에서 더욱 그랬다. 먹과 옥돌은 세상에 알려진 탐내는 물건이고, 한양의 대감님들이 즐겨 먹는 양기 보신의 산삼과 백사 송이버섯이 소백산의 것을 제일로 쳤으니, 백성이 얼마나 힘들어 군수가 상소를 올렸을까? 진상품은 꼬치로, 인정은 바리로라는 말이 돌았는데 진상은 세금이요, 인정은 뇌물이라는 뜻이었다. 촉나라 도인 정감과 조선의 도사 이연 이심형 형제가 팔도강산을 두루 살피고, 역대왕조 흥망을 비결한 예언에서 두 백산이 합치는 곳에 열승지가 있는 것으로 기록하고, 천지가 개벽하면 천재지변이 일고 큰 난리가 날 것이라고 예언했는데, 이때 사람들이 피할 수 있는 곳이 열승지라 했다.

열승지 중 몇 곳이 소백산 주변에 있다고 했다. 첫째가 풍기와 예천을 기록했고, 단춘을 다섯 번째로 기록했는데, 단춘이란 단양의 영춘을 이른 말이고 그 땅이 의풍이라 했다.

늙고 추한 몰골로 계집질과 술타령에 젖어 있는 줄 알았던 하리모토가 소백산 영물에다 군침을 물고 있었다니. 심대곤은 바라보기 민망한 하리모토 몰골을 쳐다보았다. 기막힌 보물덩어리를 벌써 손아귀에 쥐기라도 한 듯 하리모토가 입언저리를 찢으며 능글거렸다.

의풍에 가보자. 심대곤이 하리모토의 탐욕스러운 얼굴을 바라보면서 중얼거렸다. 하리모토 명령을 수행하기보다 형이 말했던 의풍을 확인하고 싶었다.

소금을 하역하고 저녁 해가 뉘엿했다.

하룻밤 자고 아침에 의풍 가는 고개를 넘기로 작정했다. 떡할배와 황달건이 주막의 논다니를 호구조사 하며 신이 났다. 겨울이라 뗏목 사공이 많지 않았다. 뜻하지 않게 소금 배가 오자 논다니가 신이 났다. 호객하며 헤죽헤죽 웃었다. 논다니마다 얼굴이며 가슴이며 엉덩이를 요모조모 살펴볼 수 있으니 후궁 간택하는 임금이 부럽지 않았다.

떡할배가 골라놓은 논다니와 황달건의 마음에 쏙 드는 논다니가 같은 주막 소속이 아니었다. 떡할배가 고른 논다니는 나이가 가장 많았다. 노인의 마음을 헤아리며 조곤조곤 이야기로 밤을 지새워 줄 듯 인심이 넉넉해 보였다. 논다니로 퇴물에 이르도록 갖은 풍상을 겪었으니 구수한 입담으로 떡할배를 외롭지 않게 해줄 터였다.

갓 스물의 황달건은 달랐다. 음기가 찰찰 흐르고 허릿살이 도톰하여 밤새 떡방아를 돌려도 마다하지 않을 논다니를 골랐다. 떡할배는 귀를 즐겁게 해줄 상대를 골랐고, 황달건은 육욕을 불태울 상대를 골랐다.

떡할배와 황달건에게 선택된 논다니가 횡재수를 만났다.

"마빡에 핏기 뻘건 것이 색탐하면 눈깔에 안질 돋고 엉덩뼈가 노긋노긋 삭을 것이다!"

떡할배가 황달건을 꾸짖었다.

"할배. 이마에 패인 고랑에다 고구마 싹을 묻으면 가을에 다섯 가마니는 캐고도 남을 것이고만요?"

황달건이 맛난 깨떡을 손아귀에 쥔 듯 논다니 손을 잡고 시룽시룽 웃었다.

싸르락싸르락 강물에 비질하는 소리가 소백산 자락에 깊은 어둠이 되어 차곡차곡 쌓였다.

이튿날.

심대곤이 마당으로 나왔다. 새벽잠 없는 떡할배가 소백산 잔등을 곰곰이 살피는 중이었다.

"대풍일 만나러 가는가?"

살피고 살펴도 태산인 소백산에 시선을 두고 물었다. 떡할배는 어젯밤부터 심대곤의 마음이 들떠 있음을 읽었다. 심대곤은 눈웃음만 주고 물동이에 찬물을 담았다. 손마디가 아릿해지는 샘물이 참 맑았다. 손바닥에 물을 담았다. 맑은 아침 하늘이 손바닥에 고였다. 행방 모르는 형을 생각했다. 저 고개 넘어 의풍에 가면 형의 소식을 들을 수 있을까? 하리모토의 명령을 받아 의풍에 가기는 하지만 관심은 형의 소식이었다.

"소백 태산을 넘어온 햇덩이가 똥구멍에 벌겋게 떴는데 아직도 분탕질이냐?"

황달건의 방문을 떡할배가 와락 열었다. 논다니가 솜이불을 끌어다 머리까지 덮었다. 방에서 단내가 훅 풍겨 나왔다. 누런 눈곱이 덕지덕지붙은 황달건의 눈이 게슴츠레했다.

"형님 먼 길 가신단다. 벌떡 나와 찬물로 얼굴 부시고 안녕히 다녀오시라 인사 여쭈어라."

심대곤이 고개 넘어 의풍으로 가는지 황달건은 알 턱이 없었다. 떡할배가 괜한 심술을 부린다며 투덜거렸다. 밤새 발가벗은 아랫도리를 이불로 가리고 하품했다. 뗏목을 몰아서인지 젊은 황달건의 허벅지와 팔뚝이 참나무 말뚝처럼 탄탄했다.

"밤새워 지랄을 뻗더니 눈구멍에 개씨바리가 돋았구먼!"

논다니 알몸에 미련을 버리지 못하는 황달건에게 소리를 버럭 질렀다. 심대곤은 허허 웃기만 했다. 황달건이 정말 먼 길 가시냐는 눈빛을 심대곤에게 보냈다.

"만리장성을 하룻밤으로 족히 쌓을 수 있겠느냐? 오늘 밤도 묵고 내일 목계로 가야겠다."

황달건의 입이 찢어지게 좋은 심대곤의 말이었다. 방에서 이불 뒤척이는 소리가 났다. 논다니가 심대곤 말을 듣고 입을 귀밑까지 찢어댔다. 떡할배는 벌레가 꿈틀대는 복숭아를 씹은 듯 얼굴을 찡그렸다.

"떡할배도 바짓가랑이다 북풍만 설설 날리지 말고 만리장성 좀 엮어보세요."

황달건이 사타구니를 잡고 웃었다. 떡할배가 작대기를 잡는 시늉으로 손바닥에 침을 뱉었다.

"썩을 놈아. 나이가 몇이냐?"

떡할배가 대뜸 황달건의 알고 있는 나이를 물었다. 황달건이 그저 이죽이죽 웃었다.

"나잇살 스물이면 쌀 한 가마를 지고 십리 길을 간다. 썩을 놈아. 논다니 밑구멍에 알량한 삯 몽땅 쓸어놓으면 어느 세월에 장가를 갈 것이냔 말이다."

떡할배가 황달건의 가슴팍을 쇠꼬챙이로 콕 찌르는 일갈을 뱉었다. 백번 고쳐 들어도 옳은 꾸짖음이라 황달건이 대꾸하지 못했다.

"젊은 사내가 주색에 빠져 헤어나지 못한다면 그게 어디 멀쩡한 인간이냐? 실성한 놈이지."

심대곤도 떡할배를 거들어 한마디 던졌다. 황달건이 시무룩해져 댓돌에 앉았다. 떡할배도 황달건 곁에 앉아 곰방대를 입에 물었다. 어깨를 다독이며 일장 훈시를 늘어놓았다. 방에서 논다니가 문설주에 귀를 들이대고 떡할배의 말을 모두 들었다. 뗏목을 호구지책으로 삼는 것도 그만두어야 한다고 타일렀다. 아무리 돈이 된다 해도 왜놈의 뒷일을 해서는 안 된다고 말했다. 갑자기 방문이 와락 열렸다. 여색을 탐하지 말라는 떡할배의 말에 성깔 돋은 논다니가 마당으로 나왔다. 가자미 눈깔을 뜨고는 방으로 획 돌아 들어갔다.

전쟁 물자가 생산되는 곳이라 여지없이 왜병이 배치되었다. 임금이 용상에 엄연하게 앉아 있는데 왜병이 나라 곳곳을 장악했다. 인적 뜸한 고샅에서 왜병과 마주칠 때는 주먹이 저절로 부르르 떨렸다. 어머니를 죽게 하고, 아버지와 여동생을 병참 감옥에 갇히게 하고, 형이 도망 다녀야 하는 상황은 왜병 때문이었다.

왜병이 걸음을 멈추고 고개를 갸웃거렸다. 주머니에서 종이를 꺼내 들고 심대곤을 자세히 바라보았다. 종이는 목계 병참에서 보낸 심대풍의 얼굴 그림이었다. 형제며 닮은 모습이었으니 그럴 만도 했다. 왜병이 다가왔다. 어디 사는 누구냐고 다짜고짜 물었다. 한 놈은 여차하면 손목을 잡고 비틀어댈 태세였다.

"네놈이 이놈이 아니냐?"

왜병이 심대풍의 얼굴 그림을 내밀며 물었다. 심대곤은 그림을 보고 깜짝 놀랐다. 자신의 모습과 똑같았다. 심대곤은 순순히 응하지 않고 강짜를 부리고 싶은 오기가 치밀었다.

"멀쩡한 사람 앞길을 가로막고 무엇하는 짓이오?"

심대곤이 목에 핏줄을 드러내고 짜증을 냈다. 하리모토가 발행한 신분증명이 있기 때문에 무서울 것이 없었다. 그림과 실물을 번갈아 보더니 심대풍이 틀림없다는 표정을 서로 주고받았다. 왜병이 심대곤의 손목을 잡았다. 호락호락하게 왜병에게 잡힐 심대곤이 아니었다. 심대풍처럼 심대곤도 장대한 체구에 행동이 민첩했다. 더욱이 왜병의 속셈을 읽고 있던 터였다. 손목을 잡고 팔을 비틀어 제압하려던 왜병이 오히려 심대곤에게 손목을 잡혔다. 심대곤이 왜병의 팔을 가차 없이 비틀었다. 뼈가 부러지는 통증에 왜병이 아아악 비명을 질렀다. 그림을 들고 있던 왜병이 총구를 심대곤 가슴에 들이댔다. 팔이 비틀린 왜병의 얼굴이 하얗게 질렸다.

목계 병참 대장 사사끼의 부하 두 명이 심대풍에게 살해되었음을 용진 주둔 왜병도 통보받았다. 총을 들고서도 맨손의 심대풍에게 제압당하였음도 알았다.

팔을 잡힌 왜병이 비명을 질러댔고, 총구를 심대곤 가슴에 찌른 왜병은 엉덩이를 빼고 여차하면 도망칠 자세였다.

"바…반항하면 쏘…쏜다."

왜병이 방아쇠에 손가락을 걸었다. 더 자극하면 가슴으로 총알이 뿜어질 판이었다. 사정없이 비틀었던 왜병의 팔을 놓았다. 뼈가 바스러지는 통증으로 비명을 지르던 왜병이 바닥에 주저앉았다.

"사람 잘못 보았소."

심대곤이 품에서 신분증명서를 꺼냈다. 왜병은 그림과 신분증명서를 번갈아 보며 믿을 수 없다는 표정으로 사라졌다. 흐음. 저놈이 형의 얼굴 그림을 갖고 있다니. 용진에 형이 나타났었단 말인가? 의풍에 형이 있는 것은 아닐까? 심대곤은 의풍에 희망을 품었다.

소백산 잔등이 밋밋하게 내려오다 가르마로 옴폭 들어간 곳이 의풍으로 들어가는 고개였다. 행인을 붙들고 물어보니 베틀재라 했다. 족히 반나절은 걸어야 의풍 초입의 불당골에 도착한다고 했다. 며칠째 눈이 오지 않았다. 하늘은 눈이 시리도록 청명했다. 소백산 잔등에 앉은 햇덩이에서 햇살이 쏟아졌다. 소나무 가지를 비집어 내려앉은 햇살이 고갯길 눈을 녹였다. 왜병과 실랑이 하느라 늦게 출발한 탓인지 베틀재 정상에 서자 해가 중천에 걸렸다. 부지런히 의풍으로 내려갔다.

고갯길 아래 불당골에 초가가 보였다. 가파르던 산등이 너른 언덕이 되어 삶의 터전이 되었다. 기운 누더기 같은 화전이 산자락에 버짐처럼 피어 있었다.

심대곤이 불당골 첫 집 사립문에 섰다.

"뉘시오?"

눈자위가 거멓게 초췌한 옥영감이 심대곤을 멀뚱히 바라보았다.

"길 좀 물으러 왔습니다."

심대곤이 허리 굽혀 예의를 표했다.

"산지사방이 고분성이고 배운성인데, 도시미가 어디 따로 있는가?"

옥영감의 심마니 은어를 심대곤은 알아듣지 못했다. 고분성은 산줄기, 배운성은 골짜기, 도시미는 길을 의미하는 심마니만의 은어였다. 심대곤이 멀쩡하게 서서 옥영감을 바라보았다. 쿨럭쿨럭. 옥영감이 햇살 모이는 댓돌에 앉았다.

"재를 넘다가 산개나 넙대가 길바닥에 느닷없이 나선단 말이네. 물려죽지 않으면 간덩어리가 콩알만 해져 평생 식은땀을 흘리고 살 텐데 용케 넘어왔구먼?"

베틀재를 넘다 보면 호랑이나 곰이 갑자기 뛰어나와 죽기 아니면 평생 놀란 가슴으로 산다고 옥영감이 말했다. 심대곤이 사립문으로 걸어 들어가 댓돌에 앉았다. 눈앞에 봉우리가 우뚝 섰다. 봉우리 뒤로 소백산 영봉이 가물가물 보였다.

"봉우리가 높네요?"

사방을 둘러보아도 봉우리가 아닌 곳은 없었다. 경북 영주 쪽으로, 강원도 영월 쪽으로, 충북 단양 쪽으로, 또 봉우리 사이사이에 더 먼 봉우리가 다투며 목을 곤두세웠다.

"옥녀봉이라 하네. 꼭대기에 회제비는 봄이나 되어야 녹는다네."

심대곤은 눈이 하얗게 덮인 봉우리를 찬찬히 올려봤다.

"옥녀봉 꼭대기에 얹힌 눈이 봄이나 되어야 녹는단 말일세."

심대곤이 고개를 끄덕였다.

"도망을 오는 겐가?"

옥영감 물음에 심대곤은 노인을 잡으러 왔다는 생각이 들었다.

"용진에서 왔습니다."

더 멀리 목계에서 왔다는 말을 목구멍으로 꿀떡 삼켰다. 옥영감 말대로 산개나 넙대에 갇혀 사는 산중 노인이 목계를 알까 의심스러웠다.

"베틀재로 넘어왔구먼? 저기 저 한 뼘 더 볼록한 산멍아리가 형제봉이거든? 옥녀봉이 형제봉에서 갈라져 내려온 모양새가 베틀을 척 걸어놓은 걸로 보인다고 베틀재라 부르는 게여."

옥영감이 묻지도 않은 옥녀봉 전설을 말했다. 평소에 해야 했을 말을 하지 못하고 저장해둔 사람 같았다. 심대곤은 초가에 다른 기척이 있을까 귀를 세웠다.

"얼마나 사시나요, 의풍에?"

눈에 보이는 초가는 겨우 다섯 채였다. 산이 높으니 골짜기 또한 깊을 터였다. 골짜기에 또 초가가 있는지 물었다.

"열댓 가구 화전으로 목구멍에 풀질하며 죽지 못해 살아."

옥영감이 형제봉 양쪽 허리춤을 번갈아 가리켰다.

"무엇을 잡숫고 사시나요?"

옥영감은 하리모토가 군침을 흘리는 산삼, 백사, 송이버섯을 먹고 사는 모습이 아니었다.

"뭘 먹고 살겠는가? 쇠잔등 같은 비탈밭에서 곡식이 나면 얼마나 나겠어? 풀빛 돌면 뜯어 먹고, 열린 곡식은 뒀다가 겨울에 먹고…. 산짐승이나 다름없어."

굽은 등줄기, 갈고리처럼 곱은 손가락, 헝클어진 백발, 얼굴에 내려앉은 검버섯. 옥영감도 소백산 짐승으로 보였다.

움막에서 기척이 났다.

"햇덩이가 꽁지에 붙었는데 이제야 기침하는가?"

옥영감이 방에다 말했다.

"누가 왔소? 머리에 맷돌을 돌렸는지 골치가 지끈지끈해요."

옥할멈이 방에서 나왔다. 구부정한 허리를 간신히 펴고 손으로 머리를 쥐어틀었다.

"밤늦게까지 그런 거 하지 말랬잖아."

옥영감이 나무랐다.

"산지사방이 깜깜한데 머릿속은 대낮처럼 환하여 잠을 잘 수 없어. 갑갑해서 죽는 줄 알았네."

옥할멈이 나온 문틈으로 베틀이 보였다.

"베를 짜네요?"

베틀에 걸린 북과 바디가 옥할멈의 손때로 반질반질했다.

"하는 일이 없으니. 아직은 산에 들어가면 몸이 개 떨 듯해. 늙은이가 산에 갔다가 여차하면 저승길이라네. 소일거리로 베나 돌리는 거지."

햇살이 곱다 해도 바람이 불면 매서웠다. 산이 높은 만큼 골짜기도 깊었다. 능선에서 불어내리는 산바람과 계곡에서 불어 닥치는 골바람이 귀를 떼어갈 듯 매웠다. 옥영감 머리에 검은빛이 한 올도 보이지 않았다. 덥수룩하게 자란 수염이 너덜너덜 헤진 옷감처럼 윤기 없이 매달렸다. 저승사자가 어깨동무하러 올 몰골이었다.

"산삼도 있고, 백사도 있고, 신령스럽다는 약초도 산에 가면 널렸다

하던데요?”

산삼 달여 먹고 소백산 구렁이 질그릇에다 삶아 먹었다면 몸피와 머리칼에 윤기가 자르르했을 텐데. 햇볕에 앉은 옥영감 얼굴에 핏기가 없었다.

“그런 영물은 범상스럽게 눈에 띄는 것이 아니여.”

느닷없이 불경한 꼴을 본 듯 옥영감이 정색했다.

“왜병이 왔었나요?”

하리모토처럼 소백산 영물에 흑심 품은 왜병이 왔었는지 물었다.

“그놈들이 여기를 무엇하러 와.”

옥영감이 소리를 버럭 질렀다. 댓돌 난간에 엉덩이를 얹은 심대곤이 놀라 마당으로 내려앉았다. 올 턱이 없지. 뺏어갈 게 없으니. 옥영감이 목구멍에서 침을 짜내어 입언저리를 발랐다. 입술에 바른 침이 하얗게 말랐다.

“섬나라서 온 그놈들은 까만 옷을 입는다지?”

옥영감은 아직 왜병과 맞닥뜨리지 않았다. 용진나루 왜병이 베틀재로 넘어오지 않았다.

“저잣거리에 하얀 입성은 조선 사람이고, 까만 입성은 왜놈입니다.”

심대곤의 가슴이 무거워졌다. 겨울나고 새싹 돋아나면 베틀재 넘어올 하리모토의 모습이 떠올랐다.

“점심은 드셨는가?”

옥할멈이 부엌에서 올챙이국수를 삶으면서 물었다.

“재를 넘어왔는데 점심 자실 여절이 있었겠어?”

옥영감이 말했다. 심대곤과 영감 내외가 강냉이 가루로 삶은 올챙이국수로 점심 요기를 했다.

오늘도 하 심심하니 베틀이나 놓아볼까?

낮에 짜면 일광단이요, 밤에 짜면 야광단이라.

에라. 베 짜는 아낙 사랑 노래 베틀에 수심만 지노라.

옥할멈이 베틀을 돌렸다. 옥영감은 옥녀봉에서 쏟아져 오는 볕에 자신을 널어 말렸다. 의풍에 형이 왔는지 옥영감 내외에게 묻고 싶었다. 사립문 나서면 길이 미끄럽고 골바람이 맵차니 옥영감 내외는 바깥일을 모를 터였다.

허리가 낭창하고 머리가 길게 늘어진 처녀가 사립문에 나타났다.

얼굴 예쁘고, 길쌈 잘하며 마음씨까지 착한 옥녀와 홀아비인 늙은이가 살았다. 어머니는 옥녀를 낳은 지 칠일 만에 죽었다. 옥녀를 아버지가 애지중지 키워서 시집보낼 나이가 되었다. 아랫마을 부잣집에 길쌈 다니고 살림살이 예의범절을 익히며 홀로된 아버지를 섬겼다. 아버지는 딸이 귀여워 산삼을 캐다 팔면 좋은 옷도 사다 주고, 옥녀가 베틀에서 짜낸 삼베와 명주를 팔아서 재산도 불려갔다. 요조숙녀 옥녀는 이웃 마을 총각에게 가슴 태우는 대상이 되기에 넉넉했다. 가뭄이 극심해서 흉년이 들었다. 굶는 사람이 많았다. 옥녀 아버지는 딸이 굶는 것이 안타까워 소백산 산신께 기도드리고 산삼 캐러 나섰다. 아랫마을 용칠이 옥녀를 짝사랑했다. 산삼 캐러 가는 낌새를 알고 한밤중에 옥녀를 찾아가 욕보였다. 옥녀는 아버지를 볼 면목이 없었다. 산 위로 올라가 벼랑에 떨어져 죽었다. 온 산을 헤매다 산삼 다섯 뿌리를 캔 아버지가 한걸음에 달려왔으나 딸의 죽음이 기다리고 있었다. 아버지는 죽은 딸 곁에서 울다가 지쳐 옥녀의 시신을 그곳에 묻었다. 옥녀가 묻힌 봉우리를 옥녀봉이라 불렀다. 옥녀봉이 보이는 불당골에 옥씨 성을 가진 늙은 내외가 어린 딸 하나를 데리고 와 살았다. 머리가 희끗해지고 주름살이 비탈밭 고랑처럼 이마에 굵힌 노부부가 아장아장 걷는 딸의 부모라고 믿는 사람은 없었다. 갖은 험담과 풍문이 돌았다. 늙은 내외는 귓속에 약쑥 뭉치를 틀어박은 듯 딸에 대한 사랑은 여전했다. 그렇게 몇 년이 흘렀다. 늙은 내외와 어린 딸을 입에 넣고 찧어대던 입방아가 멈췄다. 사람들은 그들을 옥영감, 옥할멈, 옥녀라고 불렀다. 아장걸음으로 의풍에 들어온 옥녀가 스물이 되었다.

"때맞춰 집에 와야 따뜻한 국물 목구멍으로 넘길 거 아니냐?"

옥영감이 혀를 찼다. 명과 나무 가시가 얼기설기 엮인 사립문으로 옥녀가 걸어 들어왔다. 심대곤을 보고 걸음을 뚝 멈췄다. 눈이 동그랗게 놀란 표정으로 천천히 걸어 들어왔다.

"수리봉 회골에 갔었는데 늦었어요."

옥녀가 망태기를 댓돌에 놓았다.

"수리봉 회골에 갔었다고?"

베틀을 돌리던 옥할멈이 되물었다.

"네, 어머님."

심대곤이 옥녀와 옥할멈을 번갈아 바라보았다. 옥녀는 아무리 나이를 높게 보아야 스무 살이었다. 허리가 꼬부라지고 백발인 할멈이 어머니라니? 육순 넘어 칠순이 다 돼 보이는 할멈인데, 오십이 넘은 몸으로 처녀를 낳았단 말인가?

"험한 곳을 뭐하려고 다니는 게냐? 산개가 회골 박씨네 마당에 왔다 갔다는 소리도 못 들었냐?"

호랑이가 여염집 마당까지 출몰하는데 함부로 다닌다고 옥녀를 나무랐다.

"영지가 있을까 해서 갔었어요."

옥녀가 얼버무렸다. 하리모토가 보여준 문서에도 영지버섯이 소백산의 영물이라고 했다.

"영지는… 제철 지난 지가 언젠데."

영지는 초가을이 채취의 적기였다. 옥녀가 초가 뒤로 갔다. 길쭉한 허리가 호리낭창해서 엉덩이도 날렵했다.

"나이가 스물이요. 첩첩산중에 있으려니 속 답답증이 오죽하겠소? 너무 나무라지 마소."

옥할멈이 베틀 돌리던 손을 멈추었다.

"우묵이에 올챙이 국수 있으니 허기부터 달래도록 해라."

옥영감이 큰 소리로 말했다. 솥뚜껑 열리는 소리가 들리고 올챙이 국수를 먹는 소리도 들렸다.

옥녀는 올챙이 국수를 먹으면서 문틈으로 심대곤을 바라보았다. 옥할멈이 옥녀를 방으로 불렀다. 옥녀의 얼굴은 그새 뽀얗게 변해서 건강한 핏기까지 어렸다. 나이 스물로 보기 어린 처녀였다.

"어…디서 오셨어요?"

옥녀가 방문 고리를 잡고 물었다.

"목계나루서 뗏목을 모는 심가입니다. 용진에 소금 배 몰고 왔다가 고개 넘어왔습니다."

옥녀가 갸웃거리는 눈초리로 심대곤을 살피다가 방으로 들어갔다.

낮에 짜면 일광단이요 밤에 짜면 월광단이라

일광단 월광단 다 짜놓고 어느 때나 시집가나.

해가 서녘으로 머리를 풀기 시작했다. 조금만 더 지체하면 용진으로 돌아갈 수 없었다. 해가 저물고 캄캄한 밤에 베틀재로 넘어가다가 옥영감 말대로 호랑이나 멧돼지와 맞닥뜨리면 큰일이었다. 옥녀가 문틈으로 심대곤을 훔쳐보았다.

"용진으로 나가려면 서둘러야 할 걸세."

머뭇거리는 심대곤에게 옥영감이 말했다.

"어르신. 혹시… 저와 닮은 사람이 의풍에 왔었나요?"

방에서 옥녀가 들을 수 있는 큰 소리로 심대곤이 물었다.

"추운 겨울에 누가 고개를 넘어오겠는가?"

문고리를 딸그락 쥐는 소리가 들렸다. 옥녀가 문틈으로 엿보고 있음을 알아차렸다. 방문이 열리지 않았다.

"방에 계신 어르신도 저랑 닮은 사람이 지나가는 것을 보지 못하셨나요?"

안방에 큰 소리로 물었다. 옥녀가 방에서 나오기를 기다렸다. 베틀 돌아가는 소리만 들렸고 옥녀는 나오지 않았다. 옥영감이 댓돌에서 일어나 사립문으로 갔다. 뒷짐 지고 서녘으로 기우는 해를 바라보았다.

착잡하고 초조해진 심대곤이 일어났다. 사립문에서 머뭇거려도 방문이 열리지 않았다. 베틀재로 서서히 걸어가는데 뒷머리를 쥐어뜯긴 것처럼 허전했다. 의풍의 지형을 눈에 넣고 오라는 하리모토의 명령도 이행하지 못했다. 형의 소식을 들을 수 있을 것이라는 희망도 석연치 않게 무너졌다.

옥녀는 심대곤을 문틈으로 엿보며 문고리를 놓지 않았다. 심대곤이 보이지 않고서야 문고리를 놓고 밖으로 나왔다. 사립문에서 베틀재를 바라보았다. 심대곤이 보이지 않았다.

부엌에서 보퉁이를 들고 나왔다. 보퉁이를 가슴에 품고 걸음을 재촉했다. 아침나절에 다녀왔다는 회골로 갔다. 사람이 살다 버린 폐가로 들어갔다.

"동생이 있다고 했지요?"

옥녀가 보퉁이를 바닥에 놓고 심대풍에게 물었다. 심대풍이 눈을 감았다. 불현듯 떠오른 가족 생각에 눈물이 핑 돌았다. 만옥은 여린 몸으로 병참 감옥에 아직 갇혀 있는 것일까? 아버님은 어찌 되셨으며 대곤마저 감옥으로 잡혀간 것은 아닌가? 사사끼 총에 절명한 어머니 생각에 설움이 복받쳐 올랐다. 입 열면 울음덩어리가 토해질까 고개만 끄덕였다.

어금니를 질끈 물고 울음 삼키는 심대풍 모습에 옥녀의 가슴이 아렸다. 심대곤에게 심대풍을 말해주지 않은 것이 자괴감으로 가슴을 옥죄었다. 저토록 가족을 그리워하는데 의풍까지 찾아온 동생의 소식을 숨겼다. 심대곤이 애타는 눈빛으로 방문을 바라보고 있었는데 나가지 않았다. 왜 그랬을까? 자신의 행동을 이해할 수 없었다. 자괴감이 가슴에 파고들었다. 동생의 소식을 말하면 심대풍이 베틀재로 넘어갈 것 같았다. 의풍으로 돌아오지 않을 것 같았다

옥녀가 입술을 꼭 물고 보퉁이를 풀었다. 찐 감자를 심대풍 손에 쥐여주었다.

"배곯으면 추위를 이기지 못해요."

옥녀는 심대풍의 얼굴을 바라보지 못했다. 솔직하게 말할까? 동생이 불당골에 왔다가 용진으로 갔다고 말해줄까? 해가 서녘으로 어스름해서 베틀재를 넘어갔으니 오늘 밤은 용진 주막에서 묵을 것이 뻔했다. 지금 말해준다면 밤새 베틀재를 넘어가 동생을 만날 수 있을 텐데.

"어르신들에게 무슨 일이 있었나요?"

오전에 옥녀는 생글생글 웃었다. 불당골에 다녀오고 얼굴에 검은 그림자가 드리웠다. 간간이 웃기는 했지만 허무하게 흩어졌다.

"아…아니요."

옥녀가 황급히 부인하고 살며시 웃었다. 웃음이 허무하게 허공으로 흩

어졌다. 폐가에서 서둘러 나왔다. 마주 앉아 있다가는 낮에 동생이 왔었음을 말할 것 같았다. 오늘 밤만 모른척하자. 내일 날이 밝으면 동생은 용진에서 목계로 떠날 것이다. 입을 꼭 다문다면 동생이 베틀재로 넘어왔었다는 사실을 모를 것이다. 질경이를 잘근잘근 씹듯 마음을 곱씹으며 불당골로 왔다.

심대곤이 넘어간 베틀재로 노을이 노릇노릇 내려앉았다. 산자락이 잔설을 품고 있었지만 노을은 따뜻했다. 노을에 검은 그림자가 슬금슬금 고였다. 옥녀는 사립문에서 어두워지는 베틀재를 보며 가슴을 졸였다. 어둠이 더디게 마을을 덮기 시작했다.

입술을 꼭 물고 있던 옥녀가 회골로 뛰어갔다. 돌멩이가 얼어서 발끝에 채였다. 아픔도 모르고 숨을 목젖까지 헐떡이며 폐가로 뛰어갔다. 심대풍은 장작불 앞에 쪼그리고 앉아 얼굴을 가슴에 박고 있었다. 장작불이 너울너울 타올랐다. 그림자가 벽에 크게 그려졌다. 심대풍은 옥녀가 왔음을 알지 못했다. 심대풍 뒷모습이 너무 슬프게 보였다. 옥녀는 동생이 왔었음을 말해야 하는지 망설였다.

"동생이 왔었어요."

옥녀가 심대풍 어깨에 손을 얹었다. 울먹임이 옥녀의 팔로 전해졌다.

"동생이 왔었다고 말했어요?"

심대풍이 고개를 들었다. 눈에 눈물이 방울로 고였다.

"닮은 사람이 불당골에 왔었어요. 어쩜 그리 똑같아요?"

심대풍이 옥녀의 얼굴을 빤히 쳐다보았다. 옥녀는 자신이 방금 했던 말의 믿음을 주기 위해 눈길을 피하지 않았다. 심대풍이 벌떡 일어나서 밖으로 걸어 나갔다. 불당골로 달려갈 태세였다.

"베틀재로 넘어갔어요."

옥녀가 고민하던 덩어리를 토해냈다. 심대풍의 몸이 가늘게 떨었다.

"대풍 씨가 와 있는 줄 알았어요. 어디서 왔느냐고 물었더니…."

심대풍이 옥녀를 향해 돌아섰다.

"어디서 왔다고 하던가요?"

심대풍이 흥분을 뚝뚝 끊어가며 물었다.

"목계에서 왔다고 했어요. 용진으로 소금 배를 몰고 왔다고 말했어요."

심대풍이 바닥에 주저앉았다. 옥녀가 심대풍의 어깨를 안았다. 가늘게 떨고 있는 어깨를 솜이불로 덮어주듯 가슴으로 안았다.

"대곤이 정말로 왔었군요."

심대풍이 일어섰다. 옥녀도 따라서 일어났다. 베틀재를 바라보다 달려갈 듯 서너 걸음 걸어갔다. 주저앉아 얼굴을 손으로 감쌌다.

"베틀재로 넘으면 용진에 갈 수 있나요?"

캄캄한 고개로 심대풍이 팔을 뻗었다. 옥녀가 고개를 끄덕였다.

"오늘밤에 넘어가겠습니다."

옥녀가 염려하던 일이 벌어졌다. 심대풍이 의풍에서 나가는 것을 한사코 막고 싶었다. 심대풍이 입술을 깨물고 숨을 길게 뱉었다. 고개를 넘겠다는 의지가 역력했다.

"반들개가 초롱초롱하면 고개에서 만나요. 어두우면 넘는 사람이 없어요."

별이 뜨면 고개에서 기다리겠다며 옥녀가 잰걸음으로 폐가에서 멀어졌다.

옥할멈이 부산하게 들어오는 옥녀를 방으로 불렀다. 옥영감이 곰방대를 빡빡 빨았다. 옥녀는 분위기가 예사롭지 않음을 알아차렸다.

"요즘 며칠 동안 행동거지가 긴가민가했는데 짐작이 영락없구나."

옥할멈이 베틀을 구석으로 밀어놓았다.

"무슨 말씀이세요?"

옥녀가 시침을 떼고 물러나 앉았다.

"회골에 숨겨둔 게 무엇이냐? 요깃거리를 삼시 때마다 나르는 네가 여간 수상한 게 아니다."

옥할멈의 추궁에 옥녀가 고개를 꺾었다. 옥영감이 담뱃대를 연신 빨았다.

"도망 온 사람이 숨어 있어요."

옥녀가 고개를 들었다. 옥영감 내외는 짐작은 했지만, 막상 옥녀의 입에서 실토가 되니 놀라 입을 벌렸다.

"왜병 둘을 죽여서 숨느라고 이곳까지 왔다 하네요."

이미 찔끔 쏟아진 물동을 아예 확 엎어 버리듯 옥녀가 털어놨다.

"사람을 죽여? 살인자에게 끼니를 날라다 먹였단 말이냐?"

옥할멈이 꾸짖었다. 옥영감도 기가 막혔다.

"왜병이 그 사람 어머니를 쏴 죽였대요. 식구들은 병참 감옥에 갇혀 있고."

옥녀의 목소리에서 울음이 묻어났다. 옥영감과 옥할멈의 가슴이 철렁 내려앉았다.

"낮에 올챙이 국수 먹고 간 그 젊은이냐?"

시종 바라만 보던 옥영감이 끼어들었다.

"그 사람은 동생이고요."

"동생이 형을 찾아왔던 게로구나?"

"여기 숨어 있는 줄 모르고 왔으니 그건 아니에요."

"설핏 봐선 사람을 죽일 위인은 아닌 것 같더라만…."

"회골에 있는 그분도 나쁜 사람은 아니에요. 회골에 약초를 캐러 갔다가 만났는데…, 얼마나 굶었는지 송피를 먹고 있더라고요. 그냥 볼 수가 없어서 밥을 날라다 줬어요."

옥녀는 부모가 심대풍의 존재를 알게 된 것이 다행이라 생각했다. 심대풍이 동생을 만나러 용진으로 가는데 동행하겠다고 말했다. 옥영감은 물론 옥할멈이 펄쩍 뛰었다. 옥녀가 간곡히 청했다. 부모는 입을 다무는 것으로 옥녀가 베틀재를 넘어가는 것에 반대하지 않았다. 노부부는 과년한 옥녀가 짝을 만나는 기회일 수 있다며 은근하게 기대를 품었다.

심대풍이 베틀재 고개로 올라갔다. 벌써 기다리고 있는 옥녀가 보였다. 용진으로 몇 걸음 옮겼는데 더욱 어두웠다. 첩첩 산골이라 해가 떨어지면 골짜기가 아궁이 깜장처럼 새까매졌다.

"다행이네요. 눈썹만 해도 달이 떴으니."

하현달이 형제봉 꼭대기에 걸렸다. 골짜기로 밤안개가 하얗게 일어섰다.

"내려가는 길이지만 용진까지 두 시간 남짓 걸릴 거예요."

길을 안다며 옥녀가 앞장섰다. 숲이 우거져 고갯길에 무거운 어둠이 깔렸다. 내려갈수록 어두워졌고 둘 사이 거리도 어깨가 닿을 정도로 가까워졌다. 옥녀의 어깨가 닿을 때마다 머리 냄새가 풍겼다. 또박. 또박. 언 땅에 발 딛는 소리가 숲으로 잦아들었다.

"쉬었다 가요."

옥녀가 숨이 가쁜 듯 어깨를 들썩였다. 잰걸음으로 두 시간 내려왔다. 산에 자주 다녔던 옥녀도 숨이 찼다. 골바람이 차가웠다. 낙엽이 우수수 굴렀다. 찬 바닥에 잠깐 엉덩이를 놓았는데 한기가 차올랐다. 옥녀가 하얀 이를 드러내며 웃었다. 험한 길일 것이라고 예상했지만 이토록 추워질 줄 몰랐다. 심대풍은 옥녀에게 몹시 미안했다. 그런 마음을 가늠하였는지 옥녀는 조금도 힘든 표정을 내색하지 않았다. 심대풍과 함께라면 날마다 밤을 넘어 다녀도 싫지 않을 표정이었다. 옥녀는 함께 있는 것만으로도 마음이 풍족해지고 가슴이 설렜다.

"서둘러야 해요. 동생이 잠들면 찾을 수 없어요."

옥녀가 서둘렀다. 용진나루에 도착했을 때 밤이 깊었다. 몇 안 되는 민가의 불이 꺼졌다. 심대풍이 나루터 논에 쌓아둔 짚가리로 숨었다. 옥녀가 주막으로 갔다. 주막도 문을 닫았다. 옥녀는 막막해졌다. 여자로서 늦은 밤에 주막에 들어가는 것이 내키지 않았다. 남정네 방을 열어볼 수 없었다. 이따금씩 강에서 불어오는 바람이 매운 고추를 덥석 문 듯 맵찼다. 옥녀가 이를 악물었다.

떡할배의 꾸짖음 때문인지 황달건이 논다니를 부르지 않았다. 작은 방에 셋이 누웠다. 황달건이 깊은 잠에 빠졌다. 떡할배는 군불로 뜨끈한 구들에 등을 붙이고 얕은 코를 골다가 후다닥 깨면서 뒤척였다.

의풍에 갔다 오느라 고단한 하루를 보낸 심대곤은 잠들지 못했다. 불당골 옥녀 모습이 떠올랐다. 사립문으로 들어오면서 심대곤에게 화들짝 놀라던 모습, 방으로 들어가면서 무슨 말인가를 할 듯 주저하던 눈빛, 심대곤을 문틈으로 시종 바라보면서 문고리를 쥐고 있던 옥녀가 떠올랐다. 방문 열면 마당에 옥녀가 서 있을 것 같았다. 밖으로 귀를 열면 남한강물 흐르는 소리가 아련했다.

옥녀가 형의 소식을 알고 있을지도 모른다는 생각이 강하게 들었다. 의풍에 다시 가야겠다는 마음을 다지면서 새벽을 기다렸다. 옥녀가 말해주지 않는다면 사흘이 걸려도 의풍 곳곳을 뒤져 형의 소식을 알아내겠다고 결심했다. 그러다 잠들었다.

주막으로 온 옥녀가 주모를 불렀다. 소금 배를 몰고 온 사람을 찾는다고 주모에게 말했다. 주모는 손님을 깨울 수 없다고 거절했다. 다섯 개 주막 모두 옥녀의 청을 거절했다. 뗏목 운행을 떠나는 남자들에게 여자의 접근은 금지되었다. 주모로서 당연한 거절이었다. 뗏목 사공이 아닌 사내가 있다 할지라도 깨울 수 없었다.

심대풍이 있는 짚가리로 돌아오는 옥녀 가슴이 무거웠다. 심대풍이 볏짚으로 둥지를 틀어 강바람을 막았다. 옥녀를 보고 둥지의 폭을 넓혔다.

"찾지 못했어요."

옥녀가 울먹였다.

"강바람이 야속해요. 들어와요."

심대풍이 둥지에서 나왔다. 강바람이 찼다. 옥녀가 둥지로 들어갔다. 심대풍의 체온이 남아 포근했다. 심대풍이 불 꺼진 주막을 바라보았다. 찬바람을 송두리째 맞는 옆모습이 쓸쓸해 보였다.

"아침까지 기다려요. 주막에서 나올지 모르잖아요?"

엉덩이를 타고 한기가 야금야금 올라왔다. 옥녀가 둥지에 심대풍 자리를 만들었다. 심대풍이 들어오지 않았다. 옥녀는 찬바람 맞고 서 있는 심대풍을 그대로 둘 수 없었다.

"고뿔이 들면 어쩌시려고…? 몸이 성해야 숨어다닐 수 있어요."

옥녀가 재촉했다. 잠깐 강바람을 맞았는데 등허리가 시렸다. 고뿔 들면 정말 큰일이었다. 왜병에게서 피해 다니려면 건강해야 했다. 심대풍이 둥지로 들어갔다. 옥녀와 몸이 밀착되었다. 옥녀의 온기가 전해왔다. 하현달은 중천을 넘어 목계 쪽으로 기울었다. 마을이 깊은 고요에 묻혔다. 싸르락싸르락 강물 흘러가는 소리가 어렴풋이 들렸다. 간혹 컹컹 개

짖는 소리가 밤하늘을 흔들었다. 얼었던 옥녀의 몸이 따듯해지면서 심대풍의 품에 기댔다. 두 몸이 밀착되었다. 베틀재를 넘어오느라 피곤했다. 심대풍이 옥녀의 어깨를 감싸 안았다. 옥녀가 어깨를 심대풍 품으로 밀어 넣었다. 옥녀의 머리칼 냄새가 심대풍의 코로 들어왔다. 옥녀의 머리에 얼굴을 얹었다. 처음으로 사내 가슴에 안긴 옥녀의 가슴이 가늘게 떨었다. 귓불이 따끈하게 붉어졌다. 옥녀의 쌔근거림이 전달되는 심대풍의 머릿속에 강막실이 오뚝하니 떠올랐다.

옥녀가 볏짚 둥지에서 나왔다. 머리가 헝클어지고 잠을 제대로 이루지 못해 얼굴이 부스스했다. 눈동자는 맑았다. 말똥한 눈동자를 굴리면서 살짝 웃었다. 심대풍이 옥녀를 향해 두 팔을 벌렸다. 옥녀가 귓불까지 발개져서 심대풍의 품에 안겼다.

주막에서 밤잠을 잔 벌목꾼과 목도꾼이 저잣거리로 나왔다. 겨울이라 뗏목을 띄울 수 없었다. 소백산 태백산에서 통나무를 베어 용진 강가로 옮겨오는 목도꾼이 북적였다. 소백산으로 벌목하러 가는 사내들이 아침부터 분주하게 오갔다.

옥녀는 길목에 앉아서 심대곤이 나타나기를 기다렸다. 소금 배를 몰고 왔다 했으니 저잣거리로 나올 것이라 믿었다. 벌목과 운반을 위한 일꾼이 산으로 올라가고 나루터가 조용해졌다. 심대곤은 보이지 않았다. 피로가 몰려오고 허탈해졌다. 심대풍이 있는 볏짚 더미로 쓸쓸하게 걸어가다가 걸음을 멈췄다. 심대풍이 실망할 모습을 생각하니 가슴이 아렸다. 주막을 둘러보기로 마음먹고 걸음을 돌렸다. 주막이 한산했다. 주모는 어젯밤처럼 냉담하지 않았다. 어쩔 수 없이 거절했음을 이해하라는 말까지 했다. 남아 있는 투숙객을 확인시켜주었다. 마지막 주막에 들어서다가 옥녀는 자리에 주저앉을 뻔했다. 심대곤이 우물에서 세수하고 있는 것이 아닌가. 덥석 끌어안을 듯 옥녀가 우물가로 갔다. 심대곤이 옥녀를 보고 벌떡 일어났다.

"심대곤… 맞지요?"

옥녀가 이름까지 부르니 가슴이 뭉클하게 벅찼다. 옥녀가 주위를 경계하고 곁에 쪼그려 앉았다.

"베틀재로 넘어왔어요? 형의 소식을 가져왔나요?"

심대곤이 울먹였다. 떡할배와 황달건이 방에서 나왔다.

"따라오기만 하세요."

떡할배와 황달건을 의식한 옥녀가 다짜고짜 사립문으로 걸어갔다.

"얌전한 강아지 부뚜막에 냉큼 올라탄다더니 형님이 용진에다 색시를 숨겨두고 있었구면요?"

황달건이 눈자위를 번득거렸다. 황달건의 조롱을 귀담아들을 여유가 없었다.

"야시시한 냄새나는 목도리가 저 처녀 것이었어?"

황달건이 또 이죽거렸다.

"논다니 곁에 얼씬하지 못하게 했더니 멀쩡한 대곤일 모함하고 자빠졌냐?"

떡할배가 달건의 이마를 쥐어박았다.

"마빡 좀 때리지 마세요. 떡할배도 논다니랑 농탕질 하셨으면서…."

달건이 얻어맞은 이마를 손으로 감싸 쥐고 눈알을 부라렸다.

"이놈 자식이 어따 눈깔을 부릅뜨고 지랄일까? 네 놈은 마빡에 핏기 아직 발개서 논다니가 독약이 된단 말이다. 맹추야."

떡할배가 갈고리 손으로 황달건의 사타구니를 움켜쥐러 달려들었다.

"떡할배처럼 뙤약볕에 늘어진 지렁이를 달고 있는 줄 아시우?"

황달건이 훌쩍 달아나 샅에 달린 것을 바짝 세워 흔들었다. 떡할배와 황달건이 옥신각신하는 사이 옥녀와 심대곤이 사립문으로 나갔다. 왜병이 두 명씩 짝지어 순찰하고 있었다. 낯선 행인은 붙들어 세우고 요모조모 따져 물었다. 옥녀는 볏짚 더미로 향하지 않았다. 베틀재 입구로 바삐 걸었다.

"형님이 기다리고 있어요."

옥녀의 낮고 차분하지만 벼락같은 말에 심대곤이 걸음을 뚝 멈췄다.

"혀…형님이라고 하셨나요?"

심대곤이 옥녀의 손을 덥석 쥐었다. 왜병이 걸음을 늦추고 옥녀와 심대곤을 바라보았다.

"쉬잇! 조용히 하세요."

옥녀가 손을 풀어내고 태연하게 걸어갔다. 심대곤도 옥녀를 바짝 따랐다. 옥녀가 베틀재 입구에서 심대곤을 세웠다.

"여기에서 기다리세요."

둥지에 있던 심대풍이 두렁으로 몸을 낮추어 다가왔다. 형제가 부둥켜안았다. 숲에 서린 안개로 햇살이 하얗게 스며들었다. 예정대로라면 새벽녘에 베틀재로 넘어갔어야 했다. 형제가 포옹을 풀었다. 심대풍이 감옥에 갇힌 아버지와 여동생에 관해 물었다. 심대곤은 괴로운 심정으로 고개만 떨구었다. 심대풍이 베틀재를 넘어오게 된 과정을 대략 얘기했다. 볏짚 더미에 숨어 새벽을 기다렸다는 말에 옥녀의 얼굴이 새빨개졌다.

심대곤이 강막실을 목구멍까지 끌어올렸으나 말하지 못했다.

"막실인 어떻게 지내니?"

심대곤의 눈치를 알아차린 심대풍이 물었다.

"그저… 그렇게 지내는가 봐."

심대곤이 얼버무렸다. 참말 강창우가 혼처를 구해서 혼인시키려 한다고 말하지 않았다. 옥녀가 숲으로 들어갔다.

"저 여자랑은 어떤 사연…?"

심대곤이 물었다.

"막실에게 전해라. 목계로 다시 가기 어렵다고. 왜병이 금방 물러갈 것 같지가 않아. 이렇게 숨어다니면서 불안하게 살아야 하는데 막실이 나랑 동행하기엔 너무 위험해."

심대풍이 먹먹해지는 가슴으로 말했다.

"무슨 소리를 그렇게 해?"

심대곤의 목소리가 커졌다. 숲에서 조마조마하던 옥녀의 가슴이 쿵 내려앉았다.

"달마실 가면 내가 처한 현실을 말해줘. 옥녀 얘기를 해도 좋아."

"형이 막실에게 그러면 안 돼."

형제의 소란에 옥녀가 숲에서 나왔다.

"서둘러요. 베틀재를 넘어가야 해요."

옥녀가 길을 재촉했다.

"의풍도 안전한 곳은 아녀요."

심대곤이 옥녀에게 말했다.

"베틀재를 넘어온 왜병은 아직 없었어요."

옥녀가 반박했다.

"추위가 풀리면 왜병이 떼를 지어 몰려올 것입니다."

심대곤은 하리모토가 의풍을 다녀오라고 한 연유를 말해주었다. 경성 상관에게 진상할 특산물을 착취하러 의풍에 올 것이라고 말했다.

"의병 소식은 들었니?"

심대풍이 물었다.

"의병에 가담하려고?"

"지금은 때가 아냐. 감옥에 갇힌 아버지와 만옥이 안전한 곳으로 피하기 전까지는 이렇게 숨어 있는 게 좋을 것 같다."

심대곤도 고개를 끄덕여 같은 생각임을 암시했다.

마당에서 땔나무를 손질하던 옥영감이 손을 멈췄다.

"들어오세요."

사립문에 선 심대풍에게 옥녀가 손짓했다. 옥영감은 심대풍이 회골에 숨어 있는 도망자임을 알아차렸다. 옥할멈도 베틀을 밀쳐놓고 마루로 나왔다. 심대풍이 마당으로 성큼 들어갔다.

"드릴 말씀이 있어요."

옥녀가 노부부를 방으로 들게 했다.

"달마실에 살고 있는 심씨 성에 이름은 대풍이라고 합니다."

심대풍이 공손히 무릎을 꿇었다. 옥녀가 귓불을 발갛게 달궜다.

"회골 외딴집에서 산다고 하였는가?"

옥영감이 물었다.

"그렇습니다. 어르신."

심대풍이 옥녀를 바라보았다. 옥녀가 밥을 날라다 주어 버틸 수 있었다.

"여긴 산골이라 해만 떨어지면 얼음에 누운 거나 다름없어. 눈이 쌓이고 비라도 서럽게 쏟아지면 얼어 죽고 말아."

옥할멈은 폐가에 산다는 심대풍이 안쓰러웠다. 왜병 둘을 죽였다는 말은 입에 담지 않았다. 외동딸이 처음 데려온 남자 앞에서 상서롭지 않은 말을 입에 올리지 않았다.

"건넛방에서 지내게 하면 어떨까요?"

옥녀가 볼을 더욱 붉히면서 청했다. 노부부가 선뜻 승낙하지 않았다.

"말씀은 고맙습니다. 회골 빈집에서 살겠습니다."

심대풍이 정중히 거절했다. 옥녀의 애타는 시선이 노부부로 쏟아졌다. 노부부가 서로 시선을 맞추었다.

"식은 밥 먹지 말고 건넛방으로 오시오. 사람은 사람이랑 부대껴야 몸도 성한 것이니."

옥영감 말에 옥녀 얼굴이 환하게 밝아졌다.

"저 때문에 평온하게 사시는 식구들이 화를 입을 수도 있어요."

심대풍이 사양했다.

"여긴 왜병이 오지 않아. 괜한 걱정 말고 건넛방으로 오시오."

옥할멈이 오히려 심대풍에게 부탁했다.

"그렇게 하셔요."

옥녀가 심대풍 옷자락을 잡았다. 심대풍이 침묵했다. 옥녀는 긍정으로 단정했다.

13

봉학사 혜원 스님

강막실은 저녁 밥상머리에서 심대곤이 용진나루로 갔음을 알았다.

"인정머리라곤 눈곱만큼도 없는 하리모토가 새벽에 불러서 소금 배를 용진에 보냈다고 하네?"

강주칠이 밥알을 풀풀 날리면서 성질을 부렸다. 이웃집에서 눈 뜨면 보던 심대곤이 걱정되었다. 외동딸 강막실의 정혼자로 믿고 있던 심대풍이 장미산으로 올라간 뒤 종무소식이었다. 이웃지기 심익수와 심만옥이 병참 감옥에 갇혀 마음이 편치 않았다.

"배를 거슬러 몰아요? 그믐이라 달빛도 없는데 강바닥에서 어두워지면 어떡하라고?"

용포댁도 걱정되어 시무룩해졌다. 속이 바작바작 타는 것은 강막실이었다. 눈 뜨면 고샅에서 소꿉 놀던 심만옥이 감옥에 갇혔다. 여드름이 송송 돋던 열다섯부터 사모한 심대풍 소식이 감감했다. 종가 어른 강창우가 갑작스럽게 창말 박시만과 혼인하라 윽박지르니 가슴이 캄캄했다.

자리에 누우면 심대풍이 어른거려 잠을 이룰 수 없었다. 심대풍을 찾아 가시밭길을 헤쳐 다니는 악몽에 시달렸다. 심대풍 소식을 알려줄 사람은 심대곤이었다. 심대곤이 눈발 흩날리는 겨울에 배를 몰고 용진에 갔다니, 한숨과 신음이 저절로 나왔다.

"가진 거 없는 집에서 마른 수수깡처럼 곧기만 하면 부러지는 소리만 요란타 하던데…. 박시만이 올해 스물이고 지금은 여기에 없다고 하더라. 공부를 한다고 경성에 가서는 반년에 한 번 오는데 돈 가지러 오는 것이라 하더라. 다리병신 누이가 스물이 넘어 시집도 못 갔다 하더라. 서방이 대처로 나가 돌아다닐 게 빤한 일이고, 다리병신 시누도 시어머니 노릇 할 텐데, 내가 선뜻 너를 그 집에 주고 싶겠니?"

박가네 사정을 아는 강주칠의 심정이 편하지 않았다. 똥깐의 존재도 무시할 수 없었다. 왜병을 등에 업고 갖은 악행을 하고 다니는 놈이니 어느 날 갑자기 무슨 짓을 저지를지 예측할 수 없었다.

"종가 어른 왔다 간 후 점도 보고, 궁합도 보고, 사주도 봤다. 썩 좋지도 않지만 별로 나쁘지도 않다더라. 반흉반길은 된다지만 어딘가 한구석이 썩 내키지가 않다."

맨발로 가시밭길을 걷는 심정으로 사주풀이를 했다고 용포댁이 털어놨다.

장미산에서 어둠이 내려왔다. 개 짖는 소리 들리고 마을이 어둠에 함몰되었다. 강막실이 조심스레 신을 신고 방에서 도란도란 들려오는 말을 엿들었다.

"막실 아버지, 종가 어르신에게 좀 갔다 오시오."

용포댁이 알 겯는 암탉처럼 골골거렸다. 강주칠은 옆구리를 구들장에 붙여놓고 입을 다물었다.

"아무리 종가 어른이고 우리가 종가 땅으로 목구멍 풀칠을 하고 있다지만, 이런 경우는 없다고 말 좀 하고 오시오."

용포댁이 옆구리를 찔렀다. 강주칠은 끄응 돌아눕기만 했다.

"종가 어르신 좀 만나고 오시라니까요?"

용포댁이 강주칠 등짝을 흔들며 언성을 높였다. 강주칠은 눈 감고 있지만, 귀도 감고 싶었다.

도랑도, 길도, 전답도 칠흑으로 엉켰다. 답답한 가슴으로 나왔지만 막막히 갈 곳이 없었다. 날 밝기 무섭게 담 너머로 넘겨다보던 이웃이 불에 타서 폐허가 됐다. 검게 탄 기둥을 보면서 한숨 쉬었다. 마음이 아파 눈물이 저절로 나왔다. 심대풍과 헤어지던 장미산에 올라갈까? 창말 둔치에 가볼까? 마음이 분산되었다. 목계나루에도 가고 싶었다. 어디로든 가고 싶은데 발걸음이 떨어지지 않았다. 심대풍이 없는 달마실이 허허벌판으로 황량했다.

어둠을 헤치고 장미산으로 더듬더듬 올라갔다. 나뭇가지가 바람에 우르르 떨었다. 캄캄한 봉학사 마당에 도착했다. 혜원 스님이 법당 문을 열고 나왔다.

"스님 뵈러 찾아오지는 않았나요?"

강막실이 합장도 잊고 심대풍 소식을 먼저 물었다. 혜원 스님이 강막실을 법당으로 불러들였다.

"기별도 없었나요?"

법당에 앉아서도 심대풍 소식을 물었다. 부처님께 정좌한 혜원 스님은 묵묵부답이었다. 숙연하고 고즈넉한 법당에서 강막실의 심정이 심란했다. 종가어른이 말했듯 창말 박가네에서 혼인 기별이 오는 것은 아닌가.

골목으로 누가 걸어오면 불안했다. 혼인 기별이 오기 전에 심대풍을 만나야 했다. 그날에 심대풍과 함께 가지 못했음을 후회했다. 나타나면 찰거머리가 되어 지옥이라도 따라갈 마음이 굴뚝같았다. 혜원 스님을 뵈면 마음이 다소 안정이 될까 기대했다. 혜원 스님이 입을 굳게 다물고 염주를 굴리고 있으니 심정이 막막했다.

"묘에 잠시 내려갔다 올게요."

사사끼 총에 절명한 여주댁의 묘에 가면 심대풍 흔적을 찾을 수 있을까? 답답한 가슴을 끌어안고 일어섰다.

"너무 어두워."

혜원 스님이 입을 열었다.

"달마실에서 여기까지 올라왔는데 묘까지 가지 못하겠어요?"

강막실이 고집을 부렸다.

"마음의 눈이 그렇게 밝으니 칠흑 같은 어둠쯤이야 평탄한 길 가듯 헤쳐 나가겠지만, 보살님은 지금 마음이 너무 화급하여 일을 그르치기 십상이오."

"마음이 화급한 게 아니라 속이 답답해요. 묘에 서면 답답한 가슴 열릴까 이러는 것이에요."

"무엇이든 제자리가 아니면 그 결과는 모두 부질없는 것이오."

혜원 스님은 붙잡지 않았다. 붙잡아야 마음에 응어리만 더해줄 뿐이었다. 천천히 묘로 걸어갔다. 묘가 서글프게 보였다. 맵찬 바람이 묘를 할퀴고 지나갔다. 묘를 살폈다. 향을 피운 흔적이 있었다. 타다 꺼진 향 조각을 두 손에 쥐었다. 멀리 계명산을 바라보았다. 그날 햇덩이를 성큼성큼 밀어 올리던 야속한 산이었다. 그 햇덩이처럼 심대풍이 성큼 걸어올 것 같았다. 칼바람이 강막실의 볼을 후려쳤다.

"찬바람은 뼛속까지 해로우니 그만 들어오시오."

법당에서 혜원 스님의 외침이 들려왔다.

목계 강에서 불어 닥친 바람이 병참 감옥 문을 덜컹덜컹 흔들었다. 심익수는 잠을 이루지 못했다. 피를 쏟으며 죽어간 아내 모습이 아른거렸다. 장미산으로 황급히 올라간 큰아들의 초조한 모습도 떠올랐다. 심만옥도 바람이 문을 흔들 때마다 뒤척거렸다.

"후딱 나와야겠다."

덜커덩 감옥 문이 열렸다. 똥깐이 흐흐흐 웃고 있었다.

"네깐 놈이 무슨 볼일이냐?"

심익수가 반발하며 물었다.

"영감탱이는 말고 심만옥 너만 얼른 나와."

심만옥이 심익수 뒤로 숨었다.

"무슨 볼일이 있냐고 묻지 않았느냐?"

심익수가 소리를 버럭 질렀다.

"영감탱이가 경망스럽게 톡톡 나서고 지랄이야?"

똥깐이 심익수에게 눈알을 부라리고 심만옥 팔을 잡았다. 겁에 질린 심만옥이 심익수 뒤로 버텼다.

"네 놈은 조선 사람이 아니냐?"

심익수가 버럭 소리를 질렀다.

"조선은 이제 없어."

똥깐이 심익수 가슴을 발로 밀었다. 심익수가 옆으로 쓰러졌다. 심만옥을 똥깐이 거칠게 잡아 일으켰다.

"아버지."

심만옥이 끌려가면서 울부짖었다.

"조선이 없어지면 조선 사람도 다 죽었단 말이냐?"

심익수가 소리 질렀다.

"조선은 뿌리가 뽑혀 하늘나라로 갔어."

똥깐이 심만옥을 끌고 병참 사무소로 들어갔다.

"미인을 함부로 다루어선 안 되지."

사사끼가 발그레한 얼굴로 음흉하게 웃었다. 똥깐이 억세게 잡았던 팔을 놓고 문간에 버텨 섰다.

"험악하게 서 있으면 어여쁜 처녀가 겁먹고 나를 무서워하잖아? 그만 나가 봐."

이글거리는 눈빛에서 사사끼의 음흉한 본심이 묻어났다. 똥깐은 사사끼와 심만옥 둘만 있는 것이 못마땅하여 머뭇거렸다. 사사끼가 험악하게 표정을 일그러뜨리자 마지못해 나갔다. 심만옥은 이제 글러버렸고 강막실이 내 각시가 되는 것이여. 중얼거리고 밖에서 문고리를 걸었다.

"이리 와서 앉으시오."

사사끼가 의자를 손바닥으로 두드리며 애완동물 어르듯 가까이 오게 했다. 탁자에 마시던 술이 남아 있었다.

"조선에는 배꽃 같은 미인이 참 많단 말이야? 모시 적삼을 입어선지 살결이 하얗고."

사사끼가 심만옥에게 다가왔다. 눈동자에 욕정이 이글거렸다. 심만옥이 뒷걸음쳤으나 잠긴 문에 등이 닿았다. 사사끼가 코앞까지 다가왔다. 술 냄새가 풍겼다. 눈자위에 악마 같은 취기가 벌겋게 번졌다.

"심대풍 때문에 가족들이 모두 위태로워졌어."

사사끼가 심만옥 어깨를 잡았다. 심만옥이 벌레를 털어내듯 어깨를 후루루 흔들었다.

"아직도 모르겠나? 당신 가족이 모두 죽게 되었다는 것을?"

사사끼가 능글맞게 웃으며 협박했다. 입에서 술 냄새가 났다.

"어머니를 총으로 쏘았으니, 오빠도 참지 못해서 그랬지요."

심만옥은 사사끼의 총에 쓰러지던 어머니의 눈빛을 떠올렸다.

"심대풍이 우릴 배반했기 때문에 일어난 일이었지."

"무엇을 배반했다는 말인가요?"

"훈련대 장교였다가 도망쳐 온 심대풍이 의병과 한통속이라는 것을 내가 모르는 줄 아는가?"

대풍 오빠가 의병과 내통했다는 사사끼 말을 심만옥은 납득하지 않았다. 훈련대 벼슬을 했다는 이유로 억울한 누명을 씌워 어머니까지 죽이며 난동을 벌인 것으로 여겼다. 얼토당토않은 트집을 잡아 평온하던 집안을 풍비박산 낸 사사끼를 벌레만도 못한 존재로 여겼다.

"황군은 물론 이 나라 군사인 관군을 죽이려 드는 자들이 의병이다. 목계 병참을 지키는 나는 당연히 의병과 내통하는 불순한 자를 찾아서 처단할 수밖에 없었다."

사사끼가 비굴한 논리를 들었다. 국모가 시해되던 순간에 왜병에 가담하지 않고 경복궁에서 나온 심대풍을 사사끼는 불안한 존재로 여겼다. 제천과 원주에서 의병 봉기 조짐이 일고 있다는 상부의 지시를 받고 심대풍을 옭아맬 기회를 기다렸다. 달마실 입구 흙벽에 포고문이 나붙었다는 보고를 듣고 심대풍을 잡아 가두는 기회로 삼았다.

"아버지는 죄가 없는데 무슨 트집으로 가뒀데요?"

"아버진 죄가 없다?"

"분명히 죄가 없어요."

"그럼 심만옥도 죄가 없다 그 말이군?"

사사끼가 한 걸음 다가섰다.

"그러니까 이만 풀어주세요."

"풀어달라고?"

사사끼가 능글맞은 표정으로 손을 뻗어왔다. 심만옥이 몸을 틀어 피했다.

"아버지를 풀어달라면서?"

사사끼가 안으려고 두 팔을 벌렸다. 심만옥이 구석에 몰렸다.

"내 말을 들어주면 풀어주고말고."

사사끼가 심만옥을 와락 껴안았다. 품에 갇힌 심만옥이 몸을 비틀었다. 사사끼가 강하게 팔을 조였다. 사사끼 입에서 술 냄새가 역겹게 풍겼다. 풀어주고말고. 주절거리는 사사끼 입이 심만옥 입술을 덮었다. 심만옥은 눈을 질끈 감고 사사끼 입술을 사정없이 깨물었다. 아ー. 사사끼가 입술을 틀어쥐고 주저앉았다. 입술을 쥔 사사끼 손가락으로 피가 흘렀다. 사사끼 비명을 듣고 똥깐이 들어왔다. 사사끼가 탁자에 이마를 대고 신음을 찔찔 흘렸다. 닥나무 껍질이 끊어질 정도로 깨물었으니 입술이 떨어지지 않은 것이 다행이었다. 통증이 욱신욱신 퍼졌다.

"저…저년을 가둬."

똥깐이 심만옥을 끌고 나갔다. 사사끼 수작질을 뿌리친 심만옥에게 똥깐이 싱글벙글 웃었다. 오장 이또가 사무소로 들어서다 사사끼를 보고 기겁했다.

"모두 기상시켜."

사사끼의 명령에 이또가 급하게 움직였다. 잠들었던 왜병이 무장을 하고 집합했다. 단잠에서 집합 당한 왜병이 사사끼 얼굴에 범벅인 피를 보

고 부들부들 떨었다. 의병의 습격으로 사사끼가 공격당한 줄로 지레 겁
먹었다.

"심대풍을 잡아 와. 당장에."

사사끼가 소리 질렀다. 왜병은 움직이지 않았다. 사사끼가 왜병 정강
이를 걷어찼다.

"심대곤이라도 잡아 와."

불똥이 심대곤에게 튀었다. 그래도 왜병이 흩어지지 않았다.

"심대곤은 용진에 갔습니다."

이또가 말했다. 사사끼 입술에 붙인 붕대에 피가 흘렀다. 사사끼가 손
가락을 까닥여 이또를 불렀다.

"저놈들 모두 데리고 달마실로 가란 말이다."

사사끼가 소리 지를수록 통증이 살모사 독처럼 퍼졌다.

"모두 출동하면 여기가 위험합니다. 심대풍이 나타날 수도 있다는 상
황을 무시해서는 안 됩니다."

심대풍이 나타날 수도 있다는 말에 사사끼의 흥분이 누그러졌다.

"계집 하나 잡아 오는데 백 이십의 군사가 달려갈 필요는 없지."

심대풍을 생각하면 의병이 저절로 엮여 사사끼를 두렵게 했다.

"계집을 하나 잡아 와요? 계집은 구옥정에 가면 널렸는데…."

촉새처럼 촐랑대기 일쑤인 똥깐이 톡 나섰다. 이또는 사사끼 속뜻을
알지 못해 입을 다물었다.

"열 명만 데리고 달마실로 가서 그년을 잡아 와."

사사끼는 하리모토 애첩 연화가 했던 말을 떠올렸다. 심대풍을 잡으려
면 심대풍이 애지중지하는 것을 손아귀에 넣어두세요. 심대풍을 체포할
수 있는 연화의 술수를 잊지 않았다. 심대풍이 사모하는 여인, 강막실을

손아귀에 넣어두라는 연화의 술수를 시행하려는 것이었다. 사사끼가 왜병 열 명을 끄집어냈다.

"달마실로 가서 강막실을 잡아 와."

심만옥에게 입술을 깨물린 보복이 강막실로 향했다.

왜병이 밤중에 강막실네로 들이닥쳤다. 똥깐이 강주칠과 용포댁을 깨워 마당으로 불러내고 집안 곳곳을 헤집었다. 장미산 봉학사에 올라간 강막실이 있을 리 없었다. 똥깐이 강막실의 부재를 심대풍과 연관시켰다. 강막실을 장차 아내로 점찍었다고 선언했는데 강막실이 없어졌다. 심대풍에게 갔을 것이라고 지레 단정했다. 똥깐이 이를 바드득 갈았다.

"아닌 밤중에 도깨비 장난도 정도가 있는 것이지. 저 방에서 자고 있는 막실이 꿈자리가 사납겠네?"

강주칠 내외는 딸이 없어졌다는 말을 믿지 않았다. 왜병이 방에 들어가 이불과 옷가지를 마당으로 내던졌다. 방이 텅 비었다.

"아작아작 씹어 먹어도 시원찮을 심대풍이 어디로 갔어?"

똥깐이 강주칠에게 억지를 썼다.

"돌아가신 자네 어머니 젓갈댁이랑 막역한 사이인 것을 자네 눈으로 보았지 않은가? 동네 어른에게 무례하면 돌아가신 선친 욕보이는 것이네."

강주칠이 찬찬하게 똥깐을 타일렀다.

"장인 어르신, 아직도 똥인지 오줌인지 분간을 못 하시우? 강막실이 어디로 내뺐는지 실토를 하셔야 육신이 온전할 겁니다."

똥깐이 앞발을 쳐들었다. 장차 장인이라고 점찍은 강주칠의 가슴을 찰 기세였다.

"막실이 무슨 잘못이 있다고 밤중에 행패가?"

강주칠이 카랑카랑한 쇳소리로 똥깐을 나무랐다. 봉암댁이 죽고서 조용하던 달마실에 또 소란이 생겼다. 똥깐이 억지를 쓰며 고래고래 악을 쓰니 마을 사람이 잠에서 깼다. 똥깐에게 험한 꼴을 당할까 방문을 질끈 닫아걸고 문틈에 귀를 들이댔다. 여기저기서 개들이 컹컹 짖어댔다.

"행패라고 하였우? 시방? 장인 어르신이?"

똥깐이 기어코 강주칠의 가슴을 발로 찼다.

"냉큼 내놔야 심가네 꼴이 되지 않을 것이며, 심대풍이 막실이를 어디로 데리고 갔는지 이실직고해야 육신이 온전할 것이라고 말을 했을 텐데?"

똥깐이 강주칠의 옆구리를 또 걷어찼다. 강막실이 심대풍과 도망갔다고 판단한 똥깐이 화가 머리털까지 치밀었다.

"자네는 조선 사람이 아닌가? 조선 사람이 조선 사람을 어찌 못살게 하는가?"

용포댁이 설움에 복받쳐 울부짖었다.

"여편네가 재수 덩어리 없게 지랄이야?"

똥깐이 용포댁도 걷어찼다. 왜병은 구경하는 꼴이 됐고 똥깐이 혼자 설쳤다. 오장 이또를 의식하면서 거칠게 강주칠을 걷어찼다.

"그만하시오."

이또가 똥깐을 만류하고 나섰다.

"강막실이 잠깐 나갔을지도 모르니 들어오기를 기다립시다."

강주칠과 용포댁이 방에 갇혔다. 마당에 던져진 강막실 살림이 방으로 던져졌다. 왜병과 똥깐이 방에 들어와 내외의 입을 틀어막았다.

"날이 밝고도 오지 않으면 장인이고, 장모고, 나발이고 몽땅 죽은 목숨인 줄 아시우."

똥깐이 얼굴을 새빨갛게 달구고 썩은 냄새가 진동하는 입을 씰룩거렸다. 왜병이 골목과 사립문에 숨었다.

장미산에서 내려온 강막실의 손목을 왜병이 다짜고짜 틀어잡았다. 강주칠과 용포댁이 강막실을 보고 땅바닥에 주저앉았다. 왜병이 강막실을 거칠게 끌고 갔다.

"살살 다뤄."

심대풍에게 갔을 줄 알았던 강막실이 나타나자 똥깐의 얼굴에 희색이 돌았다.

병참으로 끌려온 강막실이 감옥에 갇혔다. 강막실이 심대풍에게 갈 수 없고 또 심대풍이 데려갈 수 없으니, 똥깐은 감옥에 어슬렁거리면서 실실 웃었다.

"배꽃마냥 어여쁜 색시가 갇힌 신세가 되었으니 내 가슴이 익모초를 씹은 것처럼 씁쓰름하단 말이다."

똥깐이 폼을 잔뜩 잡았다.

심익수는 큰아들 심대풍의 짝으로 여겨왔던 강막실이 잡혀 온 연유를 알지 못했다. 큰아들 때문에 잡혀 왔을 것이라고 생각했다. 심만옥은 또래 단짝 강막실과 같이 있게 되어 속으로 반가웠다.

"짐승만도 못한 놈."

심익수가 소리를 버럭 질렀다.

"강바람이 냉해서 영감탱이 아랫도리가 시퍼렇게 얼었을 텐데 지껄일 힘이 아직 남았구먼?"

똥깐이 옥문을 열고 들어왔다. 심만옥이 심익수 뒤로 숨었다.

"만옥이 너도 배꽃처럼 예쁘지만 이번엔 아녀. 강막실 너 나와. 흐흐흐."

똥깐이 강막실 앞에 섰다.

"무슨 볼일인데요?"

강막실이 떨리는 몸을 가누려 어금니를 물었다. 장미산에서 내려와 다짜고짜 잡혀 왔다. 어떤 죄목으로 잡혀 왔는지 알지 못했지만, 대풍 오빠 때문일 거라고 짐작했다. 대풍 오빠 소식을 알 수 있을지 모른다는 기대가 생겼다.

"봉학사 중년 잡으러 똥구멍에서 고래 구멍 냄새 진동하게 이또가 달려갔으니 얼른 나와."

똥깐이 강막실의 팔을 잡아 일으켰다.

"스님을 어쩐다고요?"

강막실이 놀라 물었다.

"심대풍 도망에 봉학사 중년과 막실이 네가 한통속이란 거 알고 잡으러 갔단 말이다."

똥깐이 거만스럽게 말했다. 병참에서 봉학사로 간 사람은 아무도 없었다.

"아무런 죄가 없는 스님을 모셔온단 말예요?"

"장미산에서 내려오다가 잡혀 왔잖아?"

똥깐이 소리를 버럭 질렀다.

"스님은 아무런 잘못이 없어요."

"밤중에 장미산에서 얼어 죽지 않을 곳이 봉학사가 아니냐? 밤중에 심대풍을 만나 망측스런 짓거리를 어떻게 했는지도 봉학사 중년이 알고 있겠지?"

똥깐이 음흉스럽게 강막실의 몸을 훑었다.

"아녀요. 스님은 아무것도 몰라요."

강막실이 부인했다.

똥깐이 강막실을 사무소 사사끼에게 끌고 갔다. 심만옥에게 물린 사사끼 입술이 아물지 않았다. 부어오른 입술에 붕대를 붙이고 말도 제대로 하지 못했다.

"이년이랑 중년이 밤중에 뭔 짓거린가를 했음이 틀림없습니다. 중년 모가지를 비틀어 와야겠습니다."

똥깐이 봉학사 스님을 잡아 오자고 했다. 사사끼가 고개를 끄덕였다.

"스님은 잘못이 없어요. 그분은 봉학사를 떠나시면 안 돼요."

강막실이 사사끼에게 간청했다.

"봉학사를 떠나면 안 된다? 흐흐흐. 중년이 봉학사를 떠나면 안 되는 연유가 뭘까?"

똥깐이 강막실에게 얼굴을 들이댔다. 똥깐의 입에서 역한 냄새가 나왔다.

"심대풍이랑 깜깜한 밤중에 뭔 짓거리를 했을까? 암팡진 엉덩짝으로 뭔 짓을 했을까?"

똥깐이 강막실의 팔을 틀어쥐고 흔들었다.

"대풍 오빠는 없었어요."

"오호! 대가리를 아작아작 씹어 먹어도 시원찮을 심대풍이 어디 있는지 알고 있다 고것이여?"

똥깐이 능글맞게 웃었다.

"몰라요."

강막실이 고개를 흔들었다.

"어제부터 너를 가슴에 심기로 하였는데 나를 배신하고 심대풍이랑 찰싹 엉겨 붙었어? 네년 눈에 화냥기가 실실 도져 있는 것을 짐작은 했다만 감히 나를 배신해?"

똥깐이 강막실 뺨을 후려쳤다. 강막실이 바닥에 고꾸라졌다. 똥깐이 강막실의 팔을 틀어쥐고 일으켰다. 사사끼를 흠칫 바라보았다. 사사끼는 흡족한 웃음으로 계속 심문하라며 고개를 끄덕였다.

"얌전떠는 강아지가 매를 피하는 것이여. 심대풍이 어디에 숨어 있는지 이실직고하란 말이다."

똥깐이 악을 썼다.

"몰라요."

강막실이 단호하게 말했다.

"중년 잡아다가 족치면 다 드러날 텐데? 피차 힘쓰지 말고 순순히 말하는 게 누이 좋고 매부까지 좋은 것이여. 내가 노리는 건 강막실이 네가 아녀. 심대풍 모가지를 비틀게 되면 강막실 너는 풀어주지. 고집부리다가는 부모까지 무사하지 못할 것이다."

똥깐이 협박했다.

"참말로 몰라요."

강막실이 똥깐을 똑바로 쳐다봤다.

"배꽃처럼 아리따운 몸에 고래 심줄을 심었는가? 고집이 징그럽게 세구만? 고집부리다가 몸이 아작아작 부서진단 말이다. 박가분 안 발라도 요렇게 국시 국물처럼 뽀얗고 예쁜 낯짝을 갈기갈기 망가뜨릴 순 없잖아?"

똥깐이 검지로 강막실의 이마를 밀었다. 강막실이 목에 힘을 주어 대항했다. 사사끼가 똥깐을 손가락으로 불렀다.

"중년을 잡아 와."

사사끼가 아물지 않은 입술로 간신히 말했다.

똥깐이 왜병과 장미산 봉학사로 갔다. 혜원 스님의 법당 독경 소리가 은은했다. 법당 앞에 서자 급히 올라온 탓에 숨이 턱까지 치받고 있었다. 어깨를 들썩거리며 숨을 고르던 똥깐이 뒤를 돌아보았다. 왜병도 얼굴이 새빨갛게 익어 가쁜 숨을 토했다.

"중년 모가지를 비틀어서 끌어냅시다."

똥깐이 왜병에게 말했다. 왜병이 법당 댓돌에 발을 얹지 못하고 움찔움찔 뒷걸음질 쳤다.

"중년을 병참으로 끌고 가야 할 거 아니냔 말이여."

난처해진 똥깐이 목소리를 높였다. 똥깐은 혜원 스님이 스스로 걸어나오기를 내심 바라고 있었다. 독경이 뚝 끊겼다. 똥깐과 왜병이 귀를 세우고 눈알을 굴렸다. 법당문이 열렸다.

"내게 볼일이 있어 오신 것 같은데, 무슨 연유인지 들어 봅시다."

혜원 스님이 댓돌로 내려와 태연하게 신을 신었다.

"병참까지 가주셔야 신세가 평탄할 것 같은데…요?"

혜원 스님의 정중한 어조에 똥깐이 저절로 얌전해졌다.

"함께 가야 할 연유가 무엇이오?"

혜원 스님이 마당으로 내려섰다.

"가보면 알 테니 얼른 따라오시오."

똥깐이 재촉했다.

"시주께서 가쁜 숨을 목젖에 달고 오셨으니, 그 뜻의 본질이 어찌하든 간에 손님을 맞는 입장에서 섭섭하게 대할 수는 없으니 가봅시다."

혜원 스님이 병참으로 들어갔다. 강막실을 보고 긴장의 빛을 잠깐 그렸다. 스님. 강막실이 합장했다. 왜병이 강막실을 강제로 의자에 앉혔다. 관세음보살. 혜원 스님이 염주로 합장했다. 똥깐에게도 관세음보살 합장했다.

"심대풍이 밤중에 봉학사에 왔다는 거 알고 있지요?"

똥깐이 공손하게 물었다. 강막실에게 퍼붓던 말투가 아니었다.

"소승은 아는 바 없소."

혜원 스님이 천천히 말했다.

"심대풍이 어디로 갔는지 알고는 있지요?"

"그것도 소승은 아는 바 없소."

혜원 스님의 여유롭고 태연함에 똥깐의 성질이 슬슬 솟았다.

"천황 군사 둘의 명줄을 따고 도망친 심대풍이 봉학사에 오지 않았단 말입니까?"

똥깐이 목소리를 높였다. 혜원 스님은 나무아미타불을 합장했다. 사사끼 눈알이 반들거렸다. 강막실도 긴장했다.

"어라? 말씀이 없네?"

똥깐이 기세를 잡고 호기를 부렸다.

"심대풍이 봉학사에 왔다는 게 틀림이 없구먼? 부처님 제자가 거짓말하지는 않을 테니. 꿀 먹은 주둥아리를 닫고 있는 폼을 보니 영락없구먼?"

똥깐이 강막실 앞으로 갔다. 왜병이 강막실을 일으켜 세웠다.

"강막실. 이렇게 진실이 드러나잖아?"

똥깐이 주먹으로 강막실의 턱을 치켜들었다.

"진실이라고 했나요?"

강막실이 얼굴을 흔들어 똥깐의 주먹을 떨쳤다.

"늙은 중년이 꿀 먹인 강아지마냥 주둥아리를 닫고 있잖아."

"껍데기를 뒤집어쓴 꼭두각시 노릇이 진실이오?"

가슴을 콕 찌르는 강막실의 말에 똥깐의 말문이 막혔다. 사사끼가 지켜보고 있다는 것을 의식한 똥깐이 강막실의 뺨을 후려쳤다. 강막실이 고개를 똑바로 세우고 똥깐을 노려봤다. 강막실 입술에서 피가 흘렀다. 똥깐이 뺨을 후려치려 손을 들었다.

"보살님은 아무것도 모르는 일이오."

혜원 스님이 입을 열었다. 시선이 혜원 스님에게 몰렸다. 똥깐이 혜원 스님에게 걸어갔다.

"이제야 입을 여시는군? 심대풍이 봉학사에 오기는 했단 말이지?"

"온 적이 있었소."

사사끼가 자리에서 벌떡 일어났다. 강막실도 한 걸음 다가섰다.

"불제자가 거짓말하지는 않겠지?"

혜원 스님의 실토에 잠깐이나마 공손해졌던 똥깐의 거드름이 살아났다.

"당신의 만행으로 부모와 생이별 한 사람이 어떻게 원한을 잊을 수 있겠소. 더구나 가족이 감옥에 갇혀 있는데 그 원한의 깊이를 당신이라면 감당할 수 있겠소?"

혜원 스님이 사사끼에게 작심한 어조로 말했다.

"만행? 원한? 늙어빠진 당나귀 중년이 귀신 씻나락 까먹는 소리를 나불거리고 있어?"

똥깐이 혜원 스님에게 욕지거리를 뱉고 사사끼를 슬쩍 쳐다봤다. 사사끼는 충실한 개처럼 설치는 똥깐이 만족스럽다는 표정이었다.

"새벽에 봉학사 앞마당에 세 번 왔었소. 원한에 사무친 가슴으로 창말을 바라보다 어디론지 가곤 했소. 눈에는 살기가 번득였으니 창말 누군가는 목숨을 보전하려면 행동거지를 조심해야 할 것이오. 이것이 덜함도 보탬도 없는 사실이오."

혜원 스님이 차분하고 느린 목소리로 사사끼를 협박했다. 창말의 누군가는 목숨이 위험하다는 말에 똥깐이 뜨끔해진 가슴을 손바닥으로 문질렀다.

"어디로 갔는지 모른단 말인가?"

사사끼가 입술을 간신히 움직여 물었다.

"중생이 제 발로 걸어갔는데 그것을 어찌 알겠소?"

혜원 스님이 입을 다물었다. 침묵하겠다는 근엄한 합장이었다. 사사끼가 강막실을 감옥에 가두라고 명령했다.

강주칠과 용포댁이 수렁에 빠진 듯 허우적거렸지만 해결 방도가 없었다. 마음이 급해진 사람이 있었다. 중매쟁이를 자처했던 강창우였다.

"조카는 내 충고를 귓등으로 들었는가? 경망스럽게 다니지 말라고 신신당부하지 않았는가? 혼사를 코앞에 놓고 딸자식 건사하지 못해 강씨 문중 어지럽힌다고 종가 큰 어르신 책망이 엄청나네."

달마실로 달려온 강창우가 강주칠을 책망했다. 강주칠은 억울하기 짝이 없지만 입이 열 개라도 변명할 말이 없었다.

"어찌겠나? 자네 사위 될 박시만이 경성에서 신식공부 하면서 일본 관리와 친분이 있다 하니 그쪽에 기대보는 수밖에."

강창우가 어험 일어섰다.

"어르신. 창말에 기대는 것은 좀…"

강주칠이 강창우를 붙잡았다.

"막실이 저리 된 것은 자네 사돈 박운정과 알아서 어찌해볼 테니 경거망동해서 익는 술동이에 똥물을 쏟아붓는 우매한 행동은 당최 말게나."

강창우가 강주칠을 뿌리쳤다. 강주칠 내외는 뒤통수를 얻어맞은 듯 아연했다. 꼼짝없이 강막실을 박가네에 시집보낼 판이 되었다.

강창우가 창말 박운정 집으로 갔다. 박운정이 맨발로 마당까지 내려와 강창우를 맞이했다.

"면목이 없지만 도움을 청하러 왔습니다, 사돈."

강창우가 넉살 좋게 박운정 손을 잡았다.

"그 일을 알고 적절한 방안을 강구하고 있는 중입니다."

박운정도 강막실이 병참에 잡혀가 있음을 알았다. 강창우가 황급히 찾아올 것이라는 것도 예측했다. 신부를 확실하게 옭아맬 기회가 왔다고 저절로 솟는 어깨춤을 진정하고 강창우를 기다렸다.

"달마실 조카와 정혼할 자제분이 아직 경성에 머무르고 있다고 하였지요?"

"이달엔 꼭 내려온다고 하더니 아직 소식이 감감하여 오히려 제가 송구스럽습니다."

박운정이 속을 감추고 걱정스러운 얼굴빛을 지었다.

"그래서 말인데…."

강창우가 고개를 쭉 뺐다. 단단한 올가미를 목에 걸어달라는 몸짓 같았다.

"언질 주십시오. 기꺼이 나서겠습니다. 그만한 며느리를 들이고자 하는데 무슨 일이라고 못 하겠습니까?"

당신도 나와 한통속이지요? 박운정도 속으로 중얼거리며 고개를 빼 들었다.

"경성에서 신식공부를 했다면 일본인 관리랑 통성명하고 지낼 것이니 연통을 넣으시오."

"연통을? 어떻게요?"

박운정이 해결 방도를 모르는 척 시침을 떼고 반문했다.

"벼슬이 하늘 같은 일본사람을 뇌동하여 병참에 전문을 띄우라 하시요."

"여부가 있겠습니까? 사돈어른."

박운정이 강창우 의도를 이제 알아차렸다는 듯 얼른 맞장구를 쳤다.

"지체 말고 연통을 넣으시오. 심성이 고와 몸이 연약한 아이가 아니오? 바람 맵기가 망나니 칼날이니 즉시 전문을 넣어주시오."

"가흥창고에 가서 하리모토를 만나겠습니다."

"하리모토를 만나신다고요?"

강창우가 놀라는 시늉을 했다.

"가흥창고에 가면 경성에 전문을 보낼 수 있다고 들었습니다."

강창우가 환한 표정을 지었다.

심대곤이 병참 입구에서 똥깐과 맞닥뜨렸다. 걸음을 뚝 멈추고 똥깐을 노려봤다. 똥깐이 태연한 척 걸어왔다.

"용진 갔었다면서? 날개를 옆구리에 달았는가? 동에 반짝 서에 반짝 홍길동이어? 개똥벌레여?"

똥깐이 비아냥거렸다.

"엉덩이 뿔난 망아지로 쏘다니다 똥구멍에 된불 붙는 날 있을 것이다."

심대곤이 주먹을 불끈 쥐어 보였다.

"목구멍에 대추 가시를 질렀나? 오랜만인데 첫인사에 싸가지가 개똥이라 엄청 섭섭하네?"

똥깐이 평소답지 않게 목소리를 가다듬었다. 말본새는 역시나 개차반이었다. 똥깐이 병참 밖으로 꽁무니를 슬금슬금 끌었다. 사사끼를 등에 업고 나쁜 짓을 도맡아 하는 똥깐이 심대곤 앞에서 오금을 저렸다. 심대곤은 하리모토를 거드는 뗏목 사공에 불과했다. 사사끼를 등에 업은 똥깐이 심대곤을 무서워할 이유가 없었다. 자신도 모르게 심대곤을 슬금슬금 피해 다녔다. 자신이 잘못을 저지르고 다니는 것을 알기 때문이었다.

잘못을 할수록 껄끄러워지는 사람이 생겼다. 심대곤이 으뜸이었다. 똥깐이 심만옥에게 은근한 연정을 품고 있는 탓도 있었다. 똥깐은 심대풍을 잡아 들이려고 갖은 수를 쓰고 다녔다. 심대곤도 한 묶음으로 감옥에 넣어두고 싶으나 뜻대로 되지 않았다. 언젠가는 심대풍이나 심대곤에게 된서리를 맞을 것이라는 지레짐작을 떨칠 수 없었다. 심대풍과 심대곤을 잡아다 가둔다면 연약한 심만옥쯤은 손바닥 뒤집듯 품을 수 있다며 몹쓸 생각도 품었다. 그런 생각들이 뭉쳐 심대곤이 두려워졌다.

똥깐이 문밖에 숨어 심대곤을 훔쳐봤다. 심대곤이 병참 감옥으로 갔다. 강막실이 갇혀 있는 것을 보고 놀랐다. 아버지나 여동생보다도 강막실이 심대곤을 더 반겼다. 심대곤은 아버지의 몹시 초췌해진 안색을 넘겨다보고 심만옥과 몇 마디 나누었다.

똥깐은 병참에서 나가지 않았다. 건물 틈서리에 눈알을 들이대고 심대곤과 가족의 말을 염탐했다. 똥깐과 강막실과 부녀가 심대풍의 소식을 애절하게 원했다. 강막실이 옆에 있어서 심대풍의 소식을 말해줄 수 없었다. 용진에서 본 옥녀 모습이 어른거렸다. 아버지와 여동생에게 형의 소식을 말해줄 수 없어 가슴이 아렸다.

형 때문에 차디찬 감옥에 갇혀 있는 강막실의 모습이 애처로웠다. 강막실도 심익수 때문에 함부로 묻지 못하고 애타는 눈빛만 보냈다. 심대곤이 이를 악물었다. 강막실에게 비장한 시선을 보냈다. 강막실이 다가와 쇠살을 잡았다.

"대풍 오빠… 소식 들었어?"

심만옥이 물었다. 강막실이 마른침을 꿀꺽 삼켰다.

"돌아올 수 없어."

달구를 내리찍는 선언이었다.

"도…돌아올 수 없다니? 요동으로 갔어? 오빠가? 의병 하러?"

심만옥이 다가와 손을 잡았다. 훔쳐보던 똥깐의 눈알이 똥그래졌다. 심만옥의 애절한 눈빛에 심대곤은 고개를 가로저었다.

"서…설마 잡힌 것은… 아니지?"

심만옥이 울먹였다. 눈앞이 캄캄해져 눈동자의 맥이 스르르 풀렸다.

"무슨 소리를 하고 있는 게냐."

심익수까지 묻고 나서자 심대곤은 아차 했다. 엎질러진 물이었다. 아버지와 여동생과 막실이 감옥에 갇힌 원인은 형 때문이었다. 형의 죽음을 목계 일대에 소문내야 한다고 판단했다.

"형이… 주…죽었습니다."

심대곤이 고개를 푹 떨구었다.

"네가 한 말이 참말이냐?"

몸은 쇠잔해도 카랑카랑한 심익수의 목소리가 떨렸다.

"떡할배랑 용진나루에 갔다가 의풍으로 갔는데…, 새파랗게 젊은 사람이 폐가에 있다는 소리를 듣고 가 봤더니…."

"가 봤더니?"

심만옥이 울기 시작했다.

"이미 객사를 했습니다."

심대곤도 쇠살을 쥐고 흐엉흐엉 울었다. 감옥이 울음바다가 됐다. 심익수는 소리 내어 울지는 않았지만, 닭똥 눈물을 쏟았다. 강막실이 두부를 뜬 삼베처럼 누렇게 변한 얼굴로 굵은 눈물을 흘렸다.

건물 틈서리에서 염탐하던 똥깐이 사무소로 뛰어가 사사끼에게 고해바쳤다. 사사끼가 자리에서 벌떡 일어나 감옥으로 왔다. 똥깐도 함께 왔다.

"사사끼 대장이 보자 하시네."

똥깐이 심대곤에게 말했다. 심대곤이 눈물을 닦고 일어났다. 사사끼가 똥깐에게 눈짓했다.

"심대풍이 객사했다는 말이 사실인지 물어보시네."

오호라. 똥깐이 이놈이 엿듣고 있었구나. 의외의 방향으로 풀리는구나. 심대곤이 속으로 쾌재를 불렀다. 심만옥과 강막실이 꺼이꺼이 울었다.

"이놈! 모가지를 비틀어 죽여 버리겠다."

심대곤이 똥깐의 멱살을 틀어쥐었다.

"오해하지 마. 사사끼 대장이 묻는 것이여."

캑캑거리는 똥깐의 얼굴이 시뻘겋게 변했다. 왜병이 심대곤을 떼어놓았다. 사사끼가 사무소로 갔다. 똥깐도 피멍이 든 목을 만지면서 따라갔다.

"정말 얼어 죽었을까?"

사사끼가 고개를 갸웃거렸다.

"심대곤이 용진나루 갔다는 것은 맞는데…, 의풍에 갔었다는 말이 어째 좀…?"

똥깐도 사사끼 흉내를 냈다.

"심대풍이 죽었다면?"

"심가네가 울음바다를 놓고 강막실이 통곡하니 사실인 것 같기도 하구…요."

똥깐이 갸웃거렸다.

"연극이 아닐까?"

"연극을 하기에는 서로 의논할 시간이 없었으니 거짓말로 저러는 것이 아닐 겁니다."

똥깐은 훔쳐봐서 알아낸 공을 확신하고 싶었다.

"저들을 더 잡아둘 명목이 없잖아?"

사사끼가 신경질적으로 말했다. 붕대를 댄 입술에서 핏물이 번졌다.

하리모토가 예고 없이 들어왔다.

"사사끼 대장. 강막실을 감옥에 가두었나?"

하리모토가 대뜸 물었다.

"심대곤을 감싸더니 이제 그놈의 여자까지 감쌀 참이요?"

사사끼가 쏘아붙이고 입술 통증에 얼굴을 찡그렸다.

"사사끼 대장이 큰 실수를 했어."

하리모토가 핀잔을 주었다.

"실수라니?"

사건이 갑자기 엉뚱하게 흘러서 화가 난 사사끼가 냉담하게 되물었다.

"강막실을 감옥에 가둔 것이 실수였단 말이야."

"가흥창고 일이나 잘하소. 병참 일은 참견 말고. 벌건 대낮부터 구옥정 계집 품고 싶으면 차라리 술을 사달라고 하소."

사사끼가 입술에 핏물을 흘리면서 맞대꾸했다.

"경성에서 전문이 왔어. 사사끼 대장 때문에."

"전문이 왔다고? 혹여 날 본국에 보내준답디까?"

사사끼가 태도를 바꿔 호들갑을 떨었다.

"그게 아니라 강막실을 풀어주라는 전문이 왔어."

사사끼와 똥깐이 놀라 입을 떡 벌렸다.

"경성 공사관에서 전문이 왔는데. 강막실과 정혼한 박시만이 공사와 절친한 사이라네."

하리모토가 품에서 종이를 꺼내 사사끼에게 넘겼다. 전문을 읽은 사사끼 표정이 일그러졌다.

"박시만이 곧 충주목 관리로 부임할 모양이네."

하리모토가 전문을 빼앗아 품에 넣었다. 똥깐의 안색이 까맣게 죽었다.

"가서 풀어 줘."

사사끼가 똥깐에게 지시했다.

"심가네는 어떡할까요? 심가네랑 강가네랑 이웃하며 웬만한 사이가 아니고 또 심대풍이…."

똥깐이 심가네도 풀어주자고 했다. 사사끼가 손을 내저어 똥깐의 말을 멈추게 했다.

"심대곤이 용진나루에 갔다 오지 않았소?"

사사끼가 하리모토에게 물었다.

"그렇소. 오늘 아침에 가흥창고에 와서 용진 갔다 온 결과를 보고하였소."

"의풍에 갔었다는 얘기가 있던데…?"

사사끼가 말끝을 흐리면서 하리모토 안색을 살폈다.

"사사끼. 당신 정말 몹쓸 사람이군. 언제부터 내 뒷조사까지 시작했소? 아무도 몰래 심대곤을 의풍까지 보냈는데 그것까지 알고 있다니. 정말 몹쓸 사람이군. 같은 일본인끼리."

하리모토가 버럭 화를 냈다. 의풍에 있는 산삼이며 진귀한 약초를 탐내고 있었는데 사사끼가 간섭하니 기분이 좋을 수 없었다.

"강막실은 풀어 줘."

사사끼가 명령했다.

"심가네는 어떡하고요?"

똥깐이 또 심가네 석방 여부를 물었다.

똥깐은 강막실과 혼인할 박시만이 충주목 관리로 부임할 것이라는 말에 걱정거리가 생겼다. 강막실과 심익수와 심만옥이 감옥에 있는 동안 핍박한 것이 후회가 됐다. 심가네를 풀어주는 데 앞장서 박시만에게 미움을 덜 사고 싶었다.

"심가네는 며칠 두고 보았다가 결정하기로 하지."

똥깐은 벌레를 씹은 기분이었다. 똥깐이 애초에는 심만옥을 마음에 두었다. 심대풍과 심대곤이 걸림돌이기는 했지만, 사사끼를 등에 업고 있을 때 심만옥에게 장가들고 싶었다. 흙벽에 붙은 포고문 때문에 심대풍이 도망 다니는 신세가 되고 심만옥이 감옥에 갇혔다. 심대곤이 있지만 심만옥을 품에 넣을 수 있는 절호의 기회였다. 사사끼가 심만옥에게 음흉한 눈길을 보내고 있음을 알아차렸다. 심가 형제보다 더한 적이 나타났다. 똥깐이 심만옥을 어찌해 볼 수가 없게 되었다.

꿩이 아니 된다면 닭이라고 했다. 똥깐이 심만옥에게 향했던 연정을 이웃집 강막실에게 돌렸다. 심대풍과 강막실이 흠모하는 사이라는 풍문이 언뜻 떠돌기는 했다. 심대풍이 달마실로 돌아올 수 없는 처지가 되었다. 호박 넝쿨을 잡아당기면 호박덩이가 가슴으로 냉큼 떨어지듯 손만 뻗으면 강막실을 얻을 수 있을 것 같았다. 창말과 달마실을 오가며 중매쟁이 노릇을 하는 강창우에게 먼저 협박했다. 강막실네 마당으로 걸어 들어가 으름장을 놓기도 했다.

강막실의 장차 서방이 될 사람이 사사끼보다 지위가 높은 공사관과 막역한 사이가 아닌가. 충주목의 관찰사 다음 벼슬인 도사로 부임을 한다는 것이었다. 닭을 쫓다가 지붕에 올려 보내고 마당에서 하늘만 쳐다보는 강아지 꼴이 되었다. 똥깐이 길에 놓인 돌을 냅다 걷어찼다. 길바닥에 놓인 줄 알았는데 뿌리가 깊게 박힌 돌이었다. 발가락이 으스러지는 통증으로 픽 고꾸라졌다.

"도끼날로 콩가루를 만들어 똥독에서 썩어 문드러질 쌍놈의 돌멩이."

발가락을 감아쥐고 악담과 신음을 찔찔 흘리는데 심대곤이 우뚝 서 있었다.

"하찮은 돌멩이도 너란 놈을 우습게 여긴다는 거 이제야 알겠냐?"

심대곤이 한심스럽다는 눈초리로 말했다.

"아 씨발. 뼛속까지 아려서 눈이 홀딱 뒤집혔는데 섭섭한 소리를 막 하네?"

똥깐이 외다리로 일어났다.

"손가락을 작두날에 얹어 싹둑 잘라 봐라. 왜놈 피가 아니라 조선 피가 좔좔 쏟아질 것이다. 사사끼 똥구멍을 평생 빨고 다녀도 너란 놈은 조선 사람이다."

똥깐은 정말로 사사끼 뒤를 핥은 기분이어서 침을 퉤퉤 뱉었다.

똥깐이 병참 감옥으로 갔다. 강막실은 풀려나고 없었다. 심익수는 눈을 감고 있었고, 심만옥도 쪼그리고 앉아서 무슨 생각에 잠겼는지 똥깐을 알아보시 못했다. 머리칼이 흐트러져 내리고 볼이 발갛게 얼어 가여웠다. 슬프고 근심에 잠긴 모습이 저토록 아름다운 것일까? 화사한 아름다움보다는 가련한 모습이 똥깐의 가슴을 흔들었다.

강막실은 심대풍이 죽었다는 말을 받아들일 수 없었다. 심대곤에게 자세한 얘기를 들어야겠다고 작정했다. 심대곤이 좀처럼 달마실에 오지 않았다. 집이 불타 소실되었고 가족이 감옥에 갇혔으니 달마실에 올 이유가 없었다. 폐허가 된 집을 볼 때마다 가슴이 저릿저릿했다.

강막실은 이튿날에서야 자신이 감옥에서 풀려난 경위를 들었다. 심대풍이 죽었다는 슬픔을 가누기 전에 창말 박시만에게 시집가게 되었음을 알았다.

강주칠과 용포댁은 심대풍을 향한 막실의 심정에 동조해주지 않았다. 막실이 박가네 며느리가 되어야 한다고 마음을 굳혔다. 봉학사 가는 것도 허락하지 않았다. 강막실이 집에 갇혔다. 창말 박가네에서 가마를 가지고 오는 날만 기다리는 처지가 됐다.

"똥깐이 그 썩을 놈이 종가어른을 길에다 붙들어 놓고 겁박했다는데 괜찮겠어요?"

용포댁은 똥깐이 무슨 짓을 해올지 걱정이었다.

"사위 될 사람이 어느 안전인 줄을 알았으니 하는 짓거리가 고래 구멍처럼 시커멓대도 어쩔 수 없을 것이여."

"그래서 얼씬도 않는 가 봐요."

"그놈도 누울 자리 앉을 자리는 알고 있는 놈이니까."

강막실은 스며드는 달빛에 뒤척였다. 계속 누워있다가는 가슴이 터져 산지사방으로 살점이 흩어질 것 같았다. 방문을 질끈 눌러 닫고 마당으로 내려갔다. 안방에 들키지 않게 고양이 걸음으로 사립문으로 나갔다. 집집의 불이 꺼진 깊은 밤에 귀신처럼 골목으로 걸어 다녔다. 개가 놀라 하늘로 컹컹 짖었다. 대곤 오빠를 만나야 한다. 대풍 오빠가 객사했다는 말을 믿을 수 없어. 미친 사람처럼 중얼거리면서 골목 어귀로 걸어갔다. 마을 밖으로 나와 걸음을 멈췄다. 밤중에 대곤 오빠를 만난다는 생각에 캄캄한 벽이 생겼다. 대곤 오빠를 만나려면 창말로 가야 했다. 장미산을 바라보았다. 봉학사. 그래 봉학사에 가자. 대풍 오빠와 마지막으로 헤어지던 흔적에라도 가보자. 무서움도 모르고 장미산으로 올라갔다. 산

짐승이 울었다. 바람이 찼다. 옷섶을 여미고 서둘렀다. 달 빛살이 오리
나무 가지에 갈려 숲으로 흩어졌다.

봉학사 법당에 엎드려 기도했다. 허전함이 메워지지 않았다. 혜원 스님
이 잠든 별채 댓돌 앞에서 한동안 서 있었다. 캄캄하고 괴괴하고 고요했
다. 가녀린 풍경 소리가 산사에 휩싸인 적막을 깨우기엔 역부족이었다.

"추운데 그냥 내려가실 텐가?"

혜원 스님은 깨어있었다. 강막실이 돌아서던 걸음을 멈췄다. 혜원 스님
이 나왔다.

"달이 너무 밝아. 자연도 너무 과하면 사람의 마음을 흔들어. 아주 못
된 요물이 되거든?"

혜원 스님이 달을 올려다보았다.

"스님도 잠자리에 들지 못하셨네요?"

"잠을 방해한 것은 달이 아냐."

"저는 내려가야지요. 어서 잠에 드셔요."

"길 가던 사람 물에 떠밀어놓고 그 길을 계속 가라 하시는군."

혜원 스님이 관세음보살 합장했다.

"어떻게 해야 하는지 알 수가 없어요."

강막실이 막막한 심정을 토해냈다.

"제자리가 아닌 것은 다 부질없는 것이오."

혜원 스님이 빙그레 웃었다.

"지난번도 그런 말씀을 하셨는데 무엇이 제자리가 아니고, 또 무엇이
부질없단 말씀인가요?"

강막실을 옭아맨 것들을 찬찬히 넘겨본 혜원 스님이 또 합장했다.

"제자리가 아닌 것을 고집하면 화를 부르고 말 것이오. 임을 향한 마

음이 아무리 간절하나 그분이 설 자리가 옳지 않다면 임도 본인도 마음 아픈 세월만 낭비할 뿐이오."

"저와 인연이 없다는 말씀인가요?"

"인연이 없다는 말은 아니오. 불가에서 옷깃만 스쳐도 인연인 것이오. 인연도 양과 한계가 엄연히 있는 것이오. 인연이 그것뿐인데. 인연이 다 하였는데 인연을 자꾸 고집하면 제자리가 아닌 것을 부질없이 탐하는 것과 다를 바 없다 그 말이오."

혜원 스님이 캄캄한 산으로 시선을 돌렸다.

"제가 너무 인연을 고집해서 그분의 생명이 다한 것은 아닌가요?"

강막실 목소리에 울음이 묻어났다.

"그분의 운명이 다함은 누구의 탓도 아니오. 그분이 설 자리였고 그분에게 주어진 세상 인연이 그것뿐인 것이오."

혜원 스님도 심대풍이 의풍에서 객사했다는 소문을 들었다. 강막실이 창말 박가네와 정혼할 몸인 것도 알았다. 강막실은 목구멍에 응어리가 걸린 듯 끄응 신음했다.

"가슴에 든 불덩이를 그만 뱉어버리시오. 불덩이는 이미 꺼졌으니 가슴에 남아 있어야 해만 될 것이오. 가슴에서 삭아든 찌꺼기를 뱉어버리면 새로운 생명이 잉태되듯이 새 불씨가 살아날 것이오. 삭아버린 찌꺼기에 대한 애착을 어서 버리시오."

"불씨가 새로 살아난다니 새사람을 맞이한다는 뜻인가요?"

강막실의 물음에 혜원 스님은 대답하지 않았다.

"조금 있으면 어두워질 것이오. 서둘러 내려가시오."

혜원 스님이 별채로 들어갔다. 강막실은 보련산에 걸터앉은 보름달을 보았다. 보름달이 보련산으로 쓰러지면 어두워질 터였다. 별채에 밝혔던 불이 꺼졌다. 숲에서 불어온 바람이 봉학사 뜰을 쓸고 갔다.

방으로 들어온 강막실이 화들짝 놀랐다. 용포댁이 캄캄하게 앉아 있다가 강막실의 옷자락을 잡아끌어 앉혔다.

"어쩌자고 이러는 게니?"

용포댁이 주먹으로 억장을 팡팡 두드렸다.

"엄니."

강막실은 눈물을 찔끔 쏟을 뿐 아무 소리도 못 했다.

"속에 엉긴 말을 지금 죄다 털어놔. 속 시원하게 털어놔."

용포댁이 강막실의 두 손을 잡았다.

"대풍 오빠가 죽었다는 말을 받아들일 수 없어요. 꼭 살아있을 것 같은 생각을 버릴 수 없어요."

"대곤이 그렇다고 말을 하고 다녔는데 사실이 아니고 거짓이겠니? 죽지도 않은 형을 죽었다고 떠들고 다닐 동생이 어디 있겠니? 대풍인 죽은 목숨이다. 그만 잊어라."

용포댁도 속으로 꺼이꺼이 울었다.

"어딘가 살아 있을지 몰라요. 대곤 오빠가 잘못 본 것이 틀림없어요."

강막실은 심대풍을 향한 끈을 놓지 못했다.

"대풍이 살아 있다고 한들 너와의 인연은 다했다. 창말에서 기별 오면 박가네로 시집가야 한다는 걸 어찌 모르는 게니?"

용포댁이 강막실 등짝을 펑펑 때렸다. 강막실이 용포댁의 품으로 쓰러져 울었다.

"펑펑 울어라. 실컷 울어서 털어 버릴 것은 날 새기 전에 모두 쏟아내야 한다."

용포댁도 울음을 참지 않았다. 모녀가 부둥켜안고 울었다. 강주칠은 안방에 우두커니 앉아 담배를 몰아 태웠다.

"너는 박가 가문 귀신이 되는 것이다."

울음이 잦아지자 용포댁이 못을 박듯 말했다.

"꼭 그래야만 해요?"

그렇게 울고도 막실은 심대풍을 잊을 수 없었다.

"낸들 어쩌겠니? 어차피 가는 길 기꺼이 앞장서서 가거라. 마지못해 가는 네 맘이 찢어지겠지만, 그렇게 가는 뒷모습을 보는 부모의 속은 오죽하겠니?"

새벽닭 홰치는 소리가 들렸다. 강막실이 고개를 끄덕였다. 용포댁은 이젠 되었다 싶으면서도 억장이 무너졌다.

14

청성감회록

강창우가 박운정을 앞세우고 달마실로 왔다.

"혼례 날 받아놓은 색시가 장차 시아버지 될 사람 앞에 주책없이 퍼뜩 들어오는 것도 조신한 행실이 아니다만, 막실이를 얼른 자랑하고 싶구나."

강창우가 강막실을 방으로 들어오라고 재촉했다.

"사위 될 사람은 지금 무엇을 하고 있는지요?"

강주칠이 사돈 될 박운정에게 박시만의 근황을 먼저 물었다.

"경성으로 공부하러 간 지 햇수로 다섯 해가 넘었습니다. 달포 전에 내려왔었습니다만. 언제까지 경성에 있을 것이냐 물었더니 올봄이면 공부도 끝을 맺는다고 해서 장가를 보내야 하겠다 작심하고 어른을 졸랐습니다."

박운정이 마뜩잖은 표정의 용포댁을 의식하고 차분하게 말했다.

"신식공부를 다섯 해나 수행하였으니 충주에 와서 큰일 할 재목이다."

강창우가 박운정을 거들었다. 장차 사위가 신식공부를 오 년 했다고 두 입이 칭찬했지만, 강주칠과 용포댁은 반갑지 않았다.

　"신식공부를 그렇게 많이 한 자제분이 글이라곤 운문 간신히 깨우친 막실에게는 과분해서 마음이 썩 내키질 않습니다."

　강주칠이 속에 담았던 불편한 것을 토해냈다.

　"자네는 다 된 죽에 코를 빠뜨릴 참인가? 앞으로는 헛바람 빠지는 소리 당최 말게."

　강창우가 강주칠을 나무랐다.

　"연을 맺는 양가의 형편이 한쪽으로 기울지 않아야 부부가 서로 서운한 것 없이 평생을 해로할 수 있는 거 아닌가요? 아비 되는 입장에서 염려되어 말한 것입니다요, 어르신."

　딸자식 인생이 달렸는지라 강주칠이 물러서지 않았다.

　"시가에서 막실이를 업신여기고 무시할까 그리 경망스럽게 말을 뱉는가?"

　강창우가 또 나무랐다.

　"열일곱 넘도록 사립문 함부로 벗어나지 못해서 아는 것이라곤 부모밖에 모르는 여식인데 신식물이 넘쳐나는 경성에서 다섯 해나 신학문 배운 사람의 눈에나 차겠습니까?"

　용포댁이 나섰다.

　"신학문 한 젊은이가 배우지 못했다고 구박할 것 같은가? 남녀를 동등하게 여기는 것이 신학문이라 한다네. 근거 없는 걱정은 접어두게. 아낙이 투기나 부리고 큰일 하는데 훼방질한다면 아니 될 말이네. 막실이 불러서 단단히 얘기 좀 해야겠네. 장차 시아버지 면전에서 다짐 주어야겠네."

　강창우가 계속 박운정의 편에 서는 말을 했다.

"제 자식은 제가 잘 압니다. 정이 듬뿍해서 안사람 구박하고 못되게 할 놈이 못됩니다. 다만 글에 미쳐 객지로 오 년이나 떠돌았으니, 이 몸이 사돈의 입장이라도 그리 말씀했을 것입니다. 여식을 주신다면 제 자식 제가 잘 건사할 것이니 큰 염려는 놓으십시오."

듣고만 있던 박운정이 용포댁을 안심시켰다.

강막실이 들어왔다. 강창우가 강막실 전신을 훑어보고 어험 기침했다. 강막실이 묵례하고 조신하게 앉았다. 박운정이 고개 숙인 모습을 찬찬히 뜯어보고 흡족한 웃음을 머금었다.

박운정이 들고 온 정성보자기를 풀었다. 보자기에 버들고리가 놓였다. 뚜껑을 열자 시루떡 열두 켜가 있었고, 검은깨와 콩가루와 계피에 묻힌 인절미를 예쁘게 담은 작은 고리가 있었다. 분홍보자기에 꼭두서니 댕기와 분홍교직 치맛감과 책과 붓과 먹이 들어 있었다. 박운정이 책을 두 손으로 들고서 강막실에게 내밀었다.

"혼례 치르는 날까지 이 책에 있는 글귀를 읽고 다 읽었다 싶으면 베껴서 또 읽고 하려무나."

강막실이 책을 공손히 받아들었다.

박운정이 붓과 먹도 강막실 손에 쥐여주었다.

"배운 집이라 정성도 다르구나. 장차 시아버지 되실 분의 명을 잘 받들어서 현모양처가 되도록 게을리하지 말거라."

강창우 입이 귀밑까지 찢어졌다.

"네. 어르신."

강막실이 모기 목소리로 대답하고 얼굴을 붉혔다. 박운정이 홍주머니를 고리에서 꺼내 들었다.

"이것은 정성을 받고 사랑받으라고 시어머니가 건네는 것이니라."

강막실이 공손히 받았다. 홍실주머니에는 팥과 찹쌀이 한 줌가량 들었고 돈 십 원도 있었다.

"정성을 당사자가 직접 받았으니 되었다. 날짜는 어느 날이 좋겠는가?"

강창우가 혼인 날짜를 잡자고 제안했다.

"자식이 경성에서 돌아옴에 맞추어 예를 갖추고 싶습니다만."

박운정이 반기면서도 걱정스러운 얼굴로 말했다.

"저야 뭐 보내는 입장이고 집 형편에 시간을 두고 장만할 것도 없는 처지라서."

강주칠이 말끝을 흐렸다.

"다가오는 봄이 좋겠구먼?"

강창우가 말뚝을 박듯 말했다.

"길한 날을 택해 알려드리도록 하겠습니다. 사돈어른."

용포댁이 아궁이에 불을 괄게 지폈다. 닭이 솥에서 뽀얀 국물을 내면서 익었다. 닭을 안주 삼아 술 서너 잔 마신 강창우와 박운정이 창말로 돌아갔다.

"도적맞듯 난데없이 시집을 보내야 한다니 서럽다."

용포댁은 강막실이 심대풍을 못 잊어 할까 가슴이 조마조마했다. 강막실의 혼약이 달마실에 공표되었다.

오 년이나 경성에서 무엇을 공부했을까? 신학문이라면 천자문이나 명심보감 같은 것은 아닐 텐데, 어떤 새로운 것을 공부했을까? 갑자기 등장한 박시만의 것들이 궁금했다. 박시만을 그리워하고 사모하자고 작심했다. 입술을 깨물고 작심해도 가슴에 시리게 뭉쳐 있는 것이 없어지지 않았다.

"책은 좀 읽었니?"

밥상머리에서 강주칠이 딸에게 물었다.

"껍데기만 봤어요."

"무슨 책이더냐?"

"청성감회록이란 책인데 북천가, 사회교양가, 서도가라는 것이 한 권으로 묶였어요."

"장차 시아버님 말씀대로 몇 번이고 읽고 베끼고 해야 한다."

책을 읽는 딸에게 애틋한 눈빛을 건네기는 하지만 강주칠은 달갑지 않았다.

"그 어른이 책을 준 연유가 의심스러워."

용포댁이 시퉁스럽게 말했다.

"사위 될 사람이 배운 사람이니 시집오기 전에 글눈 좀 틔어 오라고 그러셨겠지."

"자식이 배웠으면 애초부터 배운 여자를 며느리로 삼을 일이지."

용포댁은 강막실에게 박가네 사람이 되어야 한다고 말했지만 혼약이 못마땅했다.

"홍주머니 받고 혼약했어. 그만 토 달고 막실이나 잘 건사해."

"못 가르친 부모 가슴에 못 박느라 책 주고 가는 행색 좀 봐요. 혼인도 하기 전에 부모 마음이 이런데 그 집 들어가서 이것이 감당해야 할 것을 생각하면 가슴에 먹장구름이 밀려와."

"혼인날 받아놓은 처녀가 문밖출입도 어렵고 집안에서 조신할 적에 심심치 말라고 책을 준 것이지."

혼약했다는 소문이 목계 일대에 파다했다. 문밖출입을 삼가고 혼인날을 기다리고 있는데 박시만 소식이 오리무중이었다. 강주칠이나 용포댁은 애가 성할 리 없었다.

강막실은 혼인날 받아놓고 아무리 친구라도 부끄러워 마주하지 못했다. 문밖출입이란 어림도 없었다. 참분을 발라도 낮에는 부끄러워 못 바르고 밤에 잘 때 발라보곤 했다.

"삼월 스무아흐렛날로 잡았네."

혼인날을 통보하러 강창우가 왔다. 장차 시댁에서 보낸 박가분도 들고 왔다.

"삼월 스무아흐레요?"

강주칠과 용포댁이 한 목소리로 반문했다.

"문밖 출입도 않고 조신하고 있다는 소문이 창말 장차 시댁까지 파다하다. 경성서 최고 좋다는 분인데 박가분이라고 하더라. 달마실에 간다는 소리를 듣고 장차 시아버지가 보낸 것이다."

강창우의 칭찬에 강막실이 머리를 조아렸다.

"혼인날 받아놓으면 친구라도 함부로 만나는 게 아니다. 혼인하고 신랑이 삼행 왔다 가야 문밖 나설 수 있는 게다."

강창우는 훈계까지 붙였다.

"삼월 스무이흐레가 날인데 공부가 끝나지 않으먼 어씨 되나요?"

강주칠이 박시만의 근황을 물었다.

"어쩌긴 뭘 어쩌는가? 잠깐 오라 해서 혼사 치르면 되는 것이지."

"막실이는 어떻게 되는 것이고요?"

용포댁이 끼어들었다.

"조카며느리가 무슨 상관인가?"

강창우가 용포댁에게 버럭 화를 내었다.

"제 배 아파서 난 딸인데 무슨 상관이라니요. 어르신?"

"혼인시켜 가마 태워 보내면 시댁에서 어찌하건 자네가 상관할 수가 있는가?"

"서방도 없는 집에 어르신은 선뜻 보내시겠습니까?"

"말이 심하다. 서방이 왜 없는가? 삼월에 공부 마치고 돌아온다고 하지 않는가."

강주칠과 용포댁은 기가 막혔다.

"정성이라고 떡하니 보내놔서 근동에 소문이 났는데, 혼인날에 신랑이 오지 않고 또 왔다 해도 혼례에 마음이 없다 하면 우리는 큰일이지 않습니까?"

강주칠이 따져 물었다.

"박가네 집안에서 우리 강씨네 집안에다 그럴 수는 없을 것이다."

"그거야 어르신 생각이고 사돈어른 생각이지요. 본인이 싫다고 경성으로 줄행랑을 놓든가 경성 처녀를 떡하니 데리고 오면 어르신네가 나무라겠습니까? 사돈어른이 어찌하겠습니까?"

강주칠과 용포댁은 사돈이 될 박운정보다 강창우에게 신뢰가 닿지 않았다. 대뜸 혼인을 약속했다고 통보했다. 이쪽 대답도 듣지 않고 들이닥쳐 강막실을 옭아놓고서는 신랑의 명확한 의사를 전해오지 못하는 강창우에게 신뢰가 가지 않았다. 이대로 강창우에게 어영부영 끌려가고, 신랑 또한 부모의 강압에 혼사를 치른다 해도 경성으로 돌아가 얼씬 않는다면 강막실의 신세는 무엇이 되는가? 뜬금없이 이끌려 연지곤지 바르고, 교배상에 허무하게 절하고, 서방 얼씬 않는 시댁에 들어가서 다리병신 시누이와 시부모 수발에 시달리는 청상과부가 되는 것은 아닌가? 강주칠과 용포댁은 이런 생각이 어제오늘 솟는 것이 아니었다. 맷돌에 눌린 듯 가슴이 저릿저릿했다.

"신랑 될 사람이 어긋난 마음을 갖고 있다면 우리는 막실이를 보내주지 못해요. 절대로."

용포댁이 표정이 단호했다.

"조카며느리가 또 애매한 소리를 하는군."

강창우는 조카며느리 용포댁을 탐탁하게 여기지 않았다. 강막실을 박운정의 며느리로 삼고자 하는데 톡톡 나서며 불평을 해대니 마주 앉으면 얼굴을 찡그렸다.

"애매한 소리가 아녀요. 창말 박씨네와 혼삿말이 근동에 퍼졌어도 그리는 못 내줘요. 소문이 돌긴 했어도 문밖출입 없이 행동거지 조신한 거 달마실에서 알고 있으니, 혼사가 파해도 겁날 거 조금도 없어요."

용포댁의 어조가 분명했다. 외동딸 혼사에 그만한 소리도 못하느냐며 물러서지 않았다. 강창우가 헛기침을 연방 토했다.

"그런 소리 입 밖에 내지 말게. 의풍에서 객사했다는 심가 놈이랑 밤마다 봉학사에 올라가 어쩌고저쩌고 했다는 소문이 창말에 있는 내 귀까지 들어오고 있네. 강씨 문중 망신살 뻗게 할 생각은 접어두고 박가네로 보낼 생각이나 단단히 하게."

용포댁이 주먹으로 가슴을 텅텅 두드렸다.

밖에서 부르는 소리가 들렸다. 강주칠이 마루로 나왔다. 심대곤이 마당 가운데에 서 있었다.

"자네가 어쩐 일인가?"

강창우를 보여주지 않으려 방문을 얼른 닫았다.

"손님이 오신 모양이죠?"

심대곤이 닫힌 방으로 고개를 빼 들었다. 강주칠이 방문을 막아섰다.

"어쩐 일이냐니까?"

강주칠이 어험 기침으로 방에서의 인기척을 얼버무렸다.

"쇠지랑물이 넘쳐서요. 두엄을 치려고 쇠스랑을 급작스레 찾으니 안보여서 왔어요."

심대곤이 쇠두엄에 찍혀 있는 쇠스랑을 빼 들었다. 강주칠은 심대곤이 사립문으로 나가기 전에 방으로 들어가기가 미안쩍어 장미산을 바라보았다.

"막실이는 잘 있어요?"

심대곤이 사립문으로 걸어가다 돌아서서 물었다.

"오빠."

강막실이 마루로 나왔다. 심대곤이 쇠스랑을 놓았다. 어험. 강주칠이 강막실을 가로막았다. 강막실을 뒤에 놓고 장미산을 바라보는 강주칠을 심대곤이 바라봤다. 강막실은 방으로 들어가지도 못하고, 댓돌로 내려서지도 못하고 문고리를 쥔 채 몸을 옹송그렸다.

"밖에 누가 왔는가?"

방에서 강창우의 목소리가 들렸다.

"이웃에서 쇠스랑 빌리러 왔네요."

강주칠이 대답했다. 심대곤이 마루로 걸어왔다.

"창말 강씨 어르신 오셨네요?"

심대곤이 큰 소리로 말했다.

"자네는 뉘신가?"

강창우가 심대곤을 알고 있으면서 능청스럽게 물었다.

"심대곤입니다."

"떼를 몬다는 왜놈 꼭두각시구먼?"

강창우가 눈살을 찌푸렸다.

"꼭두각시라니요? 듣기 민망합니다만 어르신은 어쩐 일로 달마실에 오셨나요?"

심대곤이 상체만 내민 강창우에게 고개를 빳빳하게 세웠다.

"막실이 혼사 때문에 왔네."

강주칠이 어험 거드름을 피웠다.

"창말 사는 박시만이 현해탄을 건널 것이라는 얘기를 들었는데 사실인가요?"

심대곤이 강창우를 당돌하게 쳐다봤다.

"이놈아. 어디서 허튼소리 듣고 와서 함부로 주둥아리를 놀리는 게냐?"

강창우가 소리를 버럭 질렀다.

"하리모토에게 두 귀로 똑똑하게 들은 소리인데요?"

심대곤이 히죽 웃었다.

"늙은 왜놈이 지껄인 맹랑한 소리를 믿는 멍텅구리였더냐? 심대곤이?"

강창우는 히죽거리는 심대곤이 괘씸해서 얼굴이 벌겋게 변했다.

"경성에서 전문이 왔는데 박시만이 일본으로 가겠다고 입국 신청을 해서 신원조회 전문이 왔다고 하리모토가 분명하게 말했습니다."

심대곤이 아침나절에 가흥창고에 들렸다. 하리모토가 전문을 보이면서 박시만이 어디에 사는지 물었다. 박시만이 일본에 입국 신청했다는 하리모토의 말을 듣고 목계로 가려던 걸음을 돌려 달마실로 갔다. 달마실로 오는 중에 갖가지 생각이 떠올랐다. 혼인 얘기가 오가는 중에 박시만은 창말에 있지도 않았다. 박시만의 의중을 확인하지도 않은 혼약이었다. 달마실 어귀에 왔을 때 강창우가 와 있음을 귀띔으로 알았다. 곧장 강막실 집으로 들어갔다. 쇠지랑물이 넘친다는 것도, 쇠스랑을 빌리러 왔다는 것도 꾸며낸 말이었다. 불에 타서 폐허가 된 집에 무슨 쇠스랑이 필요할까? 소 한 마리 없는데 쇠지랑물이 넘친다니, 심대곤의 거짓말이었다.

"네놈의 말이 사실이렷다?"

강창우가 핏대를 세워 버럭 소리 질렀다.

"미친놈이 아니고서야 막중한 혼사에 불경스런 말을 싸가지 없게 지껄이겠습니까?"

심대곤이 빙글빙글 웃었다.

어험. 강창우가 냅다 마루로 나왔다.

"하리모토로가 그런 말을 한 것이 사실이렷다?"

강창우가 신발을 꿰어 신으며 다시 물었다.

"하늘이 두 쪽이 나도 사실입니다."

심대곤이 쇠스랑을 두엄더미에 질끈 눌러 박았다. 강창우가 창말로 황망히 갔다.

"대곤이 자네 말이 참인가?"

강주칠이 허탈해져 띄엄띄엄 물었다.

"제가 따뜻한 밥 먹고 식은 소리 하는 미친놈이던가요?"

심대곤이 맥없이 서 있는 강막실을 바라봤다. 강막실이 방으로 들어갔다.

"그것 보셔요. 종가어른인지 뭔지가 와서 새벽부터 술 냄새 풍기면서 혼인 약속을 했다는 둥 어쨌다는 둥 개똥 같은 소리를 할 때부터 이렇게 될 줄 알았어요."

용포댁이 원망과 한탄을 쏟았다.

강창우가 박운정 집으로 갔다.

다리를 절룩거리는 맏딸 박시연이 황망히 들어서는 강창우를 방으로 안내했다.

"어험! 자네가 나를 구정물에 처박는구먼?"

강창우가 들이닥칠 것이라 예감한 박운정 내외가 풀 죽은 얼굴로 고개를 숙였다.

"그놈이 공부를 마친다기에 참말로 내려올 줄 알았는데, 의논 한마디도 없이 그런 짓을 저질렀습니다. 내일 새벽에 경성에 갈 참입니다. 코뚜레로 꿰어서라도 끌고 오겠습니다."

"일본에 가려면 돈도 엄청나게 필요할 텐데 자네 돈다발을 묻어놓았는가?"

"어르신도 제가 돈이 어디 있습니까? 그놈이 아무것도 모르고서는 미쳐 날뛰는 것이지요."

"오늘은 두말 않겠네. 경성에 갔다 와서 다시 보세. 박씨 집안에서 강씨 집안 우습게 만들지는 않을 걸로 믿고 이만 가겠네."

강창우가 뒤틀린 심사를 끌어안고 박운정의 집에서 나왔다.

"신랑이 없어도 막실이를 박가네 집에 보내야지. 얼마간의 과부살이 시키는 수밖에 없어."

강창우가 골목을 돌며 중얼거렸다.

심대곤이 담벼락에 붙어 안쪽을 살폈다. 강주칠과 용포댁이 강 건너 목계 닷새 장터에 갔음을 알고 강막실에게 왔다. 강막실은 문틈으로 심대곤을 바라보았다. 담벼락에서 고개를 빼고 살피던 심대곤이 마당으로 걸어왔다.

"막실아."

심대곤이 나지막하게 불렀다. 강막실은 문틈으로 심대곤을 보며 옷깃을 입에 물었다.

"집에 있는 거 알아. 잠깐 나와. 할 말이 있어."

심대곤이 마루에 앉았다. 강막실은 조마조마해졌다. 마루에 나란히 앉았다가 달마실 사람들 눈에 들면 큰일이었다.

"오빠. 그냥 가요."

강막실이 문틈으로 말했다.

"잠깐 나와. 꼭 얘기해줄 말이 있어."

"듣고 싶지 않아요. 그냥 돌아가요."

강막실이 냉담하게 말했다.

"창말로 시집을 갈 작정이니?"

"네."

강막실이 주저 없이 대답했다.

심대풍이 객사했다는 헛소문 탓이었다. 심대풍이 객사했다는 소문은 거짓이었다는 말이 목젖까지 차올랐다. 심대풍이 살아 있다는 말을 차마 꺼내지 못했다.

"들을 말도 없고, 또 할 말도 없어요. 얼른 돌아가요."

강막실이 냉랭한 목소리로 재촉했다.

"해 저물녘에 목계강변 솔밭에서 만나자."

"아녀요. 할 얘기가 없어요. 얼른 가요."

심대곤이 일어섰다. 방문을 물끄러미 바라보았다. 강막실이 손톱을 아프게 깨물었다.

"지금 듣지 않으면 나중에 크게 후회할 수도 있는 그 말을 해주러 일부러 왔는데, 막실이 네 맘이 그렇게 돌처럼 굳어버린 줄은 몰랐다."

심대곤이 걸어나갔다. 강막실은 흐르는 눈물을 주먹으로 닦았다. 장차 시아버지가 될 박운정이 주고 간 청성감회록을 꺼냈다. 북천가를 펴놓고 글자를 짚어 가는데 눈물이 솟았다.

15

콧구멍만한 북풍에도 뼛속이 아리다

박초시는 모진 사람이 아니었다. 훈련대 장교 벼슬을 했다는 심대풍이 왜병을 죽인 사건으로 집안이 풍비박산되었다고 소작 농토를 거두어들였다. 마음 한구석이 찜찜했다.

달마실 심가네 부녀가 겨우내 감옥살이해야 할 것이라고 소문이 돌았다.

박초시도 소문을 들었다. 감옥에서 겨울을 나야 한다는 소문 들으니 막걸리 생각이 굴뚝같았다. 천길동에게 막걸리를 사 오라 할 수 있지만 박초시가 집을 나섰다. 나룻배로 강을 건너 목계 저잣거리 구옥정에 갈 요량이었다.

소작 농토를 거두었으니 그만 석방해달라고 사사끼에게 부탁하고 싶었다. 사사끼가 돈을 요구한다면 얼마쯤은 건네주고 심가네를 돕고 싶었다. 심가네의 소작료를 사사끼에게 주어서라도 석방을 돕고 싶었다. 천길동이 따라나섰다. 강을 건너려고 목계 솔밭에서 나룻배를 기다리는데 박옥화가 왔다. 박초시도 눈치코치가 있는지라 박옥화가 심대곤을 먼발치로 흠모하고 있음을 알았다. 심가네가 착하고 어진 사람임을 알고 있지만, 외동딸 박옥화와 인연 맺는 것은 반대였다.

"강 건너에 무슨 볼일이 있느냐?"

심가네를 도우려는 생각을 접고 물었다.

"목계 병참에 볼일이 있습니다."

나룻배가 강기슭에 닿자 박옥화가 냉큼 먼저 올라갔다. 어허! 이런 고약한지고. 박초시 입에서 말이 맴돌았지만 귀엽기만한 딸이라 참았다.

"아버님. 이제 됐습니다. 어서 배에 오르시지요. 배가 물결에 흔들리면 아버님 속에서 토악질이 올라올까 소녀가 먼저 올라 중심을 잡고 있습니다."

박초시의 노여움을 알면서 박옥화가 사근사근 말했다. 박초시는 딸의 곱상한 말에 헛기침만 뱉을 수 없었다. 그렇다고 선뜻 오르기도 싫었다.

"어르신. 어서 배에 오르시지요."

천길동이 보아하니 박옥화를 배에서 끌어 내릴 방도가 없었다. 박초시는 천길동이 권하니 마지못해 나룻배에 올랐다.

"병참대장 사사끼가 섬나라 곡식을 먹고 살았다지만, 조선 곡식도 일년을 넘게 먹었으니 조선인심이 손톱만큼은 있겠지요?"

나룻배가 강의 중간 들어갔을 때 박옥화가 말했다.

"손톱만한 조선인심을 믿고서 사사끼를 찾아가는 게냐?"

박초시는 박옥화가 병참에 가는 목적을 가늠했다.

"자식이 죄를 지고 도망쳤다 해서 부모를 잡아 가두는 것은 인륜에 어긋나는 것이니 이를 깨우치는 말이나 해볼까 합니다. 아버님."

박옥화가 심가네를 위해 강을 건넌다고 말했다. 천길동은 속에서 화가 솟았다. 부녀 사이에 끼어들지 못하는 처지가 한스러웠다. 천길동이 강바닥에 시선을 박았다. 겨울 강물이 시퍼렇게 맑았다. 바닥에 웅크린 모래무지며 기름종개가 손에 잡힐 듯 보였다. 깊은 곳을 지날 때는 백일 맞은 어린애 몸통처럼 살이 오른 잉어도 보였다.

"네 속을 알겠다만 섬나라 왜놈은 당최 믿지 마라."

나룻배를 탔으니 박초시도 박옥화의 길을 막지 않았다. 사사끼를 믿지 말라고 충고했다. 박옥화는 박초시 아량을 알아채고 씨익 웃었다. 박옥화가 심대곤에게 정분 대는 것을 박초시가 막지 않아 천길동은 속이 상했다. 나룻배 바닥에 놓인 돌을 주워 강바닥에 던졌다. 돌을 받아내는 강물조차 퐁- 싱거운 소리로 천길동을 하찮게 여겼다.

"병참으로 가자."

나룻배에서 내린 박초시가 구옥정으로 가려는 마음을 바꾸었다.

"구옥정 막걸리는 어쩌고요?"

천길동이 퉁명스럽게 뱉었다. 박초시가 병참으로 걸어갔다. 마침 사사끼가 병참에 있었다. 사사끼가 박초시를 알아보았다. 뽀얀 자태로 함께 들어온 박옥화는 알지 못했다. 깨물린 상처가 아물고 있는 입술을 오므려 침을 삼켰다.

"조선이 참 부럽소."

사사끼는 박초시가 찾아온 연유에는 관심이 없고 박옥화에게 능글능글 웃었다.

"조선이 부러우면 조선옷을 입고 나라님께 조석으로 큰절을 하구려. 천만번 머리를 조아리면 조선 사람이 될지도 모르는 일이니."

사사끼의 음흉스러운 태도에 불쾌해진 박초시가 즉흥으로 응수했다.

"땅 부자 나리는 환갑이 되어도 딸 같은 첩을 버젓이 들일 수 있으니 조선은 용궁 같은 나라가 아니오?"

사사끼는 박옥화가 박초시의 첩으로 오해했다. 박옥화는 새까맣게 반들거리는 눈으로 입술을 깨물었다. 여차하면 사사끼에게 독설이 터져 나올 태세였다. 천길동이 주먹을 옷소매에 불끈 쥐고 팔을 부르르 떨었다. 어험. 박초시가 박옥화와 천길동을 가로막으며 앞으로 나섰다.

"사사끼 대장이 내 집에 와서 한 말을 내가 기꺼이 들어주었으니 오늘은 내 말을 좀 들어주시오."

심가네 소작 토지를 거두어들이라는 협박을 들어주었으니 박초시의 청을 들어달라는 말이었다.

"임금이 부럽지 않은 조선 지주가 내게 청이 있다…? 어디 들어나 봅시다."

사사끼가 박초시를 은근히 무시하면서 물었다.

"심가 나이 육순이오. 사사끼 대장은 혈기 넘치는 육신이라 모르겠지만, 나이 육순이면 저승 문턱에 앉은 육신이라 콧구멍만한 북풍에도 뼛속이 아리다오. 일본에 두고 온 부모님을 생각해서라도 심가랑 어린 처녀를 그만 풀어주시오."

박초시가 겸손하게 청했다.

"심가네를 석방해달라고 어린 첩까지 동행해서 오신 게요?"

사사끼는 박옥화에 대한 관심을 놓지 않았다.

"아씨는 어르신의 따님이십니다."

천길동이 말했다. 사사끼가 뜨악한 눈초리로 박옥화를 바라보았다. 귀한 집 딸을 첩이라고 불손하게 지껄였으니 미안하고 죄송스러운 표정을 지어야 마땅했다.

"심가 부녀를 석방하라고? 그럴 수 없소."

사사끼가 냉랭하게 뱉었다.

"아들이 잘못했다고 아비와 여동생을 가두는 것은 이치에 맞지 않습니다."

박옥화가 나섰다.

"피붙이 아닌 삼자가 나서서 콩이요, 팥이요 말할 사안이 아니오."

사사끼가 능글거리던 웃음을 싹 지웠다.

"내 땅을 이십 년이나 부쳐온 사람이니 혈육을 나누지 않았지만 피붙이나 한가지요. 사사끼 대장이 넓은 아량으로 그만 풀어주시오."

박초시가 또 겸손하게 말했다.

"호오. 심가는 며느리복도 참 많소이다. 하하하."

사사끼가 갑자기 웃었다.

"무…무슨 말을 그렇게 하시오."

박초시가 치솟는 역정을 끄응 참아냈다.

"심대풍은 달마실 강막실과 눈이 맞아 이러쿵하고, 심대곤은 배꽃 같은 요 색시랑 저러쿵하는 사이니, 심가는 며느리복도 참 많다 했소이다."

사사끼 능글맞은 표정으로 이죽거렸다. 박옥화는 얼굴을 발갛게 붉히면서 터져 나오는 욕을 애써 참았다.

"사사끼 대장이 생각하는 그런 사이가 아니오. 이십 년 넘게 땅을 주어 먹여 살려온 터라 불쌍히 여겨 청하는 것이오."

박초시도 참았다. 참고 참아야 심익수를 방면시킬 수 있었다. 사사끼는 냉랭한 콧바람만 날렸다. 부녀는 소득 없이 병참에서 나왔다. 박초시는 막걸리 생각이 싹 가시어 구옥정에 가지 않았다.

가흥창고 주변에 어슬렁거리던 사사끼가 연화 방으로 들어왔다. 구옥
정에 새로 온 논다니 치마폭에서 헤어 나오지 못하는 하리모토가 사택
에 없음을 알고 왔다. 한차례 격정의 정사를 치른 사사끼가 궐련 연기를
후후 뱉어 올렸다. 연화가 가쁘던 숨을 골랐다.

"하리모토 늙은이에게 논다니를 안겨줬다면서?"

연화가 허벅지를 이불 밖에 요염하게 내놓았다. 정을 수차례 통한지라
연화가 반말을 뱉었다.

"그랬지."

사사끼가 연화 허벅지를 찰싹 때렸다.

"왜? 나를 뒷방 귀신으로 만들려고?"

연화가 비음 섞어 아양을 떨었다.

"뒷방 귀신이라니? 오늘 밤만 해도 강아지 똥 누는 소리를 그렇게 질
러대고서도 뒷방 귀신인가?"

사사끼가 연화의 젖무덤을 움켜쥐었다. 연화가 다리를 꼬면서 품으로
파고들었다.

"하리모토 늙은 살덩이를 품었다는 구옥정 그 년이 어떤 년이랴? 나
만큼 탱글탱글한 년이랴?"

연화가 젖무덤으로 사사끼 등을 문질렀다.

"구옥정 색시 품으러 오뉴월 똥강아지처럼 혀를 빼물고 다니는 하리모
토 하는 짓이 창피스러워 그년을 붙여줬지."

사사끼가 연화 엉덩이를 손바닥으로 슬슬 문질렀다. 연화 입에서 단내
가 토해졌다.

"그년 이름이 무엇이랴?"

"왜? 질투하는가?"

"질투? 영감탱이 흐물흐물한 살덩어리에 매달려 억지 코맹맹이 소리를 질러야 하는 그년이 불쌍해서 이름이나 알려고 하는 거지."

"이것도 흐물흐물한 살덩어리인가?"

사사끼가 연화의 손을 가져다가 성난 것을 쥐여 주었다.

"아이쿠. 누굴 또 저승 문턱에 떠밀려고 박달나무 방망이를 달고 다닐까?"

연화가 손아귀에 힘을 주었다. 사사끼가 아프다고 엄살을 부렸다.

"썩을 년 이름이 뭐냐니까?"

"화심이라고 했어."

"화심이?"

"화심이를 아는가?"

연화는 화심을 알았다. 청풍 버드나무집에 함께 있었던 논다니였다. 심대곤을 가운데 두고 술잔을 건네던 논다니였다. 사사끼와 누워있으면서 심대곤이 야속했다. 시무룩해진 연화가 사사끼 품에서 나와 바로 누었다. 사사끼가 연화 몸을 쓰다듬었다. 연화는 심대곤을 생각에서 지우고 몸뚱이에 열기를 피웠다. 화냥기가 타고난 여자였다.

장길수가 퇴근하겠다며 가흥창고 문을 잠갔다. 초저녁인데 캄캄했다. 심대곤이 용진나루에서 돌아왔음을 하리모토에게 기별하려 사택으로 갔다. 하리모토는 강을 건너 주막에 가고 없었다.

"잠시 들어왔다 가."

연화가 심대곤을 붙들었다.

"괜한 오해 받기 싫어."

심대곤이 돌아섰다. 앞이 캄캄하고 갈증이 돋았다.

"늙은이는 이 밤에 오지 않아."

연화가 맨발로 내려와 심대곤을 붙들었다. 심대곤이 찬물 한 사발을 청했다. 물 사발을 건넨 연화가 몸을 밀착시켜 얼굴을 가슴으로 들이댔다.

"누가 보면 어쩌려고 그래?"

심대곤은 사사끼가 보낸 눈이 있을까 걱정되었다.

"그러니까 방으로 후딱 들어가자"

연화가 심대곤의 목도리를 후다닥 벗겨 방으로 들어갔다. 한기가 목으로 훅 몰려왔다.

"버드나무집에 갔었지?"

목도리를 찾으러 들어온 심대곤에게 연화가 다짜고짜 물었다.

"어떤 년이랑 잤어? 옥심이랑? 연심이 그년이랑? 아니면 정연이 그 찢어 죽일 년이랑?"

투기와 욕정이 이글거리는 눈빛이 쏟아져 나왔다. 심대곤은 여기에서 나가야 한다고 생각했다.

"도망가려고? 엉덩이 구들장에서 떼는 순간 소리를 고래고래 지를 테니 마음대로 해."

연화가 심대곤의 속을 읽었다.

"하리모토가 알면 우린 파리 목숨보다 못해."

"그러니까 도망칠 생각을 마. 버드나무집에서 좋았어?"

"버드나무집 얘기하지 마. 몸도 노곤하고 마음도 피곤하니까."

"종일 강에서 시달린 몸으로 농탕질 했으니 육신이 노긋노긋하지? 우리 남남이 아니잖아? 대곤이 용진에서 마포 갈 적마다 뗏목에 장대 질러 놓고 나를 불렀잖아. 그때를 못 잊고 있어. 하리모토 늙은이와 한 이불 덮고 자면서도 그때의 야릇함을 가슴에서 도려내지 못하고 있단 말이야.

대곤이 하리모토 심부름으로 이 집에 드나들면서 아무런 생각도 안 했지? 나는 몸이 달아서 다 타버리는 줄 알았는데, 어찌 그렇게 무심해?"

연화가 몸을 꼬며 비음을 쏟았다.

"뗏목에서 술 따르고 속치마 내리는 논다니라면 너나없이 그렇게 했어. 그리고 연화는 어엿하게 하리모토 사람이야."

"어엿하다고?"

연화가 샐쭉 토라졌다.

"안방 차지하고 있느니 어엿한 아낙이지."

심대곤이 목도리를 둘렀다.

"논다니는 순정도 없다는 말이야?"

연화가 일어서려는 심대곤 품으로 들어왔다.

"연화나 나나 하리모토라는 호랑이 굴에 갇혀 살고 있다는 거 몰라? 대풍이 형 때문에 사사끼 눈알이 뒤집혀서 내 목숨이 풍전등화라는 거 알잖아. 제발 이러지 마."

심대곤이 뭉그적뭉그적 물러앉았다.

"내 말 듣지 않으면 하리모토 그 늙은이 죽여버릴 거야. 대곤이랑 있었던 일 몽땅 고해바치면 그 늙은이 게거품 물고 눈깔 뒤집히겠지?"

연화가 눈을 부릅뜨고 협박했다.

"젖은 땅인지 마른 땅인지 모르고 함부로 엎어졌다간 다 죽어."

"어차피 나는 젖은 땅에 자빠져 있어. 벌떡 일어섰다가 자빠지면 또 이 자리 젖은 땅이든가 다행히 마른 땅이겠지. 대곤이 내게 등 돌리면 나혼자는 안 자빠져."

연화가 풀을 먹여 빳빳한 이불을 깔았다. 노란 작약이 수놓아진 이불로 홀랑 벗은 연화가 들어갔다.

"뭐하고 있어? 얼른 들어오지 않고. 새벽닭 울기 전에 달마실로 가면 되잖아."

연화의 알몸이 누운 이불로 심대곤이 끄응 들어갔다. 육신에 피로가 겹겹이 쌓여 있었다. 강막실의 혼약 소식을 듣고 몸이 천근만근 무거워졌다.

"병참 왜병에게 여자를 붙여준다네?"

땀을 반질반질 흘려놓고 연화가 학학 숨을 몰아쉬었다

"일본에서 처녀가 온다고 했니?"

심대곤이 물었다.

"조선에도 처녀는 많다고 하던데?"

"어떤 벼락을 맞고 뒈질 놈이 그런 소리를?"

"어떤 놈이겠어? 사사끼 대장이지."

"조선 여자가 호락호락 나서지 않을 것이니 헛물켜고 말 거야."

"돈 주고 먹을 것도 준다는데?"

"연화 같은 논다니나 하는 일이지 여염집 아낙은 나서지 않아. 조선 여인은 대대로 정절을 목숨처럼 여겨 왔으니까."

심대곤의 말에 연화가 토라져 앉았다.

"대곤이가 박초시네 땅 주인이 된다는 소문이 사실이야?"

연화의 넘겨잡는 말에 심대곤은 윗목에 놓아둔 목도리를 얼른 바라보았다.

"따뜻한 밥 먹고 식은 소리 하는 인간이 여기도 있었군."

박초시와 박옥화가 심가네를 위해 병참에 갔었다는 소문이 창말과 달마실에 돌았다. 심대곤과 박옥화가 창말 골목에서 만나더라는 소문도 돌았다. 심대곤이 가흥창고에 가는 골목으로 박옥화가 담 너머에서 고개를 빼 들고 하염없이 바라보는데 눈동자에 눈물이 그렁그렁하다는 말도 이어졌다.

"천석지기 땅 부자 백년손님 되니 참 좋겠다."

"불알 두 쪽 간신히 찬 헐렁한 놈에게 어느 부모가 딸을 줄까?"

심대곤이 목도리를 주섬주섬 챙겨 품에 넣었다. 박옥화가 넘겨줄 때의 향긋한 냄새는 없어졌다.

"요것이 불알 두 쪽만 간신히 찬 헐렁한 몸이여?"

연화가 심대곤의 사타구니를 손바닥으로 쓰윽 문질렀다.

"누가 보기 전에 가야겠다."

심대곤이 연화의 손을 뿌리치고 일어났다.

"소문이 사실이구나?"

연화가 방문 틈에 고개만 내밀고 이죽이죽 웃었다. 동이 트려는 듯 탄금대가 벌겋게 달고 있었다.

아침잠에서 깬 강주칠이 깜짝 놀라 눈을 비볐다. 폐허가 된 마당에 남녀가 불탄 것을 정리하고 있었다.

"목숨이 고래심줄이라서 또 보는구먼."

강주칠이 심익수 손을 덥석 잡았다. 심익수가 바짝 여윈 얼굴로 웃었다. 심만옥이 고개 숙여 인사했다.

"연약한 몸으로 고생을 얼마나 했으면 꼴이 말이 아니네."

강주칠이 혀를 끌끌 찼다. 심만옥이 창백한 얼굴로 눈물을 글썽였다.

"언제 달마실로 왔는가?"

"벌건 대낮에 내보내기에 찔리는 구석이 있었던지 밤이 깊어서 나가라 하더군."

"밤은 어디서 지냈는가?"

"달마실에서 떠나라는 조건으로 풀어주더군. 이 몸으로 이 추운 날에 어디를 가겠나? 걸어가는 발길을 그냥 뒀더니 여기로 왔네."

"간밤을 여기서 보냈단 말인가? 이 사람아. 날 깨우지 그랬어?"

강주칠이 심익수 손을 안타깝게 흔들었다.

"춥긴 해도 그놈들에게 잡혀 있는 것보다는 괜찮았네."

"달마실을 떠나면 어디로?"

"마누라 죽고 자식 객사했는데 잃을 게 또 뭐가 있겠는가? 그냥 여기서 눌러 살라네. 목숨이 너무 구차스러워."

강주칠이 심익수를 방으로 끌었다. 심익수는 배도 고프고 추워서 따라가고 싶었다. 강주칠이 왜놈에게 보복당할까 망설였다. 강주칠이 아침밥을 함께 먹자고 막무가내로 방에 들앉혔다. 용포댁이 눈을 비비고 나오다 깜짝 놀랐다. 서둘러 밥상을 내왔다. 심익수와 심만옥이 눈물을 밥상에 떨구며 밥그릇을 비웠다. 강막실이 숭늉을 들고 왔다.

"죽은 자식 때문에 막실이 고생 많았어. 볼 면목이 없네."

심익수가 숭늉을 받아들었다. 강막실이 머리를 조아리고 인사말 한마디 없이 부엌으로 갔다. 심익수가 형언키 어려운 표정을 지었다.

"막실이 정혼했네."

강주칠이 곤혹스러운 표정으로 말했다.

"그…그랬는가?"

심익수도 어렵게 대답했다. 서운한 표정을 감추지 못했다.

"창말 사는 박운정이 종가어른인 당숙을 앞세워 자꾸 언질을 놓기에 그리하기로 하였네."

"날은 잡았는가?"

"삼월 스무아흐렛날이네."

삼월 스무아흐렛날. 심익수가 중얼거리면서 고개를 끄덕였다.

"부지런히 집을 세워야겠구먼? 경삿날에 이웃에서 흉한 꼴을 보이면 안 되지. 이웃에서 잔치 술방을 내줘야 도리가 아닌가? 허허허."

심익수의 웃음이 허무하게 흩어졌다. 심익수가 일어섰다. 강주칠은 말리지 않았다. 심익수가 폐허의 마당에 섰다. 객사했다는 아들이 밤중에 마누라의 시신을 묻었다는 장미산을 바라보았다. 눈앞에 보이는 모든 것이 부질없어 보였다.

"시집… 가기로… 했니?"

심만옥이 부엌 문지방에 발을 얹고 물었다. 심만옥과 강막실은 동갑이었다.

"종가어른의 뜻이라 나도 어쩔 수 없어."

강막실이 설거지를 하면서 대답했다. 심만옥이 강막실 옆으로 다가갔다.

"대풍 오빠가 얼어 죽었다는 말 믿지 않아. 병참 감옥에서 선잠 들면 오빠가 나타나서 환하게 웃었어. 어젯밤에는 막실이 너랑 우리 집으로 다정하게 들어오더라? 불타서 없어진 집 새로 지어 놓으면 오빠가 걸어 들어올 거야."

심만옥이 강막실의 옷깃을 잡았다.

강막실이 설거지하던 손을 멈추고 심만옥을 바라보았다. 심만옥도 강막실을 정면으로 노려보았다.

"부탁할 게 있어. 대풍 오빠 얘기 이제 내 앞에서 다신 꺼내지 마."

강막실이 또박또박 말했다.

"막실이 너 정말로 독해졌구나. 신식 공부한 사람한테 시집가게 돼서 참 좋겠구나. 대풍 오빠 때문에 감옥에 잡혀 왔을 때 아버지나 나나 막실이 너한테 미안하고 고마웠어. 막실이 네가 가족이라고 생각했고. 앞으로 대풍 오빠 얘기 네 앞에서 절대 말하지 않을게. 내가 그 좋은 네 기분 깨면 안 되지."

심만옥이 부엌에서 휑 돌아나갔다. 강막실 손에서 사기주발이 바닥으로 떨어져 두 동강으로 쩍 갈라졌다. 부엌으로 들어오던 용포댁이 땅이 꺼져라 한숨을 뱉었다.

해 저물 녘에 강주칠이 심익수를 불러냈다.

"창말 지주 어른을 찾아뵈어야 할 것이네."

창말 지주 어른이란 박초시를 이르는 말이었다.

"소작 전답을 새로 분배한다더니 벌써 그리하였는가?"

"씨암탉 실한 놈으로 내어줄 테니 목계장터에 가서 동자삼 한 뿌리 사고 대추도 사서 가마솥에 노랗게 고아 초시 어른 찾아가 봐."

"내어주신 열두 마지기 상답은 아니라도 남보다야 소출 훨씬 더 거둬서 드렸는데 내게 불이익을 주셨을까? 초시 어르신이."

심익수는 심대곤이 박초시에게 불려갔었던 일을 알지 못했다. 소작 토지를 모두 잃었다고 말하지 못하는 강주칠이 오히려 답답했다.

"달마실 떠나기 싫다고 하지 않는가?"

"이 사람 섭섭하구먼. 자네 여식 앞날에 대풍이가 짐이 될 것 같아 그러는가? 사위를 들이는데 우리 식구가 짐이 될까 멀리 가라 하는 것인가?"

강주칠 속을 모르고 심익수가 서운하다고 말했다.

"자네가 부쳐 먹던 열두 마지기에다 김가란 놈이 두엄을 내고 있네."

"김가 그놈이 무신 억하심정으로 내 전답에다 두엄을 낸단 말인가?"

심익수는 격한 말을 쏟아놓고서야 강주칠의 속을 알아차렸다. 심익수 얼굴이 새까맣게 변했다. 강주칠이 긴 한숨을 쏟아냈다.

"초시 어르신 딸이 하나… 있다는데…. 옥화라고…. 어떻게 생각을 하나?"

강주칠도 박옥화와 심대곤의 소문을 들었다. 심익수는 강주칠의 말을 알아듣지 못했다.

"만옥이 아버지는 용꿈을 꿨어요."

용포댁이 듣고 있다가 말했다. 심익수가 눈을 휘둥그레 뜨고 내외를 바라보았다.

"여편네가 따신 밥 먹고 쓸데없는 소리를 뱉고 자빠졌어?"

강주칠이 심익수의 눈치를 보며 용포댁을 나무랐다.

"참말이고 달마실이고, 강 건너 목계까지 떠다니는 소문을 활짝 열린 두 귓구멍으로 똑똑하게 들었는데 내가 미친년이오?"

용포댁이 강주칠 면전에 주먹을 들었다.

심대곤과 박옥화의 소문에 용포댁은 설사가 배꼽 언저리로 도는 것처럼 슬금슬금 아팠다. 이웃하고 사돈인 양 살아온 처지라서 더 배가 아팠다. 사돈이고 이웃이고 아는 사람이 땅을 사면 은근한 배앓이가 도진다는 옛말이 일부러 지어낸 말은 아님을 깨달았다. 사사끼 총에 죽은 여주댁을 생각해서라도 시기 부리면 안 된다, 다짐하면서도 배앓이를 떨쳐내지 못했다.

"찬찬하게 말씀 좀 해보세요."

심익수가 눈을 끔벅이며 용포댁에게 물었다.

"잘하면 대곤이 아버지가 천석 땅 부자 초시 어르신 사돈이 된다 합디다."

용포댁이 심통스럽게 톡 던졌다.

"망할 여편네가 찢어진 입이라고 멋대로 지껄여 쌓고 지랄이여."

강주칠이 주먹으로 용포댁 옆구리를 쥐어박았다.

"내가 없는 말 만들어서 합디까? 당신도 활딱 열린 귓구멍이 있으니 들은 얘기 시원하게 끌러 놔 보시우?"

강주칠 내외가 자세한 얘기는 해주지 않고 언쟁만 하니 심익수는 궁금증이 오를 대로 올랐다.

"옥화 처녀랑 대곤이랑 연모하는 사이라는 소문이 파다하다네."

강주칠이 숨기고 있던 말을 토해냈다. 심익수는 믿을 수 없다고 고개를 절레절레 흔들었다.

"만옥이 아버지. 대곤이 당장 불러 앉혀놓고 물어보세요."

배앓이에 시달린 용포댁은 당사자의 입에서 소문의 진위를 듣고 싶었다. 심익수가 입 다물고 묵묵히 앉아 있다가 밖으로 나왔다. 마당에 심만옥과 강막실이 서 있었다.

"작은오빠가 혼인을 해요?"

심만옥이 기쁜 표정도 싫은 표정도 아닌, 무덤덤한 얼굴로 물었다.

"막실아, 너도 소문을 들었니?"

심익수는 딸의 물음을 무시하고 강막실에게 가까이 갔다. 강막실이 고개를 끄덕였다. 심익수는 무슨 말인가를 할 듯 강막실을 바라보다 마당에서 나갔다.

"황금 비늘이 빤들빤들한 용의 모가지를 틀어잡는 횡재수인데 어찌하여 덩실덩실 춤이 없을까?"

용포댁이 마루에 서서 들으란 듯 비아냥거렸다.

"알맹이 없는 헛소문일 것이다."

사립문 밖으로 나온 심익수가 딸에게 말했다. 마침 심대곤과 마주쳤다.

"초시 어르신네 소문 너도 알고 있는 게냐?"

심익수가 방으로 심대곤을 데려가 다짜고짜 물었다.

"빈털터리 소작농 자식이 천석지주 딸과 혼인한다면 똥개까지 배꼽을 틀어쥐고 웃습니다."

얼굴을 슬쩍 붉힌 심대곤이 허탈한 웃음을 섞어 부인했다.

"네 입에서 혼인 얘기가 나왔으니 소문은 사실인 게로구나?"

"소문이란 게 열이면 열, 말짱 헛소문이 아닙니까?"

심대곤이 두 팔을 내저어 또 부인했다.

"아니 땐 굴뚝에 연기 나란 법이 없다. 네 행동이 바르지 못해서 지주 어르신 가문에 똥칠하는 거 아니냐?"

심익수는 소문이 얼토당토않다고 단정 지었다. 설사 소문이 사실이라면 법도와 재산이 넉넉한 가문의 처녀가 행실을 그릇되게 했을 리는 없을 것이고, 필시 대곤이 이놈 자식이 가흥창고 일을 보느라 창말을 오가며 망측한 추파를 던지는 짓거리를 했을 거라고 넘겨짚었다.

"소문이 요상하게 돈다고 경거망동 말아라. 천석 지기 지주와 부딪혀야 망가지는 건 별수 없이 너뿐이다. 헛소문에 정신머리 혼미해져 망신살 껴입는 불상사가 생기는 날엔 너는 물론이거니와 우리 식구 모두 산 목숨이 아닐 것이다."

심익수는 아들을 믿었다. 망신살 뻗치는 일이 생길까 봐 못을 박듯 다짐을 주고 잠자리에 누웠다. 천석 지주가 소작 농토를 거두어간다? 잠도 오지 않고 막연한 억울함과 울분이 밀려왔다.

이튿날 날이 밝기를 기다렸다가 창말로 갔다. 김가가 두엄을 치고 있다면 돌아올 수 없는 땅이 되었다. 그대로 물러나 앉기는 너무 억울했다.

박초시 집 문간에서 천길동을 만났다. 천길동은 심익수를 곱게 보아줄 수 없었다. 박옥화가 심대곤에게 온통 정신을 빼앗기고 있으니 심익수가 반갑지 않았다.

천길동이 심익수를 들어오지 못하게 했다. 심익수가 천길동을 밀치면서 안채 안마당으로 갔다. 박초시를 불렀다. 박초시는 방에서 나오지 않았다. 천길동이 안방에 들어갔다가 나오더니 그냥 돌아가라는 말을 전했다. 심익수는 박초시를 보기 전에는 되돌아갈 수 없다고 했다. 박초시는 마누라 잃고 냉골에서 감옥살이 한 심익수에게 소작 농토를 돌려받았던지라 얼굴 보기 민망하여 밖으로 나오지 못했다.

"믿을 사람이었다면 잘 부쳐 먹던 토지를 되돌려 받았겠습니까?"

천길동이 박초시가 하지도 않은 말을 했다.

"열두 마지기 소작에서 열다섯 마지기 소출을 냈다는 거 능히 알고 있잖소?"

심익수가 천길동의 소매를 잡았다.

"병참에서 사사끼 대장이 왔었어요."

천길동은 조금의 양심은 있었던지 사사끼의 압박으로 소작 농토를 거두었다고 말했다. 심익수는 사사끼의 압력이 있었다는 말에 맥없이 돌아섰다.

"송충이는 솔잎을 갉아 먹어야 동티가 나지 않는 법입니다."

천길동이 매정하게 말했다. 심익수의 몸이 한차례 꿈틀하더니 대문으로 걸어갔다. 안채 쪽문에서 나오던 박옥화가 심익수의 뒷모습을 보았다. 박옥화가 잰걸음으로 심익수의 앞을 막았다.

"냉골에서 욕보셨지요? 편찮은 곳이 있으면 말씀을 주세요. 가을에 들어온 약초가 광에 있으니 의원님께 처방하여 보내드릴까 해요."

박옥화가 공손히 고개를 조아렸다. 천길동의 얼굴이 험악하게 일그러졌다.

"솔잎만 갉아먹고 목숨 부지한 송충이가 대갓집 광에 든 것을 탐했다가는 동티가 나고 말지요."

심익수는 아들에게 준 다짐이 생각나서 박옥화의 뜻을 거부했다.

"소작 토지를 돌려받으심은 아버님의 뜻이 아닙니다. 봄날이 오면 그 땅에 다시 쟁기를 들일 수 있을 것입니다."

박옥화의 공손하게 말했다. 심익수는 정신이 맑고 인정이 넘치는 처녀라고 탄복했다.

"언 땅에 육신 조심조심하시고 토지에 두엄을 내시어 가을 풍년의 디딤돌을 놓으셔요."

돌아나가는 심익수 뒷덜미에 박옥화가 상냥하게 말했다.

달마실로 오는데 다리가 풀려 논두렁에 자꾸 주저앉았다. 논두렁에 앉아 여주댁이 묻힌 장미산을 바라보았다. 저절로 눈물이 나왔다.

"네 어머니나 보러 가자."

심만옥은 소작 농토를 잃게 되었다는 말에 얼마나 울었는지 눈이 퉁퉁 부었다.

부녀는 무덤이 어디에 있는지 알지 못했다. 심대풍이 어디에 묻었는지 알지 못했다. 강막실은 알고 있으나 강주칠이 가로막아 동행할 수 없었다.

"봉학사 스님은 알고 계세요."

강막실 말을 듣고 심익수가 딸을 앞세워 장미산으로 올라갔다.

– 1부 끝.